안현일 판타지 장편 소설

페나인의 상인들

The Merchants of Penaine

페나인의 상인들 2

안현일 판타지 장편 소설

초판 1쇄 찍은 날 § 2001년 11월 10일
초판 1쇄 펴낸 날 § 2001년 11월 20일

지은이 § 안현일
펴낸이 § 서경석

편집장 § 문혜영
편집책임 § 김희정
편집 § 박영주 · 권민정 · 장상수
마케팅 § 정필 · 강양원 · 김규진

펴낸곳 § 도서출판 청어람
등록번호 § 제1081-1-89호
등록일자 § 1999. 5. 31
어람번호 § 제1-0169호

주소 § 경기도 부천시 원미구 심곡1동 350-1 남성B/D 3F (우) 420-011
전화 § 032-656-4452 팩스 § 032-656-4453
e-mail § eoram99@chollian.net

값 7,500원

ISBN 89-5505-206-5 (SET)
ISBN 89-5505-208-1 04810

안현일 판타지 장편 소설

페니인의 상인들

The Merchants of Penaine

 콘버드 축제

도서출판

 청어람

☼ 목 차

아벤을 따라 통행증을 발급받으러 가는 동안 하이렌은 따로 레온을 불렀다. 레온은 잠시 하이렌과 마주 앉았다. 어색한 미소를 짓는 레온을 보며 하이렌은 걱정스럽게 물었다.

"지내는 건 괜찮은 거냐?"

"네. 좋아요."

"그래, 그거 잘됐구나."

하이렌은 물끄러미 레온을 바라봤다. 그의 안색을 살피며 혹시나 건강이 상한 것은 아닐까 했지만 여전히 밝은 표정인지라 크게 안심이 되었다. 그는 고개를 끄덕였다.

"그간의 일은 형에게도 알렸다. 아버지껜 비밀이지만 이미 알고들 있지. 카슨은 잘됐다고 하더라."

"카슨 형이 성에 왔었어요?"

헤어지기 전에 분명 모스 섬으로 간다고 했던 카슨이었다. 벌써 돌아온 것일까 궁금하여 묻자 하이렌은 고개를 저었다.

"아니, 그는 지금 윈저에 있다."

"모스 섬에 간다고 하더니?"

"일이 좀 꼬였어. 원래대로라면 두 달 전에 갔어야 했는데 뜻밖의 사고가 나버렸지."

그의 말에 레온이 걱정스럽게 쳐다봤다. 그러나 하이렌은 밝은 웃음과 함께 손을 저었다.

"걱정할 일은 아냐. 돌격대 5개 사단이 움직이는 대규모 군사 작전이라 엉뚱한 데서 문제가 생긴 거지."

그는 잠시 앞머리를 쓸어 올린 후 말을 이었다.

"원래는 리저드 후작이 배를 마련하기로 했는데 그게 늦어져 버렸거든. 덕분에 윈저의 해안가에 5만 병력이 안주한 상태야. 우선 어선을 모아서 병력을 이동하는 중인데 그것도 수월치는 않은 모양이야. 하루에 오백 명 정도 옮겨간다더군. 게다가 모스 섬은 식량이나 물자가 적은 곳이라 수송할 게 많은 편이지. 덕분에 카슨 녀석, 좀이 쑤신 모양이야. 며칠이 멀다 하고 서신을 보내오고 있으니까."

대충 카슨이 처한 사정을 전한 하이렌은 벌떡 일어섰다.

"참, 어차피 이번 여행에서 윈저 령에 갈 일이 있으면 한번 찾아가 보는 것도 괜찮을 거야."

"네, 그러죠. 만약 그때까지 있다면요."

물론 윈저 령도 여행 계획 안에 들어 있었다. 다만 그것은 마지막 일정이었다. 슬쩍 문을 바라본 하이렌이 머뭇거리며 말했다.

"그리고 떠나기 전에 집에 잠시 들러서 형수나 뵙고 가렴. 많이 걱정하고 있으니까. 음, 토톰을 부를 테니 살짝 만날 수 있을 거야."

"네."

대답을 마치고 후드를 눌러쓰자 하이렌은 병사를 불렀다. 그동안 알과 바론은 통행증을 받아 레온을 기다리고 있었다. 레온은 먼저 그들을 보낸 후 잠시 도드리안과 만나서 그녀를 안심시킨 후에 성에서 출발했다.

마을 어귀에서 일행과 다시 합류한 레온은 마차 대수가 줄었다는 것을 알아챘다. 마차는 일곱 대로 줄었고 바론 상회 소속이었던 티스가 없었다. 그 점에 대해 바론이 레첸에서의 중개가 끝나서 돌려보냈다고 전해줬다.

일행은 다시 알을 선두로 일렬로 달리기 시작했다. 티스가 어귀까지 몰아만 놓고 간 마차에 레온이 올라탄 후에 맨 끝에 따라붙었다. 잠시 따가운 햇살을 받으며 조용히 마차를 몰던 일행은 차츰 술렁이기 시작했다. 제일 먼저 이상하다고 소리친 것은 소나임이었다.

"이, 이봐! 이 길은 캐러디안 숲으로 가는 길이잖아?"

바론의 마차가 속력을 내며 레온을 따라잡았다. 그는 알과 나란히 마차를 몰며 곁눈질로 그를 살폈다.

"일부러 이 길을 가는 거냐?"

"응, 중요한 볼일이 있거든."

"누구에게? 설마 산적에게?"

대답 대신 알은 고개를 끄덕였다.

바론은 궁금하긴 했지만 더는 묻지 않았다. 다만 전에 소나임보다 훨씬 빠른 시간에 카프에서 치즈를 팔아 치울 수 있었던 것은 단순하게 통행료를 지급한 것만은 아님을 감지했다. 모종의 비밀이 있다는

것과 지금 그 비밀을 모두에게, 정확하게는 자신에게 전하려는 것만
은 알 수 있었다. 그것은 남아서 상회를 담당해야 할 바론에게 필요한
것이 분명했다.

　모두 불안해하는 동안 일행은 알과 바론을 선두로 캐러디안 숲에
들어섰다. 주변이 완전히 숲으로 둘러싸일 때까지 전진한 후, 알은 마
차를 세우고 모두를 둘러봤다.

　"모두들 마차에서 내려."

　그렇게 외치며 알 자신도 마차에서 내렸다.

　"이쪽으로 모여."

　그의 지시에 의아해하면서도 재빨리 일행은 알 주위로 모였다. 그
는 레온을 바라보며 찡긋했다.

　"같은 실수를 두 번 반복할 수는 없잖아? 이렇게 모여 있으면 단번
에 제압당하진 않겠지."

　알의 말이 칸트 숲에서 벌어졌던 전투를 얘기하는 것임을 모두 짐
작했다. 그때도 레온은 압도적인 실력으로 상대를 제압했지만 일행과
너무 떨어지는 바람에 포위되어 사로잡히고 말았었다. 물론 스레이를
통해 레온이 마스터임을 알고 그런 수를 썼으리라고 알은 생각했다.

　알의 말에 레온이 당황하며 물었다.

　"에에? 캐러디안의 유쾌한 사람들과 싸울 생각이야?"

　"경우에 따라선."

　그렇게 중얼대며 알은 뿔고둥을 꺼내 힘차게 불었다. 뿔고둥의 힘
찬 울림이 숲을 가로지르는 동안 알이 다시 돌아보며 지시했다.

　"녀석들은 활을 잘 쏘는 녀석들이야. 레온의 발목을 잡지 않으려면
이걸로 몸을 가리도록 해."

그는 마차에서 나무 방패를 꺼내 나눠주었다. 그들이 막 방패를 들고 주위를 둘러보는 동안 두 사람이 튀어나왔다.

"엥? 또 네 녀석이냐?"

나타난 이는 케브였다. 그의 뒤로 케사의 웃는 얼굴도 나타났다. 그들 앞으로 천천히 걸어오며 케브가 중얼거렸다.

"뭐야? 이 인원과 장비는? 설마 우리와 싸울 생각인 거냐, 너?"

케브는 천천히 방패를 들고 어리둥절한 표정을 짓고 있는 상인들을 둘러봤다. 그는 코웃음을 치며 어깨를 으쓱했다.

"그깟 방패 하나로 상대가 될 거라고 생각하는 건 아니겠지? 응?"

"미안하지만 사슴 따위에겐 볼일이 없는데? 내가 부른 건 사슴지기였어."

"뭐, 뭐라고?"

케브가 발끈하며 달려들려는 찰나에 케사가 얼른 그의 팔을 잡았다.

"형, 그만둬요! 레온과는 싸우지 말라고 주의받았잖아요?"

움찔하며 케브가 물러섰다. 막 앞으로 나서려던 레온도 긴장을 풀며 두 사람을 쳐다봤다. 둘의 반응은 왠지 레온을 피하는 기색이 역력했다. 케브를 물러서게 한 케사가 웃으며 입을 열었다.

"미안하지만 이쪽은 우리 구역입니다. 하지만 뿔고둥 소리를 들었으니 대장은 곧 달려올 거예요. 편하게 기다리세요."

"편하게 기다리라구? 저 숲 속에서 우릴 겨누고 있는 건 뭐지?"

알이 주위를 휙 둘러보며 날카롭게 추궁했다.

"헤에, 알아채고 있었나? 상인치고는 눈썰미가 좋은데?"

케브가 빈정대듯 대꾸했지만 케사가 곧 그의 입을 막았다. 그는 레온을 향해 멋쩍은 미소를 지으며 대답했다.

"아, 그러니까, 음, 원래 약속은 두 사람만의 통행을 허가하겠다는 거였잖아요? 그런데 이렇게 많은 사람을 끌고 와버리면 우리로선 당황할 수밖에. 그러니까 너무 화내진 마세요."

케시는 곧 숲을 향해 소리쳤다.

"어이, 이봐요! 활을 치워요."

그 말과 함께 곧 숲에서 수십 명의 사람들이 튀어나왔다. 그들의 손에는 하나같이 커다란 활에 화살이 재워져 있었다. 일행을 겨누고 있지는 않았지만 얼굴 가득 불만의 표정이 실렸다.

레온은 눈치 채지 못한 사이에 포위되어 있다는 것에 당황했지만 내색하지 않고 알에게 속삭였다.

"어떻게 알았어? 포위되어 있다는걸?"

"같은 방법에 네 번씩이나 당하다니… 너 정말 바보 아니냐?"

"아, 그렇구나. 한 사람이 길목을 막고 말을 거는 동안 나머진 포위하여 활을 겨눈다. 이게 녀석들의 수법이었지?"

대충 고개를 끄덕이며 레온은 주위를 둘러봤다. 넓게 퍼져 있었고 숫자는 이십여 명이었지만 무기라곤 활뿐이었다. 혼자라도 충분히 이길 수 있겠다는 생각이 들자 다소 여유를 가졌다. 레온은 왜 알이 싸움을 거는지 이해하지 못한 채 산적들이 서 있는 위치를 하나씩 확인했다. 언제라도 뛰쳐나갈 만반의 준비와 함께.

"여어, 오랜만이군요. 포란의 중개상 꼬마님들."

소리와 함께 나무 위에서 초록색 덩어리가 펄럭이며 케브와 케사 앞에 착지했다. 바로 로딘이었다. 그가 나타나자 산적들이 크게 안도했는지 모두 활을 거두었다. 로딘은 달려오느라 헝클어진 머리를 다듬으며 알과 레온을, 그리고 둥글게 모여서 방패를 들고 있는 상인들을 바라봤다. 그는 활짝 웃었다.

"뭡니까? 이 엄청난 대군은?"

"아아, 그게 말이지. 상회가 갑자기 커지는 바람에 뿔고둥 하나로는 효과를 볼 수 없을 것 같아서 말야."

알이 대꾸하며 바론에게 손을 내밀었다.

"어이, 깃발을 줘."

이미 산적에게 포위되어 있을 때부터 무척 긴장해 있던 바론이 흠칫 하며 마차에서 잘 접혀진 깃발을 꺼냈다. 그는 알에게 깃발을 건네며 속삭였다.

"이때를 위해서 만든 깃발인 거냐?"

"그런 셈이지."

알이 대꾸하며 깃발을 폈다.

원래 상회에선 깃발을 걸지 않았다. 페나인에서 깃발의 쓰임은 귀족들이 자신들의 가문을 내세울 때뿐이므로 상인들에겐 전혀 필요없는 것이기도 했다. 그런데 알은 상회의 상징으로 깃발을 만들 것을 제안했었고 재미있겠다 싶은 레온이 페가수스로 정하자는 의견을 내놔 출발 전에 수놓아 가져왔었다.

알이 펼쳐 든 커다란 깃발 안에는 은빛 날개를 펼치고 비상하는 페가수스의 그림이 수놓아져 있었다. 급조했다고 해도 포란의 장인들에게 부탁했던 만큼 페가수스는 역동적인 모습으로 깃발 위에서 춤추고 있었다. 일순 산적들이 탄성을 발하자 알이 곧 소리쳤다.

"앞으로는 이 깃발이 꽂혀 있는 마차는 모두 통과시켜 줬으면 하는데?"

"무슨 헛소리냐, 너? 그랬다간 너도나도 다 그 깃발을 맬 게 아냐? 이 장사 때려치우란 소리나 마찬가지잖아?"

갑자기 기세가 당당해진 케브가 발끈했다. 그의 말에 알은 코웃음을 칠 뿐이었다.

"이 깃발을 단 사람이 '알과 레온 상회'의 사람들인지 아닌지 판별하는 건 너희들 몫이겠지. 여하간에 우린 이 깃발을 상징으로 하겠어."

"호오, 그렇게 되면 우리가 치른 대가가 너무 큰데요?"

처음에 결투를 통해 뿔고둥을 줬다는 것을 상기시키기 위해 로딘은 가벼운 코웃음과 함께 고개를 저었다.

"물론 그렇지. 그러니까 그때의 승부를 다시 내자구. 그럼 할 말 없겠지?"

알은 레온에게 눈짓을 했다.

"자, 이제 네가 폼 좀 잡아."

"에? 처음부터 이럴 생각이었던 거야?"

"걱정하지 마. 어차피 저쪽에서 알아서 뺄 테니까."

자신만만한 표정으로 알이 대답했다. 그의 생각에 이미 레온이 마스터라는 것을 산적들이 알고 있다고 짐작했다. 일례로 당장 칸트 숲에서 레온을 따로 떼어놓는 전법을 구사했다는 것이 그 증거였다. 검의 최고 경지라는 마스터에게 맞붙어 싸울 정도로 어리석지는 않을 테니 레온이 나서는 것과 동시에 물러설 거라고 그는 예상했다.

그러나 알의 생각과는 반대로 로딘은 어깨를 으쓱하고는 들고 있던 봉을 치켜 올렸다.

"그런 거라면 찬성입니다. 뭐, 언젠가 한 번은 겨뤄보고 싶었으니까요."

그러더니 봉 위 부분을 잡고 힘차게 잡아 뽑았다.

"물론, 진검(眞劍) 승부로 말이죠."

놀랍게도 로딘의 봉에서 나온 것은 얇은 두께의 검이었다.

예상치 못한 반응에 알이 당황했다. 로딘은 정말로 겨룰 생각인지 검을 겨눈 채 레온을 쏘아보고 있었다. 그 눈빛에 지금까지 웃기만 하던 로딘의 모습은 보이지 않았다. 그 눈에는 검사만이 가질 수 있는 차갑고 날카로운 야성만이 존재할 뿐이었다.

"어, 어이, 레온. 이길 수 있겠어?"

하며 레온을 돌아본 알은 흠칫 물러섰다. 어느새 레온의 눈빛도 평상시와 전혀 다르게 변해 있었다. 커다랗던 눈을 가늘게 뜨고 허리를 약간 굽힌 후 로딘과의 거리를 재며 천천히 앞으로 전진하고 있었다. 그의 오른손은 언제라도 검을 뽑을 수 있도록 검자루를 움켜쥐고 있었다.

로딘은 미동도 하지 않은 채 레온을 노려봤다. 그의 입가에 살짝 미소가 퍼졌다.

"지금 검을 뽑지 않으면 후회할지도 모르는데요?"

"레스터의 검술을 잘 알고 있다면서 그런 말을 할 수 있나요?"

레온의 응수에 로딘은 흠칫하며 자세를 낮췄다. 방어와 공격을 동시에 해낼 수 있도록 만반의 준비를 갖춘 것이다. 그의 얼굴에는 이미 미소가 사라졌다.

"과연, 일격필살(一擊必殺)의 레스터 검술이란 건가요? 뽑은 후보다 뽑기 전이 더 무섭다는… 하지만 저도 레스터 검술을 익혔다는 것을 알고 있지 않았나요?"

"검을 뽑았다면 이미 아니라고 할 수 있겠죠!"

단호한 말과 함께 레온의 몸이 바람같이 사라졌다. 레온이 서 있던 자리엔 살짝 흙먼지가 피어 올랐고 그의 몸은 어느새 공중에서 검을 뽑아 하강하며 기합을 지르고 있었다. 그러나 로딘도 이미 눈치 챘는지 시선을 위로 향하며 검끝을 내렸다. 막 그가 뛰어오르려는 순간 그는 햇빛에 반사된 레온의 검이 투명한 은빛으로 빛나고 있다는 것을 깨달았다.

퍼뜩 떠오르는 생각과 함께 로딘은 겨우 몸을 추슬러 반대 방향으로 뛰었다. 막 그가 있던 자리에 레온의 검이 허공을 갈랐다. 그 힘찬 일격에 그 자리에 깊은 홈이 파였지만 이미 로딘은 뒤로 피한 뒤였다. 그러나 레온의 공격은 멈추지 않고 자세를 갖추지 못한 로딘의 허리를 노리며 곧장 베어 들어갔다.

"자, 잠깐 기다려!"

다급하게 소리치며 로딘이 땅 위로 몸을 굴렸다. 방금 그가 있던 자리 뒤에 멀쩡하게 서 있던 나무가 레온의 검이 닿지도 않았는데 치직하며 잘려 나갔다. 보통 사람에겐 보이지 않는 레온의 검기는 한 번 휘두른 것만으로 나무 세 그루를 연속으로 자른 후에 멈췄다. 숨죽이며 일전을 쳐다보던 모두는 긴장한 채 침을 꿀꺽 삼켰다. 잘려진 나무가 비명을 지르며 무너지는 동안 그 누구도 섣불리 움직일 생각은 못했다. 다만 산적들은 속으로 비명을 지르고 있었고 상인들은 놀라긴 했지만 탄성을 발하고 있었다.

심지어 알조차 레온이 이 정도로 대단한 검사일 거란 생각은 못했기에 이마에 식은땀을 흘렸다. 대체 상냥하게 웃기만 하던 레온의 어디에 이런 파괴력이 있는지 의심스럽기까지 했다. 그의 곁에서 지켜보던 소나임도 중얼거렸다.

"마, 마스터란 이 정도인 건가? 정말 굉장하군. 5m는 뛰었던 것 같아. 게다가 저 홈… 굉장히 깊게 파였어. 저런 걸 맞았다간 그대로 반토막이라고."

모두의 반응과 달리 여전히 매서운 눈빛으로 로딘을 쳐다보는 레온이었다.

"뭐죠?"

검을 의지해 겨우 한쪽 무릎을 땅에 댄 채 로딘은 레온의 검을 가리켰다.

"그, 그 검… 혹시 '카논의 세이버'라는 검입니까?"

그의 질문에 레온의 차갑던 인상이 순식간에 풀렸다. 그는 고개를 끄덕이며 놀란 어조로 물었다.

"당신은 대체 누구죠? 우리 가문의 검술은 물론, 이 검에 대해서도 알다니 이상하군요?"

그와는 반대로 로딘은 힘없이 땅바닥에 털퍽 주저앉았다.

"젠장! 카논의 세이버라니……."

참담한 표정으로 그는 소리쳤다.

"이 싸움 내가 졌습니다. 앞으로 페가수스의 깃발이 걸린 마차는 무조건 통과시키겠습니다. 이러면 됐겠죠?"

"뭐죠? 왜 싸움을 회피하는 거죠? 이 검이 뭘 어쨌다는 거죠? 그 이유를 알고 싶어요."

레온의 다급한 말에 로딘이 황당해서 그를 쳐다봤다.

"설마… 당신 그 검의 비밀을 듣지 못한 겁니까?"

그러나 곧 그 이유를 깨달은 로딘이 고개를 끄덕였다.

"그런가, 아직 스무 살이 되지 않았으니 말하지 않은 건가!"

"카논의 세이버에… 어떤 비밀이 있는 거죠?"

멍한 표정으로 레온은 자신의 손에 잡혀 있는 검을 쳐다봤다. 그건 여전히 차가운 은광을 발하며 자태를 뽐내고 있었다.

"그런 건 형들에게 물어봐요. 내가 대답할 이유 같은 건 없으니까."

어느새 자리에서 일어난 로딘이 먼지를 털며 중얼거렸다. 그는 레온을 똑바로 쳐다보며 예의 웃음을 지어 보였다.

"게다가 전 자세한 사실은 알지 못하거든요."

로딘은 재빨리 주위를 둘러보며 소리쳤다.

"이만 철수한다!"

그의 고함에 정신을 잃고 싸움을 관전하던 산적들이 부산히 사라지기 시작했다. 로딘도 케브와 케사를 데리고 막 숲으로 사라지려는 찰나에 정신을 차린 알이 다급하게 그들을 불렀다. 로딘이 돌아보자 알이 맨 뒤의 마차를 가리켰다.

"치즈와 모직물이 실려 있어. 괜찮다면 선물로 받아줬으면 하는데?"

"…병 주고 약 주는 건가요? 뭐, 좋겠죠. 놔두고 가면 나중에 찾으러 오죠."

그 말을 끝으로 로딘은 숲으로 사라졌다.

알은 그들이 사라진 방향을 물끄러미 쳐다봤다.

"올 때만큼 재빨리 사라지는군."

알은 일행을 돌아보며 어깨를 으쓱했다.

"우선 짐을 내려놓자. 그리고 우리도 재빨리 사라지는 게 좋겠어."

"…처음부터 산적에게 줄 생각으로 싣고 왔던 거군. 그렇지, 알?"

날카롭게 추궁하는 바론이었다. 그 앞에서 멋쩍게 웃으며 알이 대답했다.

"무제한 통과잖아? 이 정도는 선물로 주자구. 오히려 우리가 더 이익이잖아?"

"그렇긴 하지만… 이런 깜짝 쇼 정도는 미리미리 알려줘. 모르고 당하면 피곤하단 말야."

고개를 저으며 바론은 일행을 이끌고 짐을 내리러 갔다.

알은 아직도 멍하니 서 있는 레온에게 다가갔다. 그는 여전히 검을 쳐다보며 생각에 잠겨 있었다.

"왜 그래? 그 검에 이상한 느낌이라도 있어?"

"…그는 왜 이 검을 보자 싸움을 멈췄을까?"

"그럴 리가……."

비록 옆에서 대화는 들었지만 검 때문이 아닐 거라고 생각했다.

"그는 네가 마스터라는 것을 알고 있었어. 아마 스레이가 알려준 거겠지. 소나임에게 듣자니까 마스터는 검에 있어서 최고 경지에 다다른 자에게 주는 칭호 같은 거라며? 그런 사람에게 함부로 싸움을 걸 만큼 어리석지 않았던 거야. 그래서 싸움을 멈췄겠지. 네가 스레이에게 마스터라고 말한 건 잘했어. 덕분에 일이 쉽게 풀렸으니까!"

알이 통쾌하게 웃고 있자 레온은 그의 얼굴을 빤히 쳐다봤다.

"무슨 소리야? 난 스레이에게 그런 말 한 적 없어. 난 고아원에서 검술 연습은 하지도 않았잖아. 내가 검사였다는 것도 몰랐을걸?"

그렇게 말하며 레온은 잠시 로딘이 취했던 자세를 생각해 봤다.

만약 위에서 공격하는 적이 있다면 자신은 어떤 자세를 취할까?

위에서 공격하는 이점이라면 기세와 속도가 우위라는 점이다. 그러나 반대로 쉽게 몸을 움직일 수 없어 표적이 되기 쉬웠다. 그러나 방어하는 사람이 땅에 있다면 결과적으로 속도를 등에 업고 내려찍다시피 하는 공격이 더 우위일 수밖에 없었다. 게다가 위에 있는 상대가 마스터라면 말할 필요도 없었다. 막아서는 것은 물론 피하는 것도 불가능할 것이다. 마스터에 따라선 검의 길이보다 훨씬 더 긴 검기를 뿜어낼 수 있으니까. 그리고 그 검기는 방금 전의 나무들처럼 휘두르는 것만으로도 몽땅 잘려지고 만다.

만약 자신이라면 위에서 공격하는 상대가 마스터이든 아니든 마주 뛰어오르며 베기 기술로 카운터를 날릴 것이다. 검과 검이 맞부딪치는 순간 오래 공중에 있던 상대는 중심을 잡지 못한 채 검을 놓칠 테고 그의 몸은 반 토막이 나고 말 것이다. 그것은 상대가 마스터라도 마찬가지였다. 같은 검기라면 결코 서로 상대의 검을 자르지 못할 테니까.

그리고 그 경우 솟구치기 전에 검끝은 더 커다란 반원을 그리기 위해서 땅 끝을 가리키게 될 것이다.

그 생각이 들자 레온은 흠칫 몸을 떨었다. 분명 로딘은 시선을 자신에게 고정한 채 검끝을 내렸었다. 그것은 자신이 생각한 반격과 같았다.

적어도 자신은 5m는 족히 뛰었을 것이다. 그 높이를 뛰어오르려면 최소한 로딘도 크루세이더 급은 되어야 가능했다. 게다가 자신의 검은 검기를 품고 있었다. 검과 검을 맞부딪쳐서 레온의 검을 날리려면 같은 검기를 지니지 않으면 안 되었다. 즉, 같은 마스터가 아니면 생각할 수 없는 공격이었다.

"그는… 마스터였어."

레온이 낮게 중얼거렸다.

"뭐?"

알도 생각에 잠겨 있다가 미처 그의 말을 듣지 못했다.

"대체 스레이는 어떻게 네가 마스터라는 것을 알았을까?"

"우리와 오래 있었으니 알게 될 수도 있었겠지."

레온은 그렇게 대꾸했지만 속으로는 로딘에 대해서 의심을 품고 있었다. 레스터 가문에 대해서 그는 너무나도 정확히 알고 있었다. 분명 그가 레스터 가의 사람이라는 것을 아는 순간 마스터라는 사실도 알아챘음을 깨달았지만 알에게 말하진 않았다. 단지 마스터인 로딘이 왜 자신을 피했는지 의문일 뿐이었다.

스레이에 대해서 뭐라고 중얼거리면서 알은 마차에 올랐다. 레온이 마차에 오르는 것과 동시에 상인들은 서둘러 그곳을 벗어났다.

한편 조금 떨어진 숲 속, 근처에서 가장 높은 나무 위에 올라선 로딘이 그들을 지켜보고 있었다. 막 무거운 몸을 끙끙거리며 올라온 타스틴 사제가 숨을 헐떡대며 물었다.

"어째서지? 저 레온이라는 형제와 겨뤄보고 싶다고 그렇게 소원하더니 어째서 피한 거지?"

"레온이 들고 있는 검, 보통 검이 아니니까요."

산채에서부터 뛰어온 데다가 나무를 타느라 완전히 기진맥진한 타스틴은 그대로 가지 위에 기댄 채 로딘을 바라봤다. 로딘은 할 수 없다는 듯 천천히 옛날 일을 되새겼다.

"5년 전 카슨 자작과 하이렌 백작이 저 검을 시험해 보고 싶어서 겨뤄봤다더군요."

로딘은 천천히 타스틴을 돌아봤다.

"누가 이겼을 것 같아요?"

"음, 카슨이 이기지 않았을까? 그는 누가 뭐라도 검의 천재니까."

"네, 그랬죠. 한데 당시에 카슨 자작은 마스터가 되지 못했습니다. 하이렌 백작은 막 마스터가 되었지만."

로딘은 막 숲 사이로 사라지는 레온을 가리켰다.

"카슨 자작은 저 검을 들고 있었던 거죠. 그래서 이겼던 겁니다."

로딘은 고개를 저으며 체념하듯 중얼거렸다.

"마스터와 크루세이더의 차이를 상쇄한 검이에요. 마스터의 검기가 통하지 않는 검."

로딘은 들고 있던 봉을 한 번 휙 돌리면서 눈앞에 쳐들었다.

"이런 평범한 철검과는 비교도 할 수 없는 검이죠. 하마터면 난 죽을 뻔했다고요."

잠시 상상을 하듯 생각에 잠겼던 타스틴이 부르르 몸을 떨었다.

"아마 자네의 검을 가르고 자네마저……!"

"…그런 거죠."

로딘은 어깨를 으쓱했다.

"이제 페나인에서 레온과 검을 겨룰 수 있는 사람은 없어요. 그가 저 검을 놓지 않는 한!"

알과 레온 상회의 상인들은 무사히 캐러디안 숲을 지나갔다. 간간이 뿔고둥 소리가 여기저기서 뿜어져 나왔지만 알은 깨끗이 무시했다. 그 소리는 분명 숲 곳곳에 숨어 있는 산적들끼리 의사소통을 하는 것임이 분명했다. 그리고 그 내용은 분명 자신들을 통과시키라는 내용임을 짐작했다. 그렇게 짐작했던 이유는 소리가 그들이 가는 방향으로 번져 갔음에도 아무도 그들을 가로막는 일행이 없었기 때문이다.

숲을 빠져나간 이후에 일행은 카프의 여섯 마을로 흩어졌다. 그 여섯 마을에 치즈를 팔고 다음날 약속된 시간에 그들은 북쪽 카프 마을의 입구에 다시 모였다. 짐을 옮기고 나니 이제 마차는 세 대가량 비었다. 알은 비어 있는 마차 세 대와 치즈가 가득 실은 마차 한 대를 마을에 맡겨둔 채 이번엔 일행을 이끌고 카네비스 산을 향해 달려갔다.

잠자코 그가 하는 대로 따르던 바론이 문득 깨달았다는 듯 중얼거렸다.

"카네비스 산 중턱에 드워프가 살고 있다는 말을 들었던 것 같아. 우린 그곳으로 가는 걸까?"

"와, 과연 눈치가 빠른 아저씨군요."

곁에 앉아 있던 레온의 말에 바론은 찔끔하며 인상을 찌푸렸다.

"아저씨라고 부르지 말라니까……."

라고 막 투덜거리는 동안 곁에 있던 알이 마차를 세웠다.

알은 카네비스를 한 번 쳐다보고 길게 한숨을 쉰 후에 모두를 돌아보며 외쳤다.

"자, 여기서부터는 걸어야 해. 모두 치즈를 둘러메도록 해."

"에에? 이걸 전부 짊어져야 한단 말야?"

바로 뒤에 붙어서 달려오던 소나임은 기가 막혀 자신의 마차를 돌아봤다. 그의 말에 알이 맞받아쳤다.

"우리가 무슨 천하장사인 줄 알아? 들고 갈 수 있는 만큼만 짊어지라구!"

모두의 투덜거림을 흘려들으며 알은 묵묵히 치즈를 짊어졌다.

드워프의 마을로 가는 길을 제대로 기억하고 있는 레온이 선두에 서서 일행을 이끌기 시작했다. 알도 중간까지는 기억하고 있었지만 지친 나머지 그 뒤는 거의 기억하지 않았었다. 역시 험준한 카네비스 산이라 불릴 만큼 중간까지 가기도 전에 모두들 지치기 시작했다. 이번에도 레온은 알의 짐을 대신 들었고, 목적지에 다다를 때까지 그에게 짐을 맡기지 않은 사람은 소나임과 듀발뿐이었다.

그들은 드워프 마을 입구에서 축 늘어진 채 서둘러 치즈를 내려놓기에 바빴다.

갑자기 사람들이 나타나자 드워프 마을도 부산해졌다. 제일 먼저 족장인 둔이 나타났고 그 뒤로 막 광산에서 달려왔는지 거뭇한 수염과 검정 칠을 한 드워프들이 들이닥쳤다.

그때쯤에 겨우 기운을 차린 알이 앞으로 나섰다.

"전에 약속했던 대로 거래를 하러 왔습니다. 포란의 치즈와 모직물을 가져왔죠. 어때요?"

"호오, 여기까지 잘도 가져왔군. 하지만 우린 사람들과 만나는 것을 그다지 좋아하지 않는데……."

둔은 큼직한 얼굴을 찡그리며 축 처져 있는 상인들을 둘러봤다. 그의 곁에 막 광산에서 달려왔는지 온통 까만 형상의 드워프가 도끼를 든 채 눈을 부라리고 있었다. 도끼는 보통 나무를 자를 때 쓰는 손도끼가 아니라 완전 전투용의 쌍날이 달린 넓적한 도끼였다. 날 사이에는 찌르기에도 적합하도록 뾰족한 창이 꽂혀 있었다. 그는 온순한 성격의 드워프답지 않게 무시무시한 눈초리로 알을 쏘아보고 있었다.

"모두 우리 상회의 사람들입니다. 매번 우리가 올 수는 없겠기에 몇 명을 더 데려온 거죠."

둔의 말투도 그렇고, 그 옆의 드워프나 둘러싼 다른 드워프들도 불만이 가득 담긴 눈초리를 선사하고 있어 알은 다소 두려웠다. 그 기색을 느낀 바론들도 서둘러 엎어져 있던 자리에서 몸을 추슬렀다. 아무래도 실수한 게 아닐까 싶어 알은 족장에게 최대한(평생 지어보지 않았던) 상냥한 미소를 그에게 보냈다. 그러나 매몰차게 그 시선을 퉁겨내며 족장이 버럭 소리를 질렀다.

"우린 어떠한 경우에도……!"

"조, 족장!"

순간 곁에 있던 드워프의 눈동자가 수염을 뚫고 나오는 게 아닐까 생각될 정도로 커지며 황급히 무엇인가를 손가락질했다.

"뭐야? 타바비아! 내가 말할 때는 제발 자르지 좀?!"

이윽고 둔의 수염이 부르르 떨더니 쟁반 같은 눈동자가 수염 사이로 나타났다. 두 드워프의 반응에 알도 놀라 뒤돌아봤다. 바로 뒤에 레온이 붙어 있었고 정확히 드워프들의 시선은 그의 허리춤에 머물러 있었다.

"그, 그 검은… 카논의 세이버?!"

"에? 드워프들도 이 검을 알아요?"

다소 놀라며 레온도 자신의 검을 쳐다봤다.

"다, 당연히 알지! 그 검은 우리가 만들었으니까!"

둔이 목청을 돋우며 소리쳤다.

"그 검이 나왔다는 것은… 넌 에드워드님의 마지막 증손자냐?"

"이 검을 만들었다고요?"

레온도 지지 않고 경악을 했다.

"물론이고 말고! 한데 넌 에드워드님의 증손자가 맞느냐?"

더욱 목청을 돋우며 둔이 소리쳤다.

"네! 전 그분의 증손자예요!"

레온은 한 발짝 앞으로 다가섰다.

"오오! 놀랍군! 에드워드님의 증손자라니! 맹약을, 맹약을 갱신하기 위해서 온 거냐?"

마지막으로 타바비아의 고함에 근처에 있던 동물들이 놀라 우왕좌왕했다. 그 소란을 막기 위해 알이 귀를 막은 채 비명을 질렀다.

"제발 부탁이야! 소리 지르지 말란 말야!"

한바탕 소동을 벌인 후에 상인 일행은 드워프 마을에서 휴식을 취할 수 있었다. 아직 남아 있는 물건을 가지러 건장한 드워프들이 산을 내려간 사이에 둔과 타바비아, 레온과 알은 족장의 집에 모여 앉았다.

먼저 알이 심각한 표정으로 입을 열었다.

"이 검에 무슨 비밀이 있는지 전 알지 못합니다. 반가운 것은 알겠지만 제발 소리만은 지르지 말아주셨으면 좋겠군요."

그의 충고에 고개를 끄덕이며 둔이 말했다.

"이 검은 오래전에 에드워드님의 부탁으로 우리가 만든 것이지. 그리고 이 검은 에드워드님의 애검(愛劍)이기도 했어. 그분은 이 검이 다시 나올 때를 자신의 마지막 증손자라고 정했기 때문에 우린 오랜 시간을 기다려야만 했지."

잠시 감상에 잠긴 표정으로 천장을 바라본 둔은 천천히 그러면서 간절한 소망이 담긴 그윽한 눈길을 레온에게 향했다.

"이제 맹약을 갱신할 때가 된 것이지."

"저어……."

그의 간절한 눈빛이 무슨 뜻인지 짐작조차 못하는 레온은 조용히 대꾸했다.

"전 족장님께서 무슨 말씀을 하는지 전혀 모르겠는데요?"

"……."

잠시 둔과 타바비아의 얼굴에 '무슨 그런 농담을' 하는 미소가 번졌다. 그러나 여전히 당당한 자세로 아무것도 모른다는 표정을 짓는 레온을 보며 그 말에 거짓이 없음을 깨달았다.

"저, 정말 모르는 거냐?"

"전혀!"

"아무것도?"

"당연히!"

잠시 후 둔과 타바비아는 다시 화사한 미소를 지으며 그윽하게 레온을 바라봤다. 그러나 이번엔 '이런 황당한 일이!' 라는 뜻이 가득 담겨 있었다.

"저어, 죄송하지만 그 비밀을 가르쳐 주시면 안 될까요?"

레온의 정중한 부탁에 둔과 타바비아는 동시에 오른손을 번쩍 쳐들었다. 짤막한 그 팔에는 힘줄이 불끈 튀어나왔고 그 끝에는 무언가를 살포시 잡듯 꼭 쥐고 있는 주먹이 파르르 떨리고 있었다. 그리고 둘은 동시에 탁자를 향해 누가 먼저 내려치나 내기라도 했는지 힘껏 주먹을 내려쳤다.

알과 레온이 얼른 의자를 뒤로 미뤄 그 충격에서 벗어나는 동안 드워프의 손길이 닿아 오랫동안 자리를 지켜왔을 탁자는 산산조각이 난 채 사방으로 파편을 튀겼다. 그리고 그 와중에 타바비아의 절규가 터져 올랐다.

"아프잖아요!"

결과적으로 손이 빨랐던 타바비아가 탁자를 부수는 동안 둔은 그의 주먹을 내려친 것이다. 얼른 손을 거두며 둔은 레온을 향했다.

"자네가 알지 못한다면 그건 어쩔 수 없지. 아마 백년이 지나면서 그 비밀이 사라졌을지도 몰라. 그렇다고 해도 우리가 그것을 말할 수는 없어."

둔은 한숨을 쉬었다.

"아마 그 비밀을 밝혀내는 것이 자네에게 남겨진 숙제겠지. 그리고 그때에 맹약은 다시 갱신되겠지."

"아프단 말입니다."

부르튼 손을 움켜쥔 타바비아가 둔을 쩌려보며 투덜거렸다. 그러나 여전히 그를 무시한 채 둔은 레온의 검을 가리켰다.

"그렇지만 무엇을 알아야 하는지 정도는 가르쳐 줘도 상관없겠지."

레온은 허리춤에서 검집을 풀러 둔에게 내밀었다. 둔은 가죽으로 만들어진 손잡이를 레온의 눈앞에 들이밀었다.

"어때? 조금 두껍다는 느낌 들지 않아?"

"아, 그러고 보니……."

카논의 세이버는 검의 길이에 비해 자루가 훨씬 길고 두툼했다. 중 검도 아닌데 두 손으로 잡을 수 있을 정도로 길었으며 보통 두께보다 두꺼운 편이었다. 그런 것에 민감한 편이 못 되는 레온인지라 무신경하게 넘어갔지만 족장의 말에 그는 살짝 고개를 끄덕여 수긍했다.

둔은 미소를 지으며 짧은 단도를 꺼내 가죽 끝을 뜯었다. 그리고 조심스럽게 가죽을 벗겨냈다. 놀랍게도 안에서 또 다른 가죽이 정체를 드러냈다. 레온은 놀란 얼굴로 가까이 다가가 자루를 바라봤다.

척 보기에도 윤기가 흐르는 연녹색의 가죽이 자루를 감싸고 있었고 손가락이 놓이는 부분에 일곱 개의 홈이 일직선으로 파여 있었다. 그 중 여섯 개의 홈에는 까만 돌이 박혀 있었다.

"와이번의 가죽이야!"

둔은 자랑스럽게 가죽을 어루만졌다.

"구하느라고 고생했었지. 이곳엔 이제 와이번이 존재하지 않으니까. 먼 대륙까지 갔다 와야 했어."

"아프다니까요!"

그의 감상을 깨며 드디어 타바비아가 소리쳤다. 그 말에 둔이 버럭 화를 냈다.

"누가 맘대로 내 탁자를 부숴놓으래? 그리고 그 손이 아픈 게 내 탓이야? 탁자를 부수면서 다친 거잖아?"

"그, 그렇긴 하지만……."

고함으로 타바비아를 물리친 둔은 의기양양하게 레온을 향해 외쳤다.

"바로 이 돌이야! 이 돌에 검의 비밀이 담겨 있어! 그리고 그 이상은 말해 줄 수 없어. 나머진 스스로 찾아야겠지."

"…그런가요……."

뭔가 아리송한 내용에 고개를 갸웃하면서 레온은 검을 받아 다시 허리에 찼다. 둔은 멀찍이 앉아서 얘기를 듣고 있던 알에게 시선을 돌렸다. 그는 눈살을 찌푸리며 중얼거렸다.

"근데 자넨 평범해 보이는걸? 도무지 마법사로는 보이지 않고, 검사라고 하기에도 너무 허약해. 성스러운 힘이 있는 것도 아닌 것 같고. 흠, 그래서야 레온을 돕기는커녕 방해만 되겠는걸?"

"아, 저. 뭔가 착각하신 게 아닌가요? 우린 그냥 상인이라구요."

"뭘 하든 상관없어. 저 검의 곁에 있는 이상 모험을 피할 수는 없으니까."

이미 알의 말은 무시한 채 둔은 혼자 중얼거리고 있었다. 그는 거구를 움직여 벽장 앞으로 다가갔다.

"이 정도라면 최소한 자신의 몸을 지키는 데 도움은 되겠지."

그는 벽장을 열고 거대한 검을 꺼냈다.

단순하게 만들어진 십자형의 손잡이에 넓은 검신, 엄청나게 긴 길이의 검이었다. 레온은 대번에 이 검이 클레이모어(Claymore)와 외견은 비슷하다는 것을 알아챘지만 그 무지막지한 검신의 길이는 이미 클레이모어를 넘어서고 있었다. 그것은 엄밀히 클레이모어를 본뜬 투핸드 소드의 일종이었다.

마치 자신의 세이버가 세이버의 형태를 지니고 있지만 어딘가 다른 것처럼 이 클레이모어도 외견은 클레이모어였지만 분명 달랐다. 그 길이는 보통의 클레이모어보다 무려 50센티 정도 길었다. 당연히 검신의 폭도 두 배는 되었고 무게 역시 족히 세 배는 무거울 것이 분명했다.

레온은 문득 이와 유사한 검을 칸트 숲에서 만난 거구의 산적이 사용했다는 것을 떠올렸다. 그때는 상황이 급박해 미처 검의 종류를 파악하지 못했지만 거의 이것과 유사하다는 생각이 들었다.

둔은 클레이모어를 자랑스럽게 쳐다본 후 가볍게(역시 드워프는 힘이 좋다는 것이 사실인지) 클레이모어를 알에게 던졌다.

"카네비스에서 생산된 철로 만든 검이야. 미스릴도 약간 섞어 넣었지."

알이 기겁을 하며 물러서는 동안 레온이 얼른 검을 받았다. 역시 보통의 클레이모어와는 비교도 안 되는 육중함이 레온의 손끝에서 울려왔다. 그는 잠시 검을 쥔 채 휘둘렀다. 천천히 휘둘렀지만 곧 사방에서 난리가 났다.

이쪽 벽에 걸려 있던 둔의 장신구들이 한순간에 아작이 났고 반대편의 문에 커다란 구멍이 뚫렸다. 아차 하며 얼른 검을 거두는 사이에 이번엔 지붕이 두 쪽으로 갈라졌다.

연신 사과를 하는 레온에게 휘둥그래진 눈으로 둔과 타바비아가 소리쳤다.

"그, 그 검을 한 손으로 휘두르다니! 대단한 친구로군!"

"아, 좀 무겁긴 한데요. 그런데 알로선 이렇게 무거운 검은 들지도 못할 텐데요?"

레온이 알을 대신해 말하는 동안 둔은 고개를 주억거렸다.

"알겠네. 그에게 어울릴 만한 것을 찾아보도록 하지. 그러니 제발 그 검을 치워주게! 자네가 휘두를 때마다 집이 산산조각 나잖아!"

"아, 네."

대답과 함께 바닥에 검을 내려놓았다. 이번엔 쿵! 하는 소리와 함께 마룻바닥이 주저앉았다.

한참 소란이 가라앉은 후에 둔은 투덜거리며 벽장을 뒤졌다.

"젠장! 집이 작살이 났잖아! 이걸 고치려면 며칠 고생깨나 하겠군."

그가 몸을 돌리며 새로운 것을 꺼냈다. 그의 손에 들린 것은 곡선을 그리며 굽어 있는 검집과 희한한 문양이 새겨진 자루가 보였다. 그는 입을 다시며 중얼거렸다.

"잠비아(Jambiya)라는 검이야. 야론 인들이 쓰는 단검인데 오래전에 대륙을 건너갔을 때 구한 것이지. 내가 아끼는 것 중에 하나인데……."

그는 검을 뽑아 모두에게 보였다.

그것은 검이 아니라 도였다. S자 형식으로 굽은 날이었는데 양날이라는 것이 유일한 검으로서의 증거였다. 길이는 30센티 정도로 검집에 비해 턱없이 짧았고 두께는 7센티는 될 정도로 넓어 무엇인가를 벨 때 유용할 것으로 레온은 짐작했다.

무기를 소지해야 한다는 것에 대해 매우 불쾌한 표정을 짓고 있던 알도 아론 인들이 쓰는 단검이라는 말에 관심을 보이며 잠비야를 받았다. 몇 번 휘두르며 가볍다는 것에 만족한 알은 미소와 함께 뒤쪽 허리춤에 꽂아넣었다. 그를 바라보던 타바비아가 퉁명스런 어조로 중얼댔다.

"고맙단 말 정도는 해도 되잖아?"

"달란 말 한 적 없잖아요? 준다니까 받는 거지, 아니면 이런 걸 받을 생각 없다구요."

"이것도 가져가."

둔은 벽장을 뒤지다가 무언가를 던졌다. 알이 받아서 보니까 그것은 석궁(石弓:Crossbow)이었다. 그러나 보통 석궁과 달리 나무로 단순하게 제작된 것으로 크기도 작아 보통 성인의 팔 길이 정도에 불과했다.

"그래 보여도 적중률은 좋은 거야. 내가 쓰던 거니까 소중히 다뤄줘."

타바비아가 옆에서 거들었다.

"이런 게 대체 왜 필요한 건지……."

투덜대면서도 알은 석궁과 활통도 받아서 어깨에 멨다. 이윽고 벽장을 닫은 둔은 다시 부서진 탁자 앞에 놓인 의자에 앉았다.

"여행을 간다고 했지? 분명 필요할 거야."

"우린 다른 영지의 상품을 보러 가는 것이지 전쟁을 하러 가는 게 아니라구요!"

"그렇다 해도 다를 바 없어. 자넨 레스터를 벗어나 본 적이 없지? 레스터는 워낙 기사단이 뛰어나서 치안이 잘 이루어진 곳이지. 하지만 페나인의 다른 영지는 그렇지 못할걸? 어쩌면 몬스터를 만날지도 모르지."

라고 답하면서 둔은 킬킬거리며 웃었다.

그 말이 무슨 뜻인지 가늠하기 위해 알과 레온은 잠시 그를 쳐다봤다. 그러나 웃음을 그친 둔은 별다른 말 없이 수염을 쓰다듬을 뿐이었다. 대신 곁에 있던 타바비아가 궁금증을 해결해 줬다.

"국왕의 영지는 모르겠지만 다른 곳은 아직 몬스터가 있다고 들었어. 물론 으슥한 곳에 숨어 있는 것이겠지만. 여하간에 도움이 될 테니 가져가."

"…그럼 이제 우리 얘기를 하죠."

알은 심각한 표정으로 둔을 향해 자세를 고쳤다.

"앞으로 오늘 온 사람 중에 한 명이 고정적으로 거래를 하고 싶은데 괜찮을까요? 물론 거절한다면 우리 두 사람이 와야겠지만 우리에게도 나름대로 사정이라는 게 있으니까요."

"뭐, 할 수 없지."

그렇게 말하며 둔은 레온의 검을 곁눈질했다.

"카논의 세이버를 소지한 사람의 부탁인데 거절할 수야 없겠지. 그

렇지만 되도록 여러 사람에게 우리가 있는 곳을 알리진 않았으면 좋
겠어. 우린 조용히 살아가고 싶으니까."

"그럼, 계약 성립!"

가운데에서 얘기를 듣고 있던 레온이 손바닥을 '짝' 소리가 나게 마
주쳤다.

　드워프 마을을 벗어난 이후 알과 레온은 카프 마을에서 곧바로 관문을 넘었다. 바론과 휘하 상인들은 장신구를 가득 실은 마차를 끌고 캐러디안 숲을 지나 포란으로 돌아갔기 때문에 현재 알과 레온은 단둘만 남게 되었다.

　야론 인이 쓴다는 단검은 알의 맘에 쏙 들었기 때문에 지금도 등허리에 꽂혀 있었지만 석궁 따위는 이미 마차 뒤로 집어 던진 후였다. 앞으로의 여행에 걱정이 앞선 알이 조심스럽게 마차를 모는 동안 곁에 앉은 레온은 흥얼대고 있었다.

　"뭐가 그렇게 신나는 거야?"

　"오랜만에 단둘만의 여행이잖아? 기쁘지 않아?"

　"단순한 여행이 아니라구. 설마 벌써 목적을 잊은 건 아니겠지?"

　"알아, 알아!"

다급하게 대답하는 레온을 보며 알은 잠시 이마를 짚었다. 레온에게 있어 이번 여행은 단순한 소풍이 아닐까 생각되었던 것이다. 그에게 레스터의 상인이 나아가야 할 길이나 상업로의 개척, 마을의 특산물 따위는 이미 지워진 것이 확실했다. 그 증거로 안다고 대답한 이후에 레온은 곧바로 울창한 숲으로 시선을 돌렸고 콧노래를 흥얼거렸으며 틈틈이 마차에서 뛰어내려(알은 그의 능력을 몇 번 봤지만 달리는 마차에서 성큼 뛰어내릴 때마다 가슴이 덜컹하곤 했다) 이름 모를 꽃을 꺾어 와 '예쁘지?' 라고 자랑스럽게 말하곤 했다.

드디어 오후 내내 꾹꾹 눌러 참으며 마차를 몰던 알의 성질이 터지고야 말았다.

"레온! 좀 진득하게 마차에 붙어 있지 못하겠어? 네가 뛰어내릴 때마다 내가 얼마나 놀라는지 알아? 미리 말이라도 하란 말야!"

"미안, 미안! 화났어?"

그러나 말과는 달리 레온은 전혀 미안한 기색을 띠고 있지는 않았다. 오히려 방긋 웃으며 알의 말문을 막고 말았다. 그 후에도 한참 들락날락한 이후에 알이 고삐를 쥐여줘서야 그는 잠잠해졌다.

레온이 마차를 모는 동안 알은 포란에서 준비해 온 지도를 펼쳐 들었다. 포란에서 타 영지를 돌아다녔던 사람들에게 물어서 작성한 지도였지만 그다지 유념할 만한 정보가 있지는 못했다. 그건 지도라기보다는 메모에 가까웠다. 그리고 그 사실을 이미 절실히 깨닫고 있는 알은 곧 지도를 접어 마차 뒤로 던져 버렸다. 그는 마차에 기대어 흘러가는 구름을 쳐다보며 투덜거렸다.

"젠장, 몇 시간 정도 달리면 페나즈 숲을 벗어난다더니… 한나절 내내 달리고 있어도 우린 아직 숲이잖아. 대체 이 정보라는 건 어디까지 믿을 수 있는 거야?"

"그 할아버지는 예전에 기병대에 있었다고 했어. 아마 말을 타고 전속력으로 달렸을 거야."

"우리도 마차를 타고 있어. 게다가 두 마리가 끌고 있다구."

"우린 짐이 많잖아."

레온은 어깨 너머로 손가락질을 하며 대답했다. 그의 말대로 뒤에는 마차 한가득 치즈가 실려 있었다. 포란의 치즈 축제가 끝난 후 이번 여행을 위해 싣고 온 것이다. 물론 치즈 이외에 여행에 필요한 물품도 마차 어딘가를 채우고 있었다.

알은 팔베개를 해서 비스듬히 몸을 뉘이며 여전히 투덜거렸다.

"그렇다 해도 이렇게 틀려서야 저 지도란 걸 믿을 수 있겠냐구! 게다가 숲이라서 그런지 사람도 없으니 묻지도 못하고 말야. 미치겠군."

"괜찮아, 괜찮아. 조금 마음을 편하게 가져 봐. 분명 우린 길을 제대로 가고 있는 걸 거야."

알은 힐끔 레온의 웃는 낯을 바라보며 중얼거렸다.

"대체… 너의 그 근거없는 믿음은 어디서 나오는 거냐?"

"응?"

듣지 못한 레온이 알을 돌아보며 물었다. 그러나 알은 정색을 한 채 하늘을 향해 고개를 돌렸다.

"아냐, 아냐. 혼잣말이야."

무심히 하늘을 향해 시선을 돌린 알은 구름 사이로 붉은 형체가 나타났다 사라지는 것을 봤다. 그것은 다시 구름 밑으로 내려왔다가 빙글 몸을 회전하여 구름 위로 다이빙하곤 했다. 좀 더 자세히 살펴보니 그 형체의 몸통에는 빨갛게 불타는 듯한 날개가 달려 있었고 그것을 근거로 알은 그 형체가 새라고 짐작했다. 구름 사이에서 놀고 있을 만큼 꽤 높은 곳에 있는데도 알아볼 수 있을 정도이니 매우 거대한 새임이 분명하다고 알은 생각했다.

다시 그 새가 구름 밑으로 숏구쳤을 때 알은 레온을 툭툭 치며 가리켰다.

"저 새 무지 크지 않냐? 구름이랑 놀고 있는데도 보일 정도이니 말야. 그렇지 않아?"

"어디?"

힐끗 하늘을 올려다본 레온은 깜짝 놀라 고삐를 움켜잡았다. 마차가 급정거를 하는 동안 그 충격으로 알은 마부석에서 굴러 떨어졌고 말들은 소리 지르며 발길질을 했다. 그러나 레온이 워낙 잘 붙잡고 있었기 때문에 말들은 심통을 부리긴 했지만 곧 잠잠해졌다. 떨어지며 머리를 부딪친 알이 터번 밑으로 손을 넣어 혹이 났을까 만지며 올라왔다. 그동안에도 레온은 무언가에 홀린 듯 하늘을 쳐다볼 뿐이었다.

"뭐야? 왜 그래?"

뭔가 이상한 생각에 알도 그를 따라 다시 하늘을 올려다봤다.

"…불사조야……."

취한 듯 몽롱한 어조로 레온이 대답했다. 불사조가 무언지 모르는 통에 그다지 놀라지 않으면서도 알 역시 불사조에서 눈을 떼지 않았다.

구름 밑으로 숏구친 불사조는 문득 멈춰 서서 날개를 펼쳤다. 보이지 않는 가지 위에 앉듯 날카로운 발톱을 사방으로 펼쳐 무언가를 꽉 움켜쥐고 커다란 날개를 활짝 펼치고는 고개를 뻣뻣이 세운 채 근엄한 모습으로 지상의 생명들을 내려다보는 듯했다. 적어도 알은 그렇게 느꼈다. 불사조는 아래를 향해 시선을 내린 채 잠시 있다가 고개를 바짝 쳐들고 날개를 퍼덕인 후에 곧 동쪽으로 긴 잔영을 남기며 사라졌다.

불사조가 사라진 후에야 레온이 잠에서 깨어난 듯 중얼거렸다.

"미소를 지었어……."

"응?"

"우릴 내려다보고 미소를 지었단 말야."

"누가? …불사조가?"

"응. 몰랐어? 같이 봤잖아?"

"몰라. 저 높이 있는 새를 어떻게 알아볼 수 있겠어? 날 보는지 아님 이 근처의 다른 녀석을 보는지… 마스터라는 건 시야도 좋아지나 보지?"

"아, 그렇긴 해. 그렇지만 분명히 불사조는 우릴 쳐다봤어. 그의 눈동자가 정확히 우리를 향했고 다음에 고개를 돌렸단 말야. 느끼지 못했어? 난 불사조가 쳐다보는 것만으로도 숨을 쉴 수가 없었어. 굉장한 중압감이었다고!"

"아아… 굉장했겠군. 그래, 불사조 아저씨가 뭐라고 하든? 이 길이 정확하다고 말해 주기라도 했어?"

알의 핀잔에 레온은 화가 치밀어 입을 꾹 닫고 말을 몰기 시작했다. 그의 샐쭉해진 입 모양을 살핀 알은 '후' 하고 한숨을 쉬었다.

"이봐, 화난 것은 이해하겠는데, 우리에게 중요한 건 불사조 따위가 아니라 길을 제대로 가고 있느냐는 거야. 내 말이 심했다면 사과할게."

"됐어."

그렇게 중얼댄 레온은 알을 흘겨보며 투덜댔다.

"넌 페나인에 얽힌 전설도 모르는 거야? 우린 방금 굉장한 걸 본 거란 말야!"

전설, 신화, 역사 따위는 진작부터 관심이 없는 알이었다. 물론 그걸 알아서 돈이 된다면 당장이라도 달려들겠지만 말이다. 알은 심드렁한 얼굴로, 그렇지만 레온에게 들키지 않으려고 고개를 돌리며, 매우 궁금하다는 목소리를 가득 담아 소리쳤다.

"오오! 불사조가 페나인에 관련된 전설이 있었던 거야? 듣고 싶어, 레온! 가르쳐 줄 수 있지?"

"…잠깐, 얘기할 때는 상대를 똑바로 봐야 한다고 말한 건 너였어."

"좋아, 알았어. 솔직히 난 전설 따위는 관심없어. 하지만 네 얼굴은 말하고 싶어 죽겠다는 표정인걸? 짧게 말한다면 들어줄 수는 있어. 해봐."

졌다는 듯 알은 고개를 돌렸다. 그의 얼굴을 쳐다본 후 레온은 체념하며 입을 열었다.

"좋아, 짧게 말하지."

레온은 잠시 기억을 더듬었다.

"오백여 년 전에는 이 페나인에도 고룡이 하나 살고 있었대. 캐런트라는 고룡으로 에이션트에 가까운 웜 급이라고 전해져. 그 녀석의 근거지는 카네비스 산이었는데 오백여 년 전에 피닉스에게 먹혀 버리고 말았지."

"엥? 드래곤을 잡아 먹는다구?"

다소 놀란 알이 자리를 고쳐 앉았다. 그가 흥미를 보이자 레온도 곧 기운차게 설명을 덧붙였다.

"응. 피닉스는 불사조의 다른 이름인데, 드래곤을 먹고 산다고 전해져."

"정말? 그럼 왜 드래곤은 멸족하지 않는 거야?"

그 말에 레온이 이마를 찌푸렸다.

"그런 걸 내가 어떻게 알아? 난 피닉스가 아냐. 어쩌면 피닉스의 숫자가 적어서 그럴지도 모르지."

레온은 투덜거린 후 다시 입을 열었다.

"하여간 드래곤이 서식하는 곳에는 몬스터가 모여들게 돼. 페나인 일대는 캐런트의 사냥터였기 때문에 옛날에는 이곳에도 몬스터가 많았어. 하지만 캐런트를 잡은 피닉스는 일주일 간 카네비스 산의 정상에 서서 빛을 발했고 그 위용에 질린 몬스터는 뿔뿔이 흩어지고 말았지. 북쪽으로 간 녀석들은 드라콘 산맥으로 숨어 들어갔고 남쪽으로 간 녀석들은 바다를 넘어 모스 섬으로 도망쳤다고 해. 그 이후에 페나인 일대는 몬스터가 살지 않게 된 거지. 알겠어? 우리가 마음대로 살수 있게 된 건 바로 저 불사조 때문이란 것을."

"굉장한걸. 아, 이럴 줄 알았으면 우리 깃발을 불사조로 할 걸 그랬다."

알이 감탄을 하며 입을 다셨다.

"그건 안 돼."

"왜?"

"페나인의 왕가를 상징하는 문장이 바로 피닉스거든. 그런 깃발을 내걸었다가는 역모죄로 사형을 당할지도 몰라."

레온은 장난스레 손으로 목을 치는 시늉을 했다. 알도 몸을 부르르 떨며 맞받아쳤다.

"그건 사양하고 싶은걸. 역시 우리에겐 페가수스가 어울리겠어."

"그런 건 별로 중요하지 않아. 우리가 피닉스를 봤다는 것이 중요하지. 실제로 피닉스를 본 사람은 거의 없거든. 아니, 전무하지. 우린 굉장한 걸 본 거야. 그러고 보니 너에게 감사해야겠는걸? 네가 말해 주지 않았다면 볼 수 없었을 테니 말야."

"아니, 감사할 필요는 없어. 어쨌든 그게 불사조든 피닉스든 간에 돈이 안 된다는 사실엔 변함 없어."

알은 문득 레온을 쳐다봤다.

"근데 그게 불사조라는 걸 어떻게 알아? 불사조를 본 사람이 전무하다면 알려진 사실도 없어야 하잖아?"

"아……."

레온은 잠시 멍한 표정을 짓더니 곧 고개를 저었다.

"그러니까, 불타는 듯한 깃털을 보고 눈치 챘어."

"불타고 있었다구? 미치겠군. 내 눈엔 그저 빨갛게만 보였다구. 그게 불타고 있었다니?"

"하여간 불타고 있었어. 그렇게 이해해."

"그래, 너 참 눈 좋다."

알의 대꾸에 레온은 잠자코 있었다.

레온이 불사조를 알아볼 수 있었던 것은 자신을 쳐다보며 대답했기 때문이었다. 아니, 엄밀히 따지면 그렇게 생각했기 때문이지만 알이 비웃을 거란 생각에 더 이상 말하진 않았다. '내가 불사조를 알아보자 불사조도 나를 쳐다보며 웃어 주었어. 정말이야' 라고 말해 봐야 알은 분명 '오, 그랬어? 불사조가 '안녕' 하고 말했단 말이지?' 라고 반박할 게 뻔했다. 자신도 설명할 수 없는 일에 대해 굳이 왈가왈부하고 싶지 않아 레온은 그냥 입을 다물기로 했다.

한참 침묵이 흐른 후의 숲이어서 일찍 어두워진 주위를 둘러보며 알은 한숨을 쉬었다.

"만약 오늘 중으로 이 길을 벗어나지 못한다면 우린 노숙을 해야 할 거야."

"걱정할 거 없어. 우린 오늘 밤 편하게 잘 수 있을 거야."

"너의 그 대책없는 믿음을 기대해 줄 수 없어 미안하다."

"하지만 사실이야."

"어떻게? 꼴을 보아하니 오늘 중에 마을을 발견할 수 있을 것 같진 않은걸."

"맞아. 마을은 포기하는 게 좋을 것 같아. 방금 생각했는데 우린 길을 잘못 왔다고 생각해."

"어, 그래? 그것 참 듣던 중 불행한 소리로군. 그렇게 생각하게 된 근거는?"

"응. 바로 저거야."

레온은 손을 뻗어 앞을 가리켰다.

알이 눈을 가늘게 뜨고 바라봤지만 그가 가리킨 방향은 녹색과 갈색이 조화롭게 펼쳐져 있을 뿐이었다. 한마디로 숲이 그의 시야를 가리고 있었다. 레온의 눈이 보통이 아니란 것을 절감하며 알은 다시 깊은 한숨을 쉬었다.

"그래, 저기 뭐가 있는데?"

"가보면 알아. 저걸 근거로 우린 길을 잘못 들었다는 것과 오늘 밤을 편하게 보낼 수 있다고 생각하니까."

뜻 모를 말에 알은 고개를 갸웃했다. 그러나 그의 궁금증은 금세 풀렸다. 마차가 막 길목을 돌아서는 순간 마술처럼 그 앞에 자그마한 오두막이 나타난 것이다. 아직 해가 진 것은 아니라고 해도, 어두운데 오두막은 아직 불을 밝히지 않았다. 마차가 서는 것과 동시에 알이 뛰어내리며 소리쳤다.

"이봐, 여기 아무도 없어?"

"알! 우린 손님이야. 무턱대고 험악한 말 쓰지 마."

"왜? 여기 주인이 우리 치즈를 사준다면 모를까, 내가 경어를 붙여줘야 할 필요가 어디 있어?"

"물론 그렇지. 하지만 우린 오늘 밤 여기 주인의 신세를 져야 한다는 것을 잊지 말았으면 해."

레온의 충고에 알은 곧 깨달았는지 다시 목청을 가다듬었다.

"여보세요? 여기 아무도 없으신가요?"

알은 어깨 너머로 레온을 흘겨봤다.

"이 정도면 상당히 예의 바른 거지?"

"응, 좋아."

레온은 곧 깔깔대고 웃었다.

"하지만 내 생각엔 이 집은 비어 있는 것 같아."

"그래, 나도 그렇게 생각해."

알은 터번을 벗어 뭉친 뒤에 옷에 묻은 먼지를 털었다. 그리고 오두막 앞으로 다가가 조심스럽게 문을 밀었다. 굳건했다. 이번엔 당겼더니 문은 끼긱대며 알과 레온을 반겼다.

"문이 열리는데?"

알이 조금 놀라며 레온을 돌아봤다. 레온은 마차에 묶인 말들을 풀러 근처 나무에 묶고 있었다. 그는 고개를 끄덕이며 대답했다.

"아마 그럴 거야."

"뭐야? 이 오두막을 알고 있었던 거야? 여기 와본 적이 있냐?"

"아니. 나도 레스터를 벗어난 건 이번이 두 번째야. 그리고 그 두 번 다 너와 함께 있었다고."

레온은 잠시 자신의 까만 말을 쓰다듬은 후에 커다란 나무통을 집어 들었다.

"내 생각에 이 집은 '산림관의 오두막' 같아."

"산림관의 오두막?"

알도 마차의 포장을 열고 식량과 금고를 챙기며 반문했다. 레온은 오두막 뒤에 흐르는 시냇물을 가득 퍼서 말들 곁에 놔둔 후에 곧바로 마차 옆으로 달려왔다. 그 모든 일을 그는 가볍게, 그리고 빠른 시간 안에 처리했고 덕분에 알은 무거운 금고 궤짝을 레온에게 맡김과 동시에 대답을 들을 수 있었다.

"여긴 위클리프 령이고 페나즈 숲이잖아. 방금 전에 그 생각이 들더라고……."

"…그럼 지금까지 어디라고 생각했던 거야?"

"아니, 아니. 내 말은."

레온은 금고를 들고 오두막으로 향했다.

"위클리프 령은 바로 왕가의 영지야. 그리고 페나즈 숲은 국왕의 사냥터란 얘기야. 이해하겠어?"

"아아, 그러니까 여긴 위대하신 국왕의 사냥터란 얘기로군."

알은 특별히 '위대하신'에 악센트를 주며 대답했다.

"조심해. 그렇게 비꼬다가 근위대에 잡혀가도 난 몰라."

"비꼬는 거 아냐. 설마 내가 귀족보다 높으신 국왕님을 모욕이라도 하겠어?"

손해 볼 짓은 절대 안 하는 알이지만 본론을 말하지 않는 레온에게 다소 화가 치밀어 나오는 대로 중얼거렸다.

"그래서 이 오두막은 '위대하신' 국왕님과 어떤 관계가 있는 거야?"

"응. 국왕의 사냥터를 관리하는 사람을 산림관이라고 해."

레온이 금고를 어깨에 멘 채 한 손으로 문을 열었다. 그리고 그의 대답에 알이 깨달으며 고개를 끄덕였다.

"아하, 숲을 관리하기 위해선 숲에서 살아야겠지. 그래서 산림관의 오두막은 숲에 있을 테고……."

"맞았어."

두 사람은 곧 어두운 오두막 안에 들어서서 둘러보기 시작했다. 제일 먼저 알이 촛대를 찾아 불을 밝혔다. 알은 촛대를 든 채 문 앞에 서서 주위를 둘러봤다.

정면에 돌로 쌓은 벽난로와 굴뚝이 있었고 왼편으로 한 명이 누울 수 있는 작은 침상이 하나 있었다. 가운데에 식탁이 있고 오른편에 작은 찬장이 붙어 있어 부엌이라 짐작되었다. 전체적으로 한 사람 정도 잠시 지낼 수 있는, 그런 원룸 형식의 집이었다.

레온은 가운데에 금고를 놓고 벽난로 위에 붙어 있는 걸쇠에 세이버를 걸었다. 그리고 벽난로 안에 걸쳐져 있는 냄비를 살폈다.

"깨끗하네. 아마 꽤 오랫동안 사람이 없었나 봐."

"그런 것 같군. 한데, 산림관의 오두막이라면서 왜 산림관의 흔적도 찾을 수 없는 거지?"

"응? 그건 산림관은 숲을 계속 돌아다녀야 하기 때문이야. 페나즈 숲 여기저기에 이런 오두막이 준비되어 있다고 들었어. 물론 산림관도 몇 명뿐인 건 아냐. 대개는 그 지역에서 고용되니까 어쩌면 잠시 집에 갔는지도 모르지."

레온의 설명에 알은 안심을 하며 얼굴을 폈다. 그는 쾌활하게 웃었다.

"그러니까 오늘은 빈집이란 거지? 하루 정도 우리가 빌려도 되는 거로군?"

"응. 물론 이건 죄를 저지르는 짓이지만."

"그건 또 뭔 소리야?"

알은 얼굴을 일그러뜨렸다.

"이건 국왕의 사유 재산이란 말야. 그러니까 우린 몰래 국왕의 재산을 사용하는 거지. 걸리면 아마 손이 잘리는 형벌에 처할걸?"

그 말에 알이 질겁을 하며 멈췄다. 그는 막 거칠게 잡아끌던 의자에서 손을 떼고 조심스럽게 방 안을 살폈다. 그리고 창 너머로 밖을 살피며 아무도 없다는 확신을 가진 후에 벽난로에 장작을 넣는 레온의 등을 응시했다.

"농담이지?"

"정말이야. 기사가 되면 수도에 가게 되니까 왕가에 대한 공부도 겸하거든. 그때 배웠어."

"너 겁이 없는 거냐? 아니면 무모한 거냐? 그런 걸 알면서 여기서 잘 생각을 하는 거야?"

알은 언성을 높이며 다급하게 말했다. 그러나 레온은 의아한 듯 빤히 쳐다볼 뿐이었다. 알은 잠시 이마를 짚었다.

"야야, 넌 이제 귀족이 아냐. 공작의 아들이 아니라구. 우리가 여기서 자다가 걸리면 정말 손이 잘리게 되는 거라구. 알아? 용서받을 여지가 전혀 없단 말야!"

"알아. 하지만 들키지 않으면 되는 거잖아?"

알은 '하!' 하고 코방귀를 뀌었다.

가끔씩 느끼는 것이지만 레온은 아직 귀족일 때의 습성을 보이곤 했다. 분명 공작의 아들이었다면 산림관의 오두막을 사용했다고 해서 형벌을 받지는 않을 것이다. 하지만 평민이라면 얘기는 전혀 달랐다. 불행하게도 법은 귀족에게처럼 평민에게도 관대하지는 못하니까. 그리고 그런 차이를(정말 불행하게도) 레온은 알지 못했다.

그럴 때마다 알은 답답하긴 했지만 어쩔 수 없이 그의 무모함에 손을 들 수밖에 없었다. 그리고 지금 이 순간에도 알은 고개를 젓기는 했지만 곧 의자 위에 앉았다. 이번에도 레온의 그 기이할 정도의 행운을 기대하기로 마음먹었다. 물론 조금씩 바꿔야 한다는 것을 염두에 두면서. 엄밀히 이곳은 레스터가 아니었다. 이곳에서 사고를 친다면 (설사 그것이 사소한 것일지라도) 그 누구도 레온의 편이 되지 않을 것이다. 이곳에는 하이렌도 아벤도 프란츠도 없으니까.

알은 탁자 위에서 대충 먹을 걸 펼치며 물었다.

"잠은 어떻게 하지?"

"네가 침대에서 자."

"넌?"

"난 밑에서 모포를 덮고 잘래."

알이 레온에 대해서 놀란 것 중에 하나였다. 그는 야영을 하는 것을 무척이나 좋아했다. 아니, 모닥불 옆에서 모포를 덮고 자는 것을 즐겼다. 스고우 령으로 갔을 때 확실히 깨달았던 사실이지만 그는 편하게 자란 것으론 보이지 않았다. 어떤 면에선 음유 시인인 스레이보다 더 익숙하게 행동하곤 했다.

"여긴 하늘을 지붕으로 삼을 수 없잖아?"

문득 오두막의 천장을 올려다보며 알이 중얼거렸다.

"아무렴 어때? 그래도 난 모포가 좋아."

불을 피운 레온이 맞은편 탁자에 앉아 다 식은 파이를 한 입 씹었다.

식사가 끝난 후, 마차에서 모포 하나를 가져온 레온은 벽난로 앞에 웅크리고 잠이 들었다. 다소 불안하긴 했지만 피곤함을 이기지 못한 알도 침대 위에 눕자 곧바로 잠에 빠졌다.

아침이 되어 알과 레온은 조금 부산하게 움직였다. 오래 있어서 좋을 이유가 없었던 탓도 있었고 오늘 중으로 숲을 벗어나야겠다는 생각도 한몫했다. 부산한 움직임이라고 해도 서둘러 일어나 세수를 하고 벽난로에서 스튜를 끓여 배를 채운 것이 전부였다. 물론 그 중간중간에 처음 왔을 때처럼 꾸미는 것도 잊지 않았다. 서두른 탓에 두 사람이 마차를 점검할 때는 아직 해도 떠오르지 않았다. 레온이 말을 마차에 묶는 동안 알은 포장을 열고 식량과 금고, 모포를 싣기로 했다.

그리고 그때에야 마차 위에 누군가 있다는 것을 알아챘다.

"레온⋯⋯."

알의 손짓에 레온이 슬쩍 마차를 쳐다봤다. 그 안에는 모포를 덮고 아직도 잠에 빠진 낯선 청년이 있었다.

"누구야?"

"난들 아냐?"

"산림관일까?"

그 생각이 미치자 레온은 다소 걱정스럽게 말했다. 그러나 잠든 청년의 얼굴엔 주근깨와 때가 잔뜩 끼어 있었고 밤색 머리카락은 헝클어져 새둥지로 보일 정도였다. 알은 대충 행색을 살핀 후 고개를 저었다.

"내 생각엔 부랑자 같아."

"어쩌지?"

"어쩌긴? 깨워서 쫓아버려야지."

알은 주저하지 않고 그를 툭툭 쳤다. 문득 그가 덮고 있는 모포가 자신 것이란 생각이 들자 알은 곧 거칠게 그를 흔들었다. 황급히 모포를 빼앗는 동안 청년은 졸린 눈을 비비며 몸을 일으켰다.

"뭐야? 난 좀 더 자고 싶단 말야."

"아아, 그건 네 맘대로 해. 하지만 우리 마차에선 내려줘야겠어."

모포를 탁탁 털며 알이 차갑게 대꾸했다. 아직 정신을 차리지 못했는지 청년은 상황을 이해하지 못한 얼굴이었다. 그런 청년을 알과 레온은 포위하듯 둘러싼 채 지켜봤다. 어색함에 레온은 머뭇거리며 입을 열었다.

"안녕하세요?"

"안녕하긴 뭐가 안녕해?"

모포에 이상한 냄새가 배인 건 아닐까 걱정하며 킁킁거리던 알이 발칵 화를 냈다.

"이 녀석은 부랑자라구! 이런 녀석한테까지 존칭 붙여줄 필요는 없단 말야!"

"예의를 갖춰서 손해 볼 건 없잖아?"

"물론 그렇지. 하지만 이득을 줄 리도 없으니 굳이 예의를 갖출 필요는 없단 말야."

알과 레온이 잠시 '부랑자에게 예의를 갖추는 것'에 대해 언성을 높이며 토론을 하는 동안 마차 위의 청년은 한껏 기지개를 켰다. 다음엔 아직 해는 떠오르지 않았지만 환하게 밝은 하늘을 쳐다보며 '오늘도 날이 맑겠군' 하고 중얼댄 후에 마차 가득 실린 치즈에 몸을 기댄채 한참 설전을 벌이는 두 사람을 지켜봤다. 슬슬 정신을 차린 청년은 문득 배가 고프다는 생각에 어제 먹던 치즈 상자를 열고는 한 움큼 떼어서 입에 넣고 씹었다. 그리고 아직도 '부랑자에게 예의를 갖추는 것'에 대해 결론을 맺지 못한 두 사람을 위해 한마디 던졌다.

"보아하니 둘이 친구 사이인 것 같은데 쓸데없는 일로 싸우지 마."

"우리가 지금 누구 때문에 싸우고 있는 건데!"

좀처럼 냉정을 잃지 않던 알은 청년을 흘겨보다가 굳어졌다. 주먹을 꽉 움켜쥐고 부르르 떨던 알은 떨리는 음성으로, 그러나 분명히 격한 분노를 가득 담아 청년에게 소리쳤다.

"너, 너, 너! 지금 뭘 먹는 거야?"

"보면 몰라? 치즈잖아."

당연하다는 듯 청년이 반문했다. 그리고 곧 깨달았는지 싱긋 미소를 지으며 두 사람을 번갈아 쳐다봤다.

"너희들도 먹을래?"

"이, 이 자식이! 그건 우리 치즈잖아!"

얼른 레온이 알을 붙잡지 않았다면 주먹다짐이 벌어질 판이었다. 레온에게 잡혀 씨근덕대며 화를 삭이는 알에게 청년은 쾌활하게 이죽

댔다.

"에이, 치즈라면 여기에도 많이 있잖아? 한 상자 정도로 뭘 그렇게 화를 내?"

'하!' 하고 기가 막힌 신음을 내며 알은 레온을 쳐다봤다.

"들었어? 저렇게 뻔뻔한 녀석이라구! 예의를 차릴 필요가 전혀 없단 말야!"

"알아, 알아. 하지만 화낸다고 해결될 문제는 아니잖아."

여전히 알을 붙잡은 채 레온은 청년에게 미소를 던졌다.

"그 치즈는 4디나르를 받아야 해요. 음, 아직 여기 시세를 알지 못해서 잘 모르겠지만 최소한 원금은 건져야 하니까 못해도 1디나르는 줘야겠네요."

"1디나르? 무슨 소리야? 난 1디나(10,000디나=1디나르)도 없어."

다소 뻔뻔한 말을 청년은 담담하게 읊조렸다.

"저, 저런 파렴치한!"

차츰 냉정을 찾아가고 있던 알이 다시 심하게 분통을 터뜨렸다. 그러나 이번엔 급하게 달려들기보다 주먹을 쥐었다 펴며 분을 삭이는 데 주력했다. 레온은 두 사람의 가운데에 서서 어색함에 어쩔 줄 몰라 했다. 그런 두 사람을 지켜보던 청년이 어깨를 으쓱했다.

"너희들은 중개상이야? 치즈를 팔러 가는 중이었나 보지?"

"네. 그런 셈이죠."

어색한 미소를 짓던 레온이 곧 말을 이었다.

"저, 비슷한 또래 같은데 말 놔도 되겠죠?"

"예의 차릴 필요 없다니까!"

곁에서 알이 버럭 소리 질렀다. 청년은 다시 한번 어깨를 으쓱한 후에 대답했다.

"난 아까부터 말 놓고 있었어."

"아, 그렇네."

"이 치즈는 레스터의 치즈인 것 같은데?"

"어?"

레온은 물론 한참 분통을 터뜨리던 알도 청년의 말에 놀라 그를 쳐다봤다. 의외의 반응에 청년은 약간 의아해하며 물었다.

"아냐? 맛은 레스터에서 생산하는 치즈 같던데… 음, 포란산?"

정확한 생산지까지 알아 맞추자 알은 자세를 고쳐 그를 향했다.

"너 누구야?"

"이름을 묻는 거냐?"

그렇게 반문한 청년은 잠시 고개를 갸웃하며 반문했다.

"오늘이 무슨 요일이지?"

"그런 건 물어서 뭐 하지?"

막 알이 되받아치는 순간 앞에서 잠시 날짜를 헤아리던 레온이 대답했다.

"수요일. 아, 미안, 알. 대답하면 안 되는 거였어?"

"아니, 됐어."

이미 대답해 버린 것에 어쩔 수 없다고 생각하며 알은 청년을 바라봤다.

"수요일이다. 그건 알아서 어쩌려는 거냐?"

"음… 수요일이라… 그렇다면 수요라고 해두지."

"……."

"……."

동시에 입을 벌린 채 할 말을 잃은 두 사람이었다. 그러나 수요는 빙긋 웃으며 자신을 다시 소개했다.

"내 이름은 수요야. 됐지?"

"…좋아, 알았어. 수요!"

알은 이마를 짚으며 이 황당한 부랑자에 대해 궁금증을 접기로 결심했다.

"네가 먹은 치즈에 대해선 아무 말도 하지 않겠어. 내 모포를 덮고 잠을 잔 것도, 우리 치즈가 포란산인 것을 어떻게 알았는지도 묻지 않겠어. 네 이름이 수요일에 물어봐서 생겼다는 것에 대해서도 궁금해하지 않을게. 그러니 부탁인데… 이제 그 마차에서 내려오지 않겠어? 우린 이제 길을 가야 하니까."

다시 한 번 어깨를 으쓱한 수요는 곧 두 사람의 이름을 물어본 후에 미소와 함께 알에게 대답했다.

"좋아, 알았어. 알!"

수요는 장난기 어린 표정으로 오두막을 가리켰다.

"너희들이 어젯밤 어디서 잤는지에 대해선 말하지 않겠어. 그곳에서 뭘 했는지도 묻지 않을게. 아마 너희들이 직접 얘기하지 않는 한, 너희들이 어젯밤 산림관의 오두막을 사용했다는 것은 아무도 모를 거야. 물론 내가 너희들과 동행한다는 전제 하에서겠지만."

굳어진 표정으로 알과 레온은 서로를 쳐다봤다. 잠시 후 알이 날카롭게 수요를 노려봤다.

"협박하는 거냐?"

"오, 협박이라니, 알! 난 앞으로 동행할 동료를 협박할 만큼 어리석지 않아. 하지만 평민의 마차 위에서 치즈를 훔쳐먹은 죄와 국왕의 숲을 지키는 산림관의 집에서 몰래 잔 죄는 결코 비교하기 힘들 거야. 그러니 너희들이 장사하러 가는 길에 날 동행시키는 게 좋을 거야."

"동행이라니? 우리랑 같이 갈 생각이야?"

레온의 반문에 수요는 킥킥대며 웃었다.

"당연하지! 이래 봬도 난 꽤 도움이 될 거야."

수요는 턱을 쓰다듬었다.

"그래, 너희들 레스터 출신이라고 했지? 길은 잘 알아? 내가 길 안내를 해주지. 어때? 괜찮은 생각이지?"

"고용해 달라는 소리야?"

"고용?"

레온의 질문에 잠시 당황한 표정을 짓던 수요는 곧 고개를 끄덕였다.

"오, 그래! 바로 그거야. 날 고용해. 돈은 적당히 알아서 주면 돼. 분명 난 도움이 될 거야."

"괜찮은 생각인데? 어때, 알?"

레온이 고개를 돌려 물었다.

알은 잠시 수요를 훑어보며 생각해 봤다. 레온의 순진한 얼굴이 '난 그를 믿어'라고 환하게 웃고 있는 것에 반해 알은 결코 수요라는 청년을 믿을 수 없었다. 자신의 모포를 덮었다는 것과 치즈 상자 하나를 아작 냈다는 것 정도로 믿을 수 없다는 건 아니었다. 화는 좀 나지만. 정체를 밝히지 않은 채 '수요'라고 대답하는 것 때문만도 아니었다. 확실히 의심스럽긴 하지만. 게다가 오두막을 빌미로 부탁하는 척하면서 협박을 하는 태도 때문만도 아니었다. 이건 정말 분개해 마땅하지만.

정작 알이 수요를 믿지 못하는 이유는 눈동자 때문이었다. 묘하게 표정과 어울리지 않는 눈동자를 지닌 사람이었다. 마치 쥐가 파먹은 듯 헝클어진 밤색 머리카락과 땟국이 줄줄 흐르는 주근깨투성이의 얼굴, 그리고 웃을 때마다 삐죽 튀어나오는 이빨은 분명 어디서나 볼 수 있는 부랑자와 다를 바 없었다. 그러나 그의 눈동자는 교활함이 가득 흘러넘쳤다. 물론 그것은 알 혼자만의 짐작이었다. 수요는 결코 눈동자를 두리번거리거나 사람의 눈을 피하진 않았다. 어떤 면에선 장난스럽게 웃는 얼굴과 달리 매우 진지한 눈빛을 지닌 청년이었다. 물론 그것도 충분히 어울리지 않았지만. 그리고 그런 여러 가지를 복합적으로 추론한 알은 마지막으로 결론을 지었다.

수요는 어떻게 생각해도 믿을 수 없는 사람이다!

이것이 알이 최후로 내린 결론이었다. 그렇기에 그는 레온을 설득해서 그를 떨궈내기로 결심했다. 그리고 곧 좋은 생각이 나자 씩 웃었다.

"미안하지만 우린 위클리프 령에서 장사하려는 게 아냐. 페나즈 숲을 지나쳐서 곧바로 다른 곳으로 갈 거란 말야."

"위클리프 령에서 장사하지 않는다니?"

뜻밖의 말에 수요는 눈을 동그랗게 떴다. 그는 알이 곧이곧대로 말해 주지 않을 거란 걸 눈치 채고 얼른 레온을 돌아봤다. 역시 레온은 그의 기대를 저버리지 않았다.

"우린 콘버드 령으로 갈 거야."

"레온!!"

"오, 콘버드! 좋은 곳이지."

수요는 미소를 지으며 고개를 끄덕였다.

콘버드는 위클리프 령에서 북쪽에 위치한 대영지였다. 카네비스 산에서 남동쪽인 레스터와는 정반대의 위치로 위클리프, 윈저와 더불어

산지가 거의 없어 평야가 유명한 영지였다. 대영주인 콘버드 가문은 윈저 가문과 더불어 페나인 왕국이 시작될 때부터 대영주의 작위를 받고 있는 대제후였다. 무엇보다 콘버드 령에는 6대 신전이 위치해 있었다. 모든 신전이 페나인에서는 최고로 거대한 곳이었고 그중 빛의 신을 모신 곳은 대륙 제일로 쳐주는 곳이다. 콘버드 령의 사람들은 그것을 대단히 자랑스럽게 생각했다.

"요즘 콘버드는 축제 기간이지. 정말 갈 만한 곳이야."

수요는 중얼거리며 흘깃 두 사람을 쳐다봤다.

"그런데… 물론 통행증은 가지고 있는 거겠지?"

"물론!"

알의 대답에 수요의 눈빛이 살짝 빛을 냈다.

"좋아, 그 통행증 위조해 줄게. 나도 따라가려면 그 수밖에 없겠지?"

"…뭐?"

알이 어이없어하는 사이에 수요는 글씨 쓰는 시늉을 냈다.

"이래 봬도 글씨 잘 써. 음… 그래, 전에 어느 귀족의 서기로 일했던 적이 있거든. 그래서 공문서 같은 거 많이 취급해 봤어. 감쪽같이 위조해 줄 테니 걱정하지 마."

"…서기?"

그 대답에 알이 잠시 생각에 잠기는 사이 레온은 고개를 갸웃거렸다.

"하지만 우리가 가진 통행증은 굳이 위조할 필요가 없어."

"왜?"

수요의 반문에 레온은 약간 자랑스러운 얼굴로 레스터의 통행증에 대해 설명했다. 수요는 꽤나 진지한 표정으로 그 설명을 듣다가 무릎을 탁 쳤다.

"오오, 그거 굉장한데? 그럼 실제론 내가 여행에 끼더라도 전혀 문제가 없다는 거잖아? 그렇지?"

"어, 문제는 없어."

그렇게 대답하며 레온은 잠시 알을 돌아봤다. 레온도 바보는 아니었기 때문에 어렴풋이 알이 수요를 좋아하지 않는다는 것을 깨달았다. 그렇기에 수요에게 뭐라고 대답해야 할지 그에게 묻고자 했다.

여전히 알은 생각에 잠긴 채 뭔가를 생각하고 있었다. 레온이 몇 번 그를 부르고 나서야 그는 정신을 차리며 레온을 쳐다봤다. 그리고 곧 수요를 흘겨 보며 레온에게 물었다.

"귀족 가문의 서기를 맡으려면 꽤 고급의 공부를 해야 하는 거지?"

"응. 고등 교육은 마스터해야 가능할 거야. 서기라는 건 집사와는 다른 거니까. 단순한 일은 아니지. 때로는 그 귀족을 대신해야 할 때도 있거든."

"그래, 그럼 그 고등 교육이란 건 아무나 받을 수 있는 거야?"

"에?"

잠시 레온은 머리를 굴렸다. 물론 레온도 그 정도의 교육은 받았지만 그는 공작의 아들로 개인 교습의 형태였기 때문에 정확하게 어떤 사람들이 받을 수 있는지에 대한 지식은 없었다. 그는 고개를 저었다.

"하여간 고등 교육을 받을 정도라면 보통 녀석은 아니란 얘긴데?"

알은 수요를 노려봤다.

그러나 수요는 어깨를 으쓱하며 웃었다.

"당연하지. 그럼 네 눈엔 내가 보통 녀석으로 보였던 거야?"

"그 몰골에 고등 교육을 받았다는 게… 믿어지지 않는군."

"사람은 외모로 판단하는 게 아냐! 좋아, 이제 내가 동행하는 건 결정된 거지?"

"뭐야, 뭐야? 왜 얘기가 그렇게 진행되는 거야?"

막 알이 인상을 찡그리는 순간 레온이 나섰다.

"뭐 어때? 동료가 많으면 즐거울 거야. 괜찮잖아?"

"그럼, 그렇고 말고. 게다가 난 도움이 될 거라니까."

수요도 미소를 지으며 레온을 거들었다. 알도 더는 반대할 수 없을 것 같자 고개를 저으며 투덜거렸다.

"맘대로 해. 하지만 마부석은 좁아. 셋이 타고서 장거리를 여행할 수 있을 정도는 아니란 말야."

"교대로 짐칸에 타면 되지 뭐."

레온이 싱긋 웃었다. 어느새 수요도 짐 싸는 것을 돕고 있었다.

16 느닷없이 몬스터!

　수요의 안내로 오전 중에 숲을 벗어날 수 있었다. 숲을 나서자 끝이 보이지 않는 평야가 펼쳐졌다. 그리고 그 평야 한가운데에 우울하게 서 있는 성 하나와 조금 떨어진 곳에 작은 마을 하나가 있었다.

　"그렇게 크지 않은 성이야. 무슨 자작인가 남작인가의 성인데……."

　굳이 수요가 설명하지 않아도 알과 레온은 마을의 규모에 한숨만 쉴 뿐이었다. 언덕 높은 곳에서 마을을 살펴볼 필요도 없을 정도로 볼품 없이 작은 마을로 성으로 가는 대로(大路) 하나를 중심으로 좌우로 작은 집들이 듬성듬성 들어서 있을 뿐이었다. 레스터의 성이 마을보다 높은 곳, 언덕 같은 곳에 세워져 있어 웅장한 면모를 보이는 것과 대조적으로 이곳의 성은 마을과 같은 높이라 위용은커녕 왜소해 보이기만 했다.

"그래도 들러봐야 하지 않을까?"

레온은 조심스럽게 알을 쳐다봤다.

"이런 곳에 뭐 대단한 게 있겠어? 대충 훑어만 보고 지나가도록 하자."

"무슨 얘기야? 늬들 장사하러 온 거 아냐?"

"넌 알 필요 없어."

알의 대꾸에 수요는 머리를 긁적였다. 레온은 알을 툭 치며 핀잔을 줬다.

"어차피 고용한 친구라면 여행의 목적 정도는 알고 있어야 하잖아. 둘보다는 셋이 살펴보는 게 더 좋고 말야."

"마음대로 해."

알은 레온의 손에서 고삐를 낚아챘다. 곧 알의 뜻을 알아챈 레온은 위에 앉아 있는 수요를 쳐다보며 자신들의 목적을 설명하기 시작했다.

마을에 들어설 즈음엔 수요도 대충 여행 계획을 이해했다. 마을 어귀에서 식료품점을 물어본 이후에 세 사람은 두리번거리며 마을을 둘러봤다. 마을은 기대했던 대로 볼품없는 상점과 볼품없는 물건이 볼품없게 들어차 있었다.

포란에 비해 상점 수도 매우 적었고 어떤 상점은 아예 있지도 않았다. 식료품점조차 단 한 군데뿐이었다.

"한 군데라……."

얼굴을 찡그리며 알이 중얼거렸다. 마을로 들어서며 길이 평탄해지자 어느새 레온 곁으로 내려 온 수요가 고개를 갸웃했다.

"한 군데면 어때서?"

"흥정하기가 어렵거든. 두 곳 이상이라면 적당히 가격을 올려서 경쟁을 시킬 수 있지만 한 곳이라면 싫어도 물건을 넘길 수밖에 없지."

홍, 하고 냉소를 하는 알을 대신해서 레온이 설명했다.

"게다가 이렇게 마을이 작은 경우엔 비싼 상품보다는 값싸지만 양이 많은 걸 선호한단 말야. 그리고 우리가 싣고 있는 치즈는 레스터에서는 꽤 고가의 상품이거든."

"하긴 포란산 치즈는 위클리프에서도 제법 유명하지."

문득 알이 수요를 쳐다보며 물었다.

"그렇지 않아도 궁금했어. 넌 어떻게 포란산 치즈를 아는 거지? 내가 알기론 포란에서 위클리프로 장사하러 간 녀석은 없는 걸로 아는데?"

"그래? 하지만 생산량에 따라서 어느 정도는 포란 성에서 거둬들이겠지."

수요의 설명에 알은 금방 이해를 하지 못했다.

물론 그의 말대로 치즈 축제가 시작되기 전에 생산자들은 일정량을 세금으로 프란츠 백작에게 가져가곤 했다. 그리고 남겨진 양을 중개상에게 넘기는 것이다. 이를테면 프란츠 백작에게 넘겨진 치즈에 대해서 중개상인 알이 관여할 여지는 전혀 없었다. 수요의 대답을 듣고 포란 성에서 가져간 치즈가 위클리프 령으로 흘러 들어갔다는 것을 짐작했지만 어떤 경로를 통하는지 전혀 몰랐다. 그렇지만 레스터 성에서 살아온 레온을 알고 있으리라.

알은 가운데 앉은 레온을 쳐다봤다.

"포란에서 생산된 물량은 프란츠 백작에 의해서 레스터 성으로 넘겨져. 그곳이 레스터 령의 본성이니까. 그리고 그중에 상당량은 수도로 보내지지. 역시 레스터의 공물이란 이름 하에."

"그런 거로군."

곧 알이 깨달은 듯 고개를 끄덕였다.

반면에 수요는 레온이 꽤 자세하게 공물의 흐름을 알고 있는 것에 조금 놀란 듯했다.

"그걸 중개상인 주제에 어떻게 알고 있는 거지?"

"아……."

레온은 잠시 머뭇거렸지만 곧 쾌활하게 대답했다.

"전에 레스터 성에서 있었어. 기사 수업을 조금 받았거든."

"호, 제법인데?"

수요가 감탄하며 뭐라고 말하려는 순간 알이 휙 돌아보며 물었다.

"공물이라고 해도 양은 적어. 내가 알기론 말야. 이래 봬도 포란에서 이십 년을 살아왔거든. 게다가 치즈만 6년이 넘게 취급했어. 포란성, 레스터 성을 거쳐서 수도로 갔다면 그 양은 매우 소량일 거야. 그렇다면 꽤나 귀한 음식이라고 할 수 있을 텐데 넌 어떻게 그걸 맛볼 수 있었지?"

"어, 그러네? 공물이란 건 왕족에게 바쳐지는 것일 텐데?"

문득 레온도 수요를 쳐다보며 의아해했다.

그러나 수요는 가볍게 어깨를 으쓱한 후에 천연덕스럽게 대답했다.

"공물이라고 해서 모두 왕족이 소비하는 건 아니야. 간혹 친분이 있는 귀족들에게 상으로 나눠주는 경우도 있거든."

그러나 수요의 대답에도 두 사람은 의심의 눈초리를 지우지 않았다. 그 눈초리는 '넌 귀족이 아니잖아' 라고 소리치고 있었고 수요는 곧 그 의문도 말끔히 지울 명답을 제시했다.

"귀족이란 족속들은 원래 의심이 많아. 침실 밖에 보초병을 몇 명

씩이나 세울 뿐만 아니라 자기가 먹는 식사조차도 옆에서 누가 시식을 해본 후에 먹는 경우가 있거든. 뭐, 덕분에 이것저것 여러 가지 음식을 맛봤지만."

그 말에 알이 고개를 끄덕였다. 전에 공작부를 찾아갔을 때 즐비하게 서 있던 보초병들 생각이 났던 것이다. 귀족의 생활이 어떤지 전혀 모르는 알로선 그의 설명이 타당하게 생각되었다.

"그런데 서기라는 직분은 그런 일도 한단 말야? 우리는 먼저 시식해 주는 사람은 없었는데… 게다가 서기는 공작부에만 있었어."

문득 알은 수요가 눈치 채지 못하게 레온의 옆구리를 찔렀다. 곧 자신의 실수를 깨달은 레온이 말을 돌렸다.

"그러니까, 우리 레스터 성의 경우엔 그랬다고. 내가 알기론 레스터의 귀족들은 먼저 시식해 주는 사람이 없었단 뜻이야."

그러나 레온의 실수를 수요는 눈치 채지 못했는지 어색하게 웃으며 다시 설명하기 시작했다.

"응, 응. 그러니까 서기로서 그런 일을 했던 건 아냐. 서기로 있었던 건 다른 귀족이었고 시식을 먼저 해준 귀족은 의심이 많았단 얘기지."

수요는 이마를 쓱 닦으며 덧붙였다.

"난 꽤 여러 가지 일을 했거든. 그런데, 레온. 넌 귀족들의 생활에 대해서 꽤 많이 아는 것 같다?"

"어, 어. 뭐, 레스터 성에서 기사 수업을 받는 동안 주워 들은 게 많았거든. 기사 수업이 뭔지는 알지?"

"오, 그럼 알고 말고!"

갑자기 두 사람의 눈빛이 엉키며 묘한 빛을 발하기 시작했다. 마치 상대를 이해한다는 듯한 눈빛이었지만 곁에서 지켜보던 알의 눈에는 그런 내용으로는 보이지 않았다. 그건 '내가 한 거짓말을 이 녀석이 믿고 있을까? 믿고 있겠지. 그럼! 내 말엔 한 치의 흠도 없거든. 봐, 보라고. 내가 한 거짓말을 곧이곧대로 믿은 채 웃고 있잖아' 라는 내용이 가득 담긴 눈빛이었다. 두 사람이 눈치 채지 못하게 정면을 응시하며 알은 심각하게 고민에 빠졌다.

분명 레온과 같은 성질의 눈빛을 발하는 수요는 무언가 거짓을 말하고 있었다. 그리고 적어도 그가 보통 부랑자가 아니란 것만은 깨달을 수 있었다. 그게 뭔지는 몰랐지만 꽤나 골치 아픈 일일 것이라고 알은 짐작했다.

알은 아직도 웃고 있는 두 사람을 슬쩍 훔쳐보며 속으로 중얼거렸다.

'뭐, 그렇다고 해봐야 귀족 자제 중에 하나겠지. 설마 이 녀석도 공작의 아들이었단 직함을 걸겠어?

이미 충분히 놀랐던 경험이 있는 알은 두 사람의 태연함을 가장한 웃음에 동조하며 히죽 미소를 지었다.

세 사람이 각자의 생각에 잠긴 동안 마차는 마을을 가로질러 식료품 점에 멈춰 섰다.

"무슨 일인가요?"

젊은 사내가 재빨리 마차로 다가오며 싹싹하게 물었다. 척 보기에도 작은 점포이니 점원을 고용할 리는 없을 테고, 곧 주인임을 알아챈 알이 밝게 웃으며 대꾸했다.

"치즈를 좀 넘길까 해서요."

알은 재빨리 상자 하나를 꺼내 사내에게 내밀었다.

"포란산입니다."

"포란?"

사내가 어리둥절해하자 알은 곧 자신들은 레스터에서 왔으며 치즈를 팔고 싶다는 뜻을 자세하게 설명했다. 꽤 흥미로운 표정으로 진지하게 듣던 사내는 고개를 끄덕이며 상자를 가리켰다.

"어디 한번 봅시다."

일단 보자는 말이 나왔다면 일은 성사된 것이나 다름없었다. 알은 얼른 상자를 열어 사내에게 디밀었다. 작은 나이프로 구석 부분을 잘라 사내에게 주며 알은 싱긋 웃었다.

"맛을 보면 알겠지만 꽤나 고급품입니다. 저희가 위클리프의 시세를 잘 몰라서 그런데 어느 정도 줄 수 있을 것 같아요?"

사내는 우물거리며 혀끝으로 치즈를 맛봤다. 그는 고개를 갸웃거리며 얼굴을 찡그렸다.

"이 정도면 3~4다나르는 받겠는데요? 우리도 레스터에서 생산되는 치즈를 조금 들여놓기는 하지만… 확실히 레스터에서도 유명하다는 포란산은 그 맛부터가 다르군요. 아마, 위클리프 어디에서도 이보다 좋은 치즈를 생산하진 못할 겁니다."

사내의 솔직한 감상에 알은 기분이 좋아졌다. 그는 내심 3다나르 정도로 흥정을 끝내야겠다고 생각했다. 물론 처음이 중요하지만 이건 계약을 맺는 것이 아니라 우선 물건을 들여놓는 데 목적이 있었기에 싸게 넘겨야지, 하고 생각한 것이다. 그러나 알이 생각을 정리하는 동안 먼저 사내가 고개를 저으며 입을 열었다.

"미안하지만 우린 이렇게 고급의 치즈를 들여놓을 수가 없군요."

"예?"

"확실히 훌륭한 치즈인 것은 맞지만 여기처럼 작은 마을에 어울릴 것 같지는 않네요."

사내는 문득 멀리 떨어진 성을 바라봤다.

"괜찮다면 성의 귀족들에게 소개하고 싶지만 불행하게 때를 잘못 맞췄군요."

"……?"

알이 물끄러미 사내를 쳐다보자 그는 양손을 휘저으며 괜한 말을 꺼냈다는 투로 입을 열었다.

"요즘 좀 시끄러워서요."

문득 그는 눈짓으로 마을 한쪽을 가리켰다. 알과 레온이 돌아보니 낡은 주점 앞에 대여섯 명이 모여 있는 것이 보였다. 그들은 모두 병사의 복장을 하고 있었고 허리춤에는 두툼한 검이 꽂혀 있었다. 복장을 보고 색깔은 약간 다르지만 돌격 기병단임을 알아본 레온이 알에게 속삭였다.

"돌격 기병단이야."

"요즘 이 근처에 안 좋은 일이 줄을 잇고 있어서 6기병단 일부가 이곳에 상주하고 있답니다."

"무슨 일인가요?"

마부석에 웅크리고 앉아 있던 수요가 조심스럽게 물었다.

"모르겠어요. 들리는 말에 의하면 성주님이 납치당했다는 것 같기도 하고."

사내는 슬쩍 세 사람을 돌아보며 목소리를 낮췄다.

"마을 사람들 사이에 괴물이 나타났다는 이야기도 돌고 있답니다. 벌써 몇 명이 괴물에게 죽었다는 말도 있죠. 모두들 쉬쉬하고 있지만……."

"괴물이?"

세 사람이 동시에 반문했다. 곧 사내가 목소리를 낮추란 신호를 하자 그들은 입을 다물고 그를 쳐다봤다.

"뭐, 그렇다는 얘기죠. 하여간 그런 이유로 성에 소개하는 건 힘들 것 같군요. 미안해서 어쩌죠? 먼 길을 온 것 같은데……?"

"뭐, 할 수 없죠."

알은 어깨를 으쓱하고는 상자를 닫았다.

"여기서 가까운 다른 마을은 없습니까?"

"음, 근처엔 없어요. 남쪽으로 간다면 하루 정도 거리에 마을이 있지만."

"그럼 콘버드로 가는 길은 어때요?"

레온의 질문에 사내는 의아한 듯 눈을 동그랗게 떴다.

"콘버드로 갑니까?"

그 질문에 세 사람이 동시에 고개를 끄덕였다. 사내는 의외라고 생각했는지 고개를 몇 번 갸웃하고는 입을 열었다.

"그곳으로 간다면 북서쪽으로 가야겠죠."

그는 성을 가리켰다.

"성으로 가는 길을 따라가다가 오른쪽으로 돌아 페나즈 숲의 외곽을 따라가는 수가 가장 좋겠죠. 그렇게 며칠 가다 보면 성벽이 보일 겁니다. 성벽을 따라가면 관문이 있을 거예요."

사내의 설명을 귀 기울여 들은 후 세 사람은 인사와 함께 마차를 출발시켰다. 마을을 막 벗어나는 시점에 알은 작은 목소리로 투덜댔다.

"정말……."

기대했던 것과는 달리 아예 장사를 하지 못했기 때문이었다. 마을은 볼품없을 뿐만이 아니라 가난하기까지 했다. 그의 한숨을 듣고 수요가 대꾸했다.

"어쩔 수 없잖아? 이곳은 국왕의 숲과 가까이 있기 때문에 그다지 좋은 물건은 없단 말야."

"그건 그래. 숲에서 사냥을 할 수도 없을 테고 나무를 벨 수도 없을 테니 말야. 이해하자, 알."

"그렇다 해도 한 상자도 사주지 않는다는 건 너무해."

알은 마차 뒤로 올라가며 수요를 쳐다봤다.

"이봐, 이번엔 내가 위로 올라갈 테니 넌 앞에 앉아."

"오, 정말?"

수요는 얼른 넓어진 마부석에 자리를 잡았다.

"이 편한 자리를 양보하다니, 좋은 고용주로군."

"풋, 과연 그럴까?"

알이 아니라 레온이 피식 웃었다.

영문을 모르는 수요가 눈을 휘둥그렇게 뜬 채 두 사람을 번갈아 쳐다봤다. 그 말에 뒤에 있던 알이 또 한참을 킬킬거렸다. 그는 레온을 툭툭 치며 입을 열었다.

"좋아, 이제 수요에게 넘겨줘."

뭘, 하고 대꾸하려던 수요는 레온이 고삐를 넘겨주자 무심코 받았다. 그리고 빤히 레온을 쳐다봤다.

"이젠 네가 몰아."

"왜?"

"넌 말단이니까 마차 몰 줄도 알아야지. 아니면 벌써 알고 있는 거야?"

"내, 내가 마차를 몰아야 한다고?"

툭 튀어나온 이가 다 드러날 만큼 입을 쩍 벌리며 수요는 당황했다. 그런 그의 어깨를 툭툭 치며 레온이 웃었다.

"걱정 마. 의외로 금방 배울 수 있어. 나도 금세 배웠어."

"넌 원래 말을 타던 녀석이잖아."

알은 핀잔을 주고는 곧 수요에게 주의를 주었다.

"하여간 넓은 길이니까 어렵진 않을 거야. 세게 당기면 멈추고 출발하려면 고삐를 털 듯이 가볍게 휘두르면 돼. 속도를 높이려면 채찍을 사용하면 되는데 가급적이면 쓰지 않는 게 좋아. 말들이 성질이 나빠지거든."

"어, 그거 쉽군."

하고 중얼댄 수요는 곧 능숙하게 고삐를 털었다. 곧 마차가 덜걱거리며 가기 시작했다. 의외로 수요는 능숙하게 마차를 몰기 시작했다. 성을 지나칠 때 휘어진 길도 자연스럽게 지나쳤다.

"빠, 빨리 배우네?"

약간 토라진 말투로 레온이 중얼거렸다.

"응, 생각보다 쉽네."

그렇게 말한 수요는 레온을 쳐다봤다.

"왜 그리 삐쳤냐?"

"니가 너무 잘하니까 그렇지. 적당히 못해야 레온이 가르쳐 줄 수 있을 텐데 말야."

큭큭대며 알이 대답했다.

"아, 그런 거야? 그럼 지금이라도 실수를 좀 해줄까?"

수요는 장난스럽게 웃으며 고삐를 흔들었다.

의외로 수요가 마차를 잘 몰자 알은 몸을 일으켜 앉았다. 그는 전방을 주시하며 무겁게 입을 열었다.

"장난치지 마, 수요. 그보다 정말 군대가 주둔하고 있는 모양인걸?"

성 뒤로 막사가 세워져 있었고 약 백여 명의 사내들이 식사 준비와 수련에 열중하고 있는 모습이 보였다.

"와아~ 재밌겠다."

레온은 호기심이 동하는지 곧 마차를 뛰어내릴 기세였다. 얼른 그의 어깨를 잡으며 알이 입을 열었다.

"레온, 우린 민간인이라는 걸 잊지 마. 함부로 검을 꺼내면 안 돼."

"…에? 검을 소지하고 있어?"

수요의 말에 레온과 알이 당황했다.

원래 페나인에서는 귀족과 병사 이외엔 무기를 소지할 수 없었다. 포란에서는 워낙 자유민이 많았기에 법이 완화된 편이었고 레스터 자체에서도 레온의 얼굴만으로도 충분히 통했기에 검을 차고 다녀도 뭐라 말할 사람이 없었지만(게다가 레온은 평상복을 입고 있어도 귀족다운 곱상함이 묻어 난다). 게다가 이곳은 달랐다. 그런 사실을 잘 인식시킨 탓에 레온은 검을 차고 다니지 않았다. 마부석 밑에 몰래 만들어둔 공간에 검을 넣어놓았으며 여관에 들어갈 경우를 대비해 길다란 가죽 주머니에 담아서 정체를 드러내지 않았다.

그런데 방금 레온에게 주의 준다는 것이 그만 옆에 있는 수요에게 말한 꼴이 되고 말았다.

"검을 가지고 다녀?"

수요가 다시 한 번 묻자 레온은 어색하게 웃었다. 대뜸 알이 목소리를 높였다.

"이봐, 이제 숲길이야. 숲은 덜컹거리니까 조심해서 몰아."

"그래, 수요. 조심해. 자칫하면 알이 굴러 떨어질지도 모르니까."

그 말에 흠칫하며 알은 몸을 눕혔다. 수요가 마차 모는 솜씨는 제법 괜찮았지만 숲길도 괜찮을 리는 없었다. 알의 행동엔 관심없는지 수요는 피식 웃으며 레온에게 대꾸했다.

"진짜 검을 가지고 다니는구나? 일부러 말을 돌리는 것을 보니? 걱정하지 마. 고발할 생각은 아니니까. 대신 나중에 한번 보여줘."

그의 말에 레온은 헉 하고 숨을 들이켰다. 그리고 짤막하게 고개를 끄덕였다.

숲길을 들어선 후 꽤 시간이 흘렀다. 한적한 데다가 세 사람 모두 말이 없었기에 바퀴 도는 소리만이 크게 들렸다. 게다가 점점 숲길이 깊어지면서 한낮인데도 어둑해지기 시작했다. 그리고 그 순간 정적 속에 또 다른 무언가가 있다는 것을 눈치 챘다.

마차 바퀴 소리 이외에 사각거리는 작은 소리가 들린다는 것을 처음 눈치 챈 것은 레온이었다. 언뜻 숲에 사는 짐승들이거나 새가 나무 위에 앉는 소리라고 흘려들었지만 조금 시간이 지나면서 뭔가 이상하다는 것을 깨달았다. 소리는 마차 바퀴 소리에 맞춰 규칙적으로 들렸으며 가깝지도 멀지도 않게 일정한 간격을 유지하고 있었다.

레온은 본능적으로 무언가 숲에서 자신들을 노리고 있다는 것을 알아챘다. 그리고 그 느낌은 곧 맨 앞에서 마차를 끌던 두 마리의 말도 느꼈다. 곧 말들은 조금씩 동요를 보이기 시작했고 점차 고삐를 쥐고 있던 수요에게도 그 느낌은 전이되기 시작했다.

마부석 깊숙이 몸을 뉘이고 있던 레온이 긴장을 하며 몸을 일으켜 그 느낌에 집중할 때쯤, 갑자기 그것은 사라졌다. 말 그대로 사라졌다. 그때까지 거의 들리지 않던 소리는 마지막에 '팍' 하고 레온의 귀에도 들릴 정도로 강한 소리를 내곤 곧 잠잠해졌다.

'뭐지?'

하고 레온이 신경을 집중시키는 동안 수요는 갑작스럽게 흥분한 말들의 고삐를 쥐느라 여념이 없었다. 한참 짐 상자 위에 누워 나른한 오후를 만끽하던 알도 이상한 느낌에 마부석을 내려다봤다.

"왜 그래?"

"잘 모르겠어. 뭔가 좀 이상해."

레온이 숲을 둘러보며 중얼거렸다.

"이 녀석들이 갑자기 왜 이러지?"

양손으로 고삐를 쥐고 당기며 짜증 섞인 목소리로 대답한 것은 수요였다. 뒹굴뒹굴하던 알은 대수롭지 않게 피식 웃었다.

"이제야 사람을 알아보는 모양이군. 어이, 이봐. 이래서 월급을 받을 수 있겠어?"

"그런 문제가 아니라니까… 조금 전부터 갑자기 흥분하기 시작했단 말야."

수요와 알이 신경전을 벌이는 동안 레온은 마차 뒤에 뭔가 따라붙은 게 아닐까 하는 생각에 고개를 내밀어 살피고 있었다.

그때 갑작스럽게 위에서 잔가지가 부러지는 소리가 나며 거대한 형체가 마차를 향해 덮쳐 내려왔다.

카가가가가각!

"으아아아아아악!!"

"크으으으으으윽!!"

"히히히히히히힝!!"

"위험해!!"

빛을 등진 탓에 시커멓게 보이는 녀석은 정확하게 마부석에 내리꽂히듯 떨어졌다. 그 순간 레온은 수요를 발로 차서 마차 밖으로 떨어뜨렸다. 다음에 녀석의 길다란 손이 자신을 움켜잡으려는 찰나에 왼발로 마부석을 박찬 후 어깨 밑으로 빠져나갔다. 막 공중제비를 도는 동안 녀석이 레온의 목덜미를 노리며 잡아채려고 했다. 그러나 이번엔 흥분할 대로 흥분한 말들이 박자를 맞춰 속력을 높이기 시작했다. 막 공중제비를 돌아 자세를 잡은 레온의 눈에 마부석 위에 흉측한 몰골의 누런 괴물이 눈에 들어왔다. 그리고 막 속도를 높여 달려가는 마차 위로 어쩔 바를 모른 채 상자 위에 엎드린 알의 모습이 보였다.

"알!!"

"레온!!"

겨우 상황을 파악한 알이 몸을 굴려 마차에서 떨어지려는 순간 누런 괴물이 긴 팔을 뻗어 알을 낚아챘다. 그리고 뒤이어 반대 편 팔이 크게 휘둘러지며 큼직한 주먹이 알의 배에 꽂혔다.

크어어어억!

비명과 함께 알의 몸이 축 늘어졌다. 그리고 레온의 몸이 땅 위에 착지하는 동안 마차는 무시무시한 속력으로 알과 괴물을 싣고 숲으로 내달리기 시작했다.

"아아아아아아알!!"

마스터의 자질 덕에 갑작스런 사태의 위기에서 재빨리 벗어나긴 했지만 레온은 매우 당혹해했다. 그는 멈칫멈칫하며 달려가는 마차의 뒤꽁무니를 쳐다볼 뿐이었다. 그가 제정신을 차린 건 마차가 완전히 숲으로 사라진 지 조금 후였다. 레온은 멍한 상태에서 벗어나 서둘러 수요를 찾았다. 그는 조금 뒤의 바닥에 널브러져 있었는데 레온이 다가가자 천천히 몸을 일으켰다.

"다치진 않았어?"

"덕분에 살았어. 그건 대체 뭐였지?"

"나도 몰라."

수요가 일어서는 걸 도운 후에 레온은 헝클어진 뒷머리를 정돈해 조여 매기 시작했다. 땅에 떨어질 때의 충격 탓인지 숨을 몰아쉬던 수요가 문득 그의 행동에 의아해했다.

"뭐 하는 거야?"

"알이 납치당했어. 가서 구해와야지."

"뭐?"

"넌 이대로 돌아가는 게 좋을 것 같아. 우선 성으로 돌아가."

"뭐야? 혼자서 가겠단 거야, 지금?"

"응."

"미쳤군!"

수요는 피가 배인 침을 탁 뱉어내며 고개를 저었다.

"저런 괴물을 어떻게 이기겠다는 거야?"

"괜찮아. 이길 수 있어."

레온은 잡혀간 알을 걱정하고 있었기에 수요의 질문에 대충 답했다. 그러나 수요는 그의 대답을 자신없는 말투로 이해하고는 곧 그의 어깨를 잡고 충고하기 시작했다.

"사람이 몬스터를 이긴다는 것은 불가능해. 차라리 이대로 나와 함께 성으로 돌아가자. 가서 병사들을 데려오면 되잖아?"

"그러면 너무 늦어… 이미 충분히 늦었는지도 모르지."

그의 안절부절못하는 모습을 잠시 쳐다본 수요는 뭔가 결심한 듯 굳은 표정으로 말했다.

"좋아. 나도 같이 가지."

"넌 위험해. 돌아가."

"이거 왜 이래? 내가 동료를 버리고 갈 정도로 의리없는 놈으로 보여? 게다가 하나 보단 둘이 상대하기 쉬울 거야!"

수요가 고집을 피우자 레온은 더 말리지 않고 성큼 숲으로 향했다. 물론 혼자 가는 것이 싸우기 편했지만 여기서 수요를 설득할 시간이 없다고 여겼던 것이다. 그가 앞장을 서자 수요도 별 말 없이 따라가기 시작했다.

거대한 마차가 뚫고 들어간 탓에 숲 여기저기엔 흔적이 많이 남아있었다. 둘 다 뛰다시피 흔적을 따라가다가 레온은 안 되겠다 싶어 수요에게 소리쳤다.

"잠깐 실례 좀 할게!"

"뭐?"

막 수요가 대꾸하는 사이 어느새 레온의 팔이 그의 허리를 감았다. 그리고 힘을 주는 순간 수요의 두 발이 땅 위에서 떨어졌다.

"어어?"

수요는 갑자기 몸이 붕 떠오르는 느낌에 신음을 했다. 갑자기 눈앞에 땅이 솟아오르더니 쏜살같이 지나가기 시작했다. 온몸의 피가 발쪽으로 몰리는 기분이 들면서 정신이 흐릿해졌다. 놀래서 둥그레진 그의 눈에 레온의 발이 보이지 않을 정도로 땅을 박차고 있는 것이 보였다. 귓가에 들리는 비명 소리가 자신의 입에서 나오고 있다는 것도 알아채지 못할 정도로 굉장한 속도였다. 그리고 순식간에 속이 울렁

거리기 시작했고 창백해진 얼굴에 겨우 손을 대고 토할 것 같은 기분을 억제하느라 정신을 차릴 수 없었다.

수요는 자신이 살아오면서 최대한의 인내를 발휘해 구역질을 참았다. 그나마 레온의 달음박질이 일정한 속도를 유지하고 있었기에 조금씩 가라앉는 중이었다. 조금만 더 지나면 훨씬 괜찮아지리라고 속으로 자위하던 중에 갑자기 레온이 멈췄다.

"우우우우우욱."

레온이 멈춰 서는 것과 동시에 팔에서 빠져나오며 수요는 바닥에 오물을 토했다. 발끝으로 몰리던 피가 순식간에 거꾸로 솟아오르는 느낌이었고 한순간에 속이 뒤집힌 것이다. 그리고 불행하게도 수요의 인내심은 이런 낯선 경험을 봐줄 만큼 대단하지 못했다.

"우우우우우욱."

그가 재차 구역질을 하자 레온이 걱정스런 마음에 그의 등을 토닥였다. 그가 겪고 있는 고통이 어떤 것인지 그는 알고 있었다. 적어도 그는 5년 전쯤에 막 크루세이더 급이 되었던 넷째 형에 의해 처음 경험한 이후, 형들에게 자주 당해왔었다. 그리고 그 고통을, 처음 당할 때의 느낌을 아직 잊지 않고 있었다.

"괜찮아?"

"괘, 괜찮을… 우욱, 리가 없잖… 아."

겨우 숨을 몰아쉬며 수요가 대답했다.

"말할 수 있을 정도면 괜찮은 거야."

레온은 그의 곁을 떠나 한쪽으로 달려갔다. 그곳엔 옆으로 뒤집혀진 마차 한 대와 길게 누워 있는 말 한 마리가 있었다. 머리 부분이 없었지만 그 앞에 서 있는 나무가 핏빛으로 물들어 있는 것으로 보아 절명했음을 알 수 있었다. 피는 줄기를 타고 땅을 적시고 있었으며 사라진 머리 부분에서도 지속적으로 피가 울컥 쏟아지고 있었다.

상당히 전율적인 광경임에도 불구하고 레온은 살짝 미간을 찌푸렸을 뿐 곧 마차 한쪽 끝을 잡고 힘을 주었다.

우지직, 하고 마차 전체가 신음을 발하더니 곧 두 바퀴가 제자리를 찾아 멈췄다. 겨우 숨을 돌린 수요가 그의 뒤에서 놀란 눈을 치켜 떴다.

"너, 너, 너… 천하장사구나?"

"뭐, 그렇게 생각하는 편이 좋을 거야."

대충 대답하며 레온은 마부석으로 뛰어 올라가 검을 찾았다. 그가막 검을 찾아서 가죽을 벗겨내는 동안 수요는 역한 냄새에 코를 막은채 멀찍이 떨어져 있었다. 레온은 곧 그의 앞으로 다가갔다.

"넌 여기에 있어. 아무래도 보통 괴물은 아닌 것 같아."

레온은 죽은 말을 가리켰다.

"단번에 머리를 으깨 버렸어. 굉장한 힘이야."

레온은 머뭇거리며 수요를 쳐다봤다.

"내가 있으면 방해된다는 뜻이로군?"

수요가 흘깃 레온의 눈과 마주치며 물었다.

"넌, 크루세이더야? 사람을 하나 들고서 그런 속도를 낸 것이나 마차를 뒤집는 것이나, 보통 사람은 아닌 것 같은데?"

"검사의 수련 경지를… 알고 있어?"

"조금 알지. 역시 크루세이더? 굉장하군. 꽤나 젊은 나이인 것 같은데……."

대답 대신 미소를 지으며 레온은 마차에서 쏟아진 짐들 중에 까만가죽 봉투를 집어 들었다. 그것을 수요에게 던지며 레온이 말했다.

"이거라도 가지고 있어. 간단한 거니까 사용할 수 있을 거야."

봉투를 받아 든 수요는 곧 안에 들어 있는 석궁을 꺼냈다. 그는 피식 웃으며 고개를 저었다.

"석궁도 있는 거야? 니네 장사꾼이냐, 용병이냐?"

그는 능숙하게 석궁을 조작하여 화살 하나를 재웠다.

"이런 걸로는 그 괴물로부터 몸을 지킬 수 없을 거야. 다른 무기는 없어?"

"알에게 단검이 하나 있었는데… 아마 허리춤에 숨겨져 있을 거야."

레온은 변명하듯 대꾸했다.

"그건 법에 걸리지 않을 정도로 작은 거야."

"누가 뭐라고 했어?"

수요는 유심히 주변을 둘러본 후에 한쪽 방향을 가리켰다.

"저쪽인 것 같다."

"너도 갈 생각인 거야?"

"여기까지 와서 피할 것 같아? 잔소리 말고 따라와."

수요는 성큼 앞장을 섰다. 서둘러 그의 뒤를 따르며 레온은 주위를 둘러봤다.

"이곳이라고 생각한 이유가 있어?"

수요는 힐긋 그를 쳐다보며 의아해했다.

"당연하지. 그 정도의 덩치가 지나갔는데 전혀 표시가 없다면 말이 안 되지. 적어도 난 이 숲을 잘 알고 있는 편이고, 또 사냥하는 법도 제법 배웠거든."

그는 어깨를 으쓱했다.

"물론 산짐승과 몬스터가 같은 건 아니지만."

"그거 다행이네."

레온은 안도한 듯 그의 뒤에 바싹 붙었다.

"난 사냥 경험이 없거든. 음, 무언가를 추적해 본 적이 없어."

"호오~ 크루세이더 급의 검사가 그런 재주도 없다니… 그게 더 놀랍군."

문득 그는 고개를 갸웃했다.

"그럼 어떻게 몬스터를 추적할 생각이었어?"

"아… 나무 위로 올라가면 보이지 않을까… 생각했지."

"이 엄청난 숲 속에서 높이 올라간다고 놈을 찾을 수 있을 거라 생각했단 말야? 너 굉장히 단순하구나?"

그 말에 레온은 찔끔하며 머리를 긁적였다. 좀 더 비웃어주려던 수요는 곧 그의 표정을 보고는 말을 바꾸었다.

"그 정도 재주라면 기사가 되는 게 어때? 크루세이더라면 충분히 추천받을 수 있을 거야. 괜찮다면 내가 귀족을 소개시켜 줄까?"

"아니, 그럴 필요 없어. 난 중개상이 더 좋아. 게다가 난 크루세이더가 아니거든."

"그럼?"

"마스터야."

그 말에 흠칫하며 수요가 멈춰 섰다. 그는 빤히 레온의 얼굴을 쳐다봤다.

"마스터라고?"

"응……."

"허, 너 몇 살인데?"

"열여덟 살."

"황당하네. 페나인 역사상 최연소 마스터가 누구였는지 알아?"

그의 질문에 레온은 잠시 망설였다.

페나인의 귀족들에 대해서 레온이 아는 것은 극히 일부였다. 하지만 최연소 마스터가 누구인지는 알고 있었다. 검을 겨루어본 적도 있을 만큼 매우 잘 아는 사람이었다. 수요가 말하고 싶은 사람은 레온의 셋째 형이었다.

"24세였어. 최연소 마스터는! 4년 전에 갱신된 기록이지. 그전까지는 26세, 역시 9년 전에 세워진 기록이었고. 그 두 사람이 형제라는 거 알아?"

'물론 알지. 두 사람 모두 내 형들인걸.'

하고 생각했지만 입 밖으로 말하진 않았다.

그 두 사람은 바로 버나드와 카슨이었다. 버나드는 9년 전에 26세의 나이로 마스터가 되었고 카슨은 4년 전에 24세의 나이로 마스터가 되었다. 대개의 기사가 30세 전후로 마스터가 된다는 것을 감안하면 굉장한 기록이 아닐 수 없었다. 더욱이 네 명의 형제 모두 30세 이전에 마스터가 되었으니 레스터 가문이 검에 있어선 천하제일이라고 말할 수 있는 근거는 여기에 있었다.

수요는 믿을 수 없다는 듯 중얼거렸다.

"네가 정말 마스터라면… 그건 정말 굉장한 기록이야. 18세에 마스터라니!"

'정확하게는 17세야.'

라고 레온은 속으로 중얼거렸다. 그는 더 얘기가 지속되다간 정체가 탄로날 것을 우려했다. 레온은 숲을 가리키며 입을 열었다.

"출발하지 않을 거야? 지금 알이 위험에 처했단 말야."

"미안… 좀 놀라서 말야. 18세에 마스터라니……."

혼자 실컷 떠들던 수요는 레온의 반응이 영 시원치 않자 곰곰이 생각해 본 후에 '사실은 마스터가 아니라 갓 크루세이더가 된 검사'라고 생각했다. 그렇기에 시큰둥한 반응이려니 생각하며, '그것도 충분히 대단해'라고 중얼거렸다.

괴물이 재빠르긴 했지만 그렇다고 자취를 완전히 감출 수 있는 것은 아니었다. 수요는 때때로 놈의 흔적, 부러진 나뭇가지라든가 뭉개진 풀잎 같은 것들을 찾기 위해 멈춰 서면서 조금씩 추적을 했다. 조금 후에는 레온도 어느 정도 요령을 터득했는지 그 놀라운 시력을 최대한 발휘했다. 흔적이 끊길 때마다 레온은 눈을 번득이며 사방을 둘러보고 곧 새로운 흔적을 발견해 냈다. 때때로 커다란 멧돼지나 산양의 흔적을 잘못 찾기도 했지만 수요는 흔적의 차이를 명확히 구분하며 괴물의 발자취만을 따라갔다.

"이런……."

커다란 나무의 잔뿌리 하나가 부러진 것을 발견한 두 사람은 곧 그 뒤로 돌아갔다. 그리고 두 사람 모두 뜻밖의 광경에 입을 벌린 채 멈췄다.

폭풍!

마치 거대한 폭풍이 휩쓸고 지나간 듯한 광경이 일대를 덮고 있었다. 어떤 나무는 완전히 부러져서 쓰러졌고 또 어떤 것은 줄기가 반이나 파헤쳐져 있었다. 누운 나무, 기댄 나무, 서 있는 나무, 할 것 없이 숲 한쪽이 황량하게 헝클어져 있었다. 그리고 그 나무들 모두 죽어 있다는 것을 잎새의 빛깔로 충분히 알 수 있었다.

"대체 누가 이런 짓을?"

레온은 휙 몸을 날려 나무 위에 올라섰다. 대략 반경 30여 미터에 걸쳐 황갈색 잎이 나부끼고 있었다. 모두 죽은 나무였다. 그리고 그 나무들은 공통적으로 깊은 상처를 지니고 있었다.

"그 괴물의 짓인 것 같군."

수요는 나무의 흔적을 살피며 중얼거렸다. 놈의 길고 거대한 손끝에서 생긴 상처임을 곧 알아봤다. 손톱 끝으로 마치 파내듯 생긴 흔적에 수요는 고개를 절레절레 저었다. 그의 상식에 의하면 이렇게 난폭한 괴물은 듣도 보도 못했었다.

"분노… 공포… 두려움……."

문득 레온의 중얼대는 소리에 수요는 고개를 들었다. 그는 여전히 꼭대기에서 주위를 둘러보고 있었다.

"뭐?"

"아니, 아니야."

조금 이마를 찌푸리며 말을 이었다.

"그런 생각이 들었어. 왠지 이 괴물은 그런 감정을 이곳에 쏟아 부은 것 같다는."

"무슨 헛소리야?"

숲을 지나갈 수 없을 정도로 나무들이 무너져 있었기에 수요도 나무를 밟고 올라가기 시작했다. 그는 레온에게 다가간 후 숨을 고르며 말했다.

"그런데 어쩌지? 이렇게 사방에 흔적을 만들어놨으니 대체 어떻게 추적을 하냔 말야."

"그렇지만 이건 꽤 오래전에 한 것 같은데? 나뭇잎이 완전히 갈색으로 변해 버렸잖아?"

"물론 그렇지. 하지만 난 전문 사냥꾼이 아니란 말야. 이중에서 괴물의 흔적과 아닌 것을 분간하라면 할 수 있겠지만 최근의 것과 옛날 것을 구분한다는 건 거의 불가능에 가깝거든."

"아……!"

레온도 곧 상황을 깨닫고 숲을 둘러봤다. 그의 말대로 녀석이 이곳을 지나쳐 어디로 향했는지는 전혀 알 수가 없었다. 성큼 한 걸음 나섰지만 곧 멈출 수밖에 없었다. 이곳에는 동서남북 어디를 봐도 모두 괴물의 흔적으로 가득 차 있었다. 최소한 그들이 왔던 길을 제외할 수 있다는 것이 그나마 다행이었다. 이외에 어떤 방향이든 괴물은 빠져나갈 수 있었다.

레온이 당황하여 숲을 둘러보는 동안 수요는 곧 숲과 어울리지 않는 묘한 것을 발견했다. 그는 싱긋 미소를 지으며 레온을 잡아당겼다.

"저길 봐!"

레온은 서둘러 그가 가리킨 것을 쳐다봤다. 거기엔 손바닥 크기의 하얀 천이 바닥에 덩그마니 놓여 있었다. 순간 레온의 눈이 번쩍하며 그것이 무엇을 뜻하는지 알아챘다.

"알! 알이 표식을 한 거야!"

"내 생각도 그래. 제법 머리 좋은 친구로군."

수요의 말을 끝까지 듣지도 않고 레온은 그를 짊어지고 하늘로 붕 날아올랐다.

"우어어어어어어—!"

수요의 비명이 끝나기 전에 두 사람은 하얀 천 앞에 당도했다.

기분 좋은 흔들림이었다. 몽롱한 정신에도 머리로 피가 쏠리는 느낌이 가득했고 규칙적으로 누군가가 안면을 마사지하고 있다고 느꼈다. 그 기분 좋은 나른함이 순식간에 깨진 것은 누군가 안면을 감싸쥐듯 때리는 고통 때문이었다. 비명조차 지르지 못하게 이마부터 턱 밑까지 강타해 왔다. 게다가 그 고통스런 순간은 몇 번에 걸쳐 반복되었고 서서히 알의 의식도 돌아왔다.

그가 처음에 눈을 떴을 때 본 것은 누런 살갗이었다. 그 누런 살갗에 안면을 정타로 얻어맞은 후에 몸이 붕 떠오르듯 위로 솟구쳤다. 그 순간 자신이 괴물의 어깨에 둘러메어져 있다는 것을 깨달았다. 그리고 괴물은 꽤나 엄청난 폭풍이 휩쓸고 간 듯한 숲을 지나가는 중이라 자신이 심하게 흔들리고 있다는 것도 알았다. 그리고 그 깨달음은 괴물이 착지하는 것과 동시에 재차 그의 등허리에 이마를 찧으며 확실해졌다.

그리고 조금 전에 자신이 당했던 일이 기억났다. 숲으로 들어선 후에 상자 위에서 그는 데굴데굴 구르며 쉬고 있었다. 느닷없이 몬스터가 출현하여 습격해 왔지만 레온이 재빨리 움직여 수요는 위기를 넘겼고 레온 역시 마차에서 빠져나갔다. 자신은 한발 늦게 움직여 녀석에게 뒷덜미를 잡혔고 거대한 주먹에 배를 얻어맞고는 그대로 의식을 잃었었다.

'쳇, 이럴 줄 알았으면 내가 앞에 앉는 건데.'

하고 투덜대면서 알은 자신이 앞으로 어떻게 될지 생각해 봤다. 아직 자신을 죽이지 않은 이유는 알지 못했지만 설마 이 몬스터가 혼자살기 심심하다고 자신을 데려가는 건 아님을 알고 있었다. 어쩌면 집에 데려가서 산 채로 회를 뜰지도 모르는 일. 창자는 훑어낸 후 버릴테고 뼈를 발라낸 후에 싱싱한 생간과 심장을 맛있게 먹고 고기로 적당히 배를 채운 후에 나머진 나뭇가지 높이 매달아 잘 말려 육포로 만든 후 서늘한 곳에 보관할지도 모르는 일이었다.

그런 생각에 알은 쓴 미소를 지으며 어린 시절에 마을 근처의 강가에서 연어를 잡던 일이 떠올랐다. 이 괴물에게 있어 자신은 싱싱한 먹잇감에 불과함이 분명했다. 그리고 정말로 그렇게 되기 전에 그는 빠져나가야만 했다.

알은 그때까지 축 늘어져 덜렁거리던 두 팔을 허리 밑으로 밀어 넣었다. 그 밑에서 야론 인들의 단검, 잠비야를 꺼냈다. 그는 검을 뽑자다시 검집은 허리춤으로 밀어 넣었다. 사실 알은 단검보다도 이 검집이 마음에 들었다. 꽤나 고가로 보이는 보석이 몇 개 박혀 있는 것도 그렇지만, 섬세하게 수놓아진 문양도 그를 만족시켜 주었다. 그렇기에 검집을 땅에 버리는 짓은 하고 싶지 않았다.

알은 단검을 쥐고 괴물의 허리를 겨눴다. 다행히 괴물은 뒤에 눈이 없었기에 알이 무슨 짓을 하는지 전혀 몰랐다. 그저 그의 허리를 어깨에 둘러메고 다리춤을 잡고 나무 위를 뛰어넘고 있는 데 급급했다.

막 검을 찌르려는 찰나에 괴물은 가장 높은 곳에 올라갔고 알의 눈엔 살풍경한 숲이 펼쳐졌다. 알의 시선에 비춰진 것은 거대한 장작 더미였다. 마치 캠프파이어를 준비하듯 차곡차곡 쌓여져 있었는데 문제는 그 규모였다. 숲 하나가 폭풍에 휘말린 듯 거대한 캠프파이어를 연출하고 있었던 것이다. 그리고 현재 알을 메고 있는 몬스터는 그 장작 더미의 맨 위에서 이제 밑으로 내려가고 있는 중이었다.

한눈에 그런 살벌한 풍경을 봐버린 알은 침을 꿀꺽 삼켰다. 침을 꿀꺽 삼키며 이 광경을 연출한 녀석이 바로 자신을 메고 있는 몬스터임을 단번에 알아챘다. 그리고 허리춤에 짧은 단검 하나 꽂히고도 자신 정도의 사내를 수십 명은 거덜 낼 녀석이라고 단정했다. 아름드리 나무로, 숲 한가운데에 캠프파이어를 준비할 정도의 괴물은 그리 흔하지 않다는 것쯤은 알고 있었다. 그리고 자신이 그 '흔하지 않은' 괴물의 어깨에 메어져 있다는 것을 실감했다. 그는 쥐고 있던 단검을 몬스터의 허리에 찌를 것인가에 대해 심각하게 고민했다. 물론 찌르면 몬스터는 곧 성질을 부리며 자신을 갈기갈기 찢으리란 것은 예상할 수 있었다. 그리고 몬스터의 공격을 막아낼 능력이 자신에게 없음도 알고 있었다.

'그렇지만 레온이라면…….'

알의 생각이 곧 레온에게 미쳤다.

몬스터도 보통이 넘는 파워를 지닌 괴물이었지만, 레온 역시 인간으로선 드물게 괴물에 가까운 검술을 지닌 녀석이었다. 최소한 알이 보기엔 몬스터나 레온이나 별반 차이를 느낄 수 없었다.

그리고 레온이라면 충분히 이 몬스터를 이길 수 있으리란 생각이 들었다.

'그렇지만, 녀석이 이 숲을 헤매지 않고 찾아올 수 있을까?'

혼자 자문을 구해보다가 곧 고개를 저었다. 어쩌면 온종일 숲을 헤매다가 끝내 찾지 못할 가능성이 가장 컸다.

'뭔가 알아챌 수 있는 흔적을 남겨야만 해!'

거기에 생각이 미치자 알은 곧 주위를 둘러봤다. 그러나 몬스터의 키는 무척이나 컸기에 손을 뻗어봐도 어느 것 하나 잡히지 않았다. 초조한 마음에 무언가 잡을 만한 것을 둘러보던 알의 시야에 하얀 천이 빼꼼 드러났다. 그것은 터번이 풀어지며 한쪽 끝이 늘어진 것이었다.

손을 휘휘 젓던 중에 쥐고 있던 단검이 무심코 터번의 한쪽 끝에 닿았다. 그러자 한쪽 끝이 산뜻하게 잘려져 나갔다. 단검의 예리함에 알의 눈이 번득였다. 그렇게까지 날카로울 거라곤 생각도 못했었다.

바닥에 떨어진 천 조각이 숲과는 너무나도 어울리지 않았기에 알은 흡족했다. 분명 이것은 좋은 흔적이 되고도 남았다. 최소한 레온이 몬스터가 만들어놓은 캠프파이어 숲까지 온다면 이 천을 발견할 수 있을 것이다.

알은 왼손으로 터번의 끝을 잡았다. 그리고 재차 단검을 휘둘러 천을 잘라내기 시작했다. 역시 단검은 무척이나 예리했다. 검술은커녕 부엌칼도 잡아보지 못한 알임에도 불구하고 휘두르는 대로 천 조각이 떨어져 나갔다. 터번은 작은 천 조각이 되어 나풀거리며 바닥에 떨어졌고 흔적이 되었다. 또한 터번은 매우 길었으며 단검은 여전히 예리했기에 알은 연신 흔적을 만들기에 바빴다. 한 가지 실수를 뺀다면 그는 확실히 현명하게 처신하고 있었다.

그는 자신의 손놀림, 즉 터번을 잘라내는 오른손의 움직임이 일정하게 이루어지고 있다는 것을 알지 못했다. 게다가 잘려진 천 조각이 떨어지는 것이 시야에 훤히 보이고 있음에도 불구하고 간격이 점차 줄어들고 있다는 것도 눈치 채지 못했다. 사실 몬스터의 거대한 어깨 위에 메어져 있었기에 피가 거꾸로 쏠려 알의 눈은 붉게 충혈되었고 사물이 흐릿하게 보였다.

어쨌든 알은 몬스터의 발걸음이 점차 늦춰지고 있다는 것을 몰랐다. 그리고 터번의 반 정도를 잘라내던 중에 갑자기 몸이 붕 떠오르며 바닥에 내동댕이쳐졌다.

"으악!"

비명을 지르며 바닥에 떨어진 알은 터번을 쥐고 있던 왼손으로 엉덩이를 쓰다듬으며 주위를 둘러봤다. 자신이 떨어진 곳은 잡초가 무성하게 자라나 있긴 했지만 하얀 대리석이 놓여 있던 흔적을 보고 무슨 신전일 것이라고 짐작할 수 있었다. 물론 무성한 잡초와 더불어 대리석 조각이 여기저기 널려 있어 폐허임을 알 수 있었다.

"크으… 좀 살살 내려놓으면 안 되나?"

주위를 둘러보던 알은 곧 자신 앞에 버티고 서 있는 몬스터의 거친 숨소리에 엉거주춤 뒤로 물러났다. 몬스터는 꽤 키가 컸기 때문에 앉아 있던 알로선 한참을 올려다봐야만 했다. 그리고 흘깃 올려다본 알은 괜히 봤다는 생각에 침을 꿀꺽 삼켰다.

"아, 저기… 왜 그렇게 화가 난 거야? 응?"

어색하게 웃으며 알은 몬스터를 찬찬히 살펴봤다. 지금껏 같은 길을 오긴 했지만 몬스터를 정면으로, 그것도 자세하게 볼 수 있는 건 처음이었다.

몬스터는 허리 아래는 매끈한 초록색(이 부분을 보고 초록 도마뱀의 다리를 연상했다)이었지만 위쪽은 온통 갈색의 거친 피부를 드러내고 있었다. 그것은 피부라고 말하기에도 어려울 정도였다. 마치 나무껍질 같았다. 지금껏 그 위에 얹혀져서 운반되어졌기에 그것이 살갗이라는 것을, 살아 있다는 것을 알 수 있었다. 몬스터의 얼굴 가죽 역시 그것과 매우 흡사했다. 머리카락을 포함해 몸 어느 구석에도 털 따위는 보이지 않았다. 다리까지 다다르는 길쭉한 팔은 마치 나뭇가지를 연상시켰으며 만약 숲에 멈춰 서 있다면 전혀 눈치 채지 못할 정도로 나무와 흡사했다.

그리고 그 얼굴 가죽은 지금 갈색이 아닌 붉은색을 띠며 작은 나무옹이 같은 두 눈동자는 무서운 눈초리로 알을 쏘아보고 있었다. 그 흉흉한 눈초리에 알은 곧 죽음을 직감했다. 그리고 등 뒤로 식은땀이 흐르는 것을 느끼며 다시 뒤로 물러났다.

몬스터는 고개를 젖혀 뒤를 잠시 바라본 후에 더욱 벌게진 눈빛으로 알을 쏘아봤다. 정확하게는 알의 오른손을 쏘아봤다. 몬스터의 눈길을 따라 흘깃 자신의 오른손을 본 알은 곧 녀석이 왜 저렇게 흉흉한 눈빛을 보내는지 깨달았다.

"아, 아… 이건 그냥……."

알은 얼른 단검을 들어 잡초가 무성한 어딘가 휙 던졌다. 어차피 싸울 수 있으리라고는 생각하지 않았기에 들고 있어봐야 화만 돋울 뿐이라고 생각했다. 게다가 만약 이곳이 몬스터의 집이라면(폐허라고 해도 신전을 집으로 삼는 녀석의 배짱(?)이 다소 놀랍긴 하지만) 단검은 충분히 제 몫을 한 셈이니 필요가 없어지기도 했다. 단검을 던진 후에 알은 씨익 미소를 지으며 입을 열었다.

"그냥 엎혀져 있기 심심해서 말야. 장난친 것뿐이야."

그러나 몬스터는 여전히 흉흉한 눈빛을 보내왔다.

알은 조금 느긋해진 기분으로 앉은 자세로 괴물을 마주 쳐다봤다. 처음에 한 대 맞을 때의 충격도 많이 가셨고 흉한 눈빛을 보이고 있긴 했지만 쉽게 죽일 생각은 없는지 덤빌 기색은 아닌 것 같았다. 그렇다면 적당히 웃어주면서 기분을 맞춰주는 게 좋을 거라고 짐작했다. 물론 어디까지나 시간을 끄는 것은 그동안 레온이 도착하길 바라는 마음에서였다.

"젠장… 그런데 몬스터를 상대로 무슨 말을 한담? 말이 통할 리가 없잖아?"

투덜거리며 혼잣말을 하던 알의 귀에 가래가 끓는 듯 갈라진 음성이 들렸다.

"무슨 짓을 한 거지?"

"에……?"

순식간에 눈이 휘둥그레지며 알은 몬스터를 올려다봤다. 분명 이곳엔 자신과 몬스터뿐이었고 뜻밖의 음성이 들려왔음에도 전혀 놀라지 않는 것으로 봐도 방금 전의 목소리는 눈앞의 녀석이 낸 것이 분명했다. 놀랍게도 몬스터는 사람의 말을 할 줄 알았다.

"천 조각을 남긴 건 누군가에게 도움을 요청한 건가? 그렇다 해도 네 동료들이 여기까지 올까?"

약간 냉소적인 어조였지만 말을 한다는 것에 충분히 놀란 알은 입을 쩍 벌린 채 멍하니 앉아 있었다.

"뭘 그렇게 놀라는 거지? 말하는 게 이상한가?"

"너, 넌……? 넌 몬스터잖아?"

그 말에 비위가 거슬렸는지 몬스터의 몸이 크게 흔들렸다. 곧 이어 긴 양팔을 내밀어 알의 어깨를 움켜쥔 후 번쩍 쳐들어서는 사납게 흔들며 크게 소리쳤다.

"원래부터 몬스터는 아니었어! 아니었다고! 네까짓 게 내 고충을 이해할 수 있을 것 같아?!"

비명조차 지를 수 없을 만큼 사납게 흔들린 탓에 다시 바닥에 내려져서도 알은 정신을 차릴 수 없었다. 가벼운 구토 증세를 억지로 참아내며 흔들리던 와중에 귓가에 메아리치던 괴물의 말을 되새겼다.

숨을 몰아쉬며 알이 물었다.

"그, 그럼 원래는 인간이었다는 뜻… 인가요?"

잘은 모르겠지만 몬스터라고 불리는 것을 싫어한다는 것은 눈치 챘다. 그리고 몬스터가 아니라면, 그리고 사람의 말을 하고 있다면, 전에는 사람이었을 가능성이 높다고 판단했다. 그렇다면 적당히 경어를 붙여주며 구슬릴 필요가 있겠다고 계산한 알은 얼른(평소엔 거의 쓰지 않는) 존대를 깍듯이 했다.

역시 그의 예상대로 조금 기분이 나아졌는지 몬스터는 다시 난폭해지진 않았다. 오히려 눈빛이 약간 풀어지며 감상적인 표정으로 바뀌었다. 아니, 나무껍질 같은 얼굴에 표정이 나타날 리는 만무했지만, 알이 느끼기엔 그랬다.

"…원래는 나도 사람이었어……."

혼잣말처럼 몬스터는 중얼거렸다.

무언가 말을 걸려던 알은 곧 입을 다물었다. 굳이 묻지 않아도 스스로 얘기할 분위기다. 그의 생각을 방해하지 않기 위해 알은 가만히 앉아서 움직이지 않았다.

"내 이름은 키란 던윌……."

예상대로 그는 갈라진 목소리로 말하기 시작했다.

'던윌'이란 성에 알은 흠칫했다. 분명 마을에 들어서는 입구에 '더닐 마을'이란 푯말을 봤다는 것을 기억해 냈다. 대개는 마을 이름을 성주의 가문 명칭에서 따오게 마련이다. 던윌과 더닐이란 명칭이 비슷하다는 것에서 이상함을 느낀 알이었다.

'설마……? 아니겠지? …그나저나 성이 있다니, 귀족이었잖아?'

혹시 하긴 했지만 설마 하며 고개를 저었다. 그러나 이어진 다음 말은 역시 알의 추측을 벗어나지 않았다.

"던윌 성의 성주다. 네까짓 평민 따위는 쳐다볼 수도 없는 귀족이란 말이다. 한 달 전에 어떤 마법사를 만나지만 않았다면 나도 이런 꼴이 되지는 않아."

키란이라고 자신을 소개한 몬스터는 자신의 두 손을 처량한 눈빛으로 바라봤다.

"내 아버지는 근위대의 기사였다. 수천 명이 넘는 기사들 중에서도 이름이 높았던 분이다. 원래 우리 가문은 그렇게 알려진 가문이 아니었지만 아버지께서는 월등히 뛰어난 검술과 누구나 인정하는 성품 탓에 근위대에 뽑히게 되었다. 그 덕분에 가문은 순식간에 중앙으로 자리를 옮기게 되었고 말야. 나도 어린 시절을 수도에서 보낼 수 있었으니 굉장한 영광이었지. 근위대에서도 꾸준한 성장을 보이신 아버지께서는 드디어 크루세이더가 될 수 있었다. 크루세이더가 뭔지 아나?"

키란은 조소하듯 물었다. 원래 사람이었다고 해도 지금은 몬스터와 다를 바 없는 그의 눈빛은 차갑다 못해 흉측해 보였다. 그런 시선을 갑자기 받은 알이 흠칫 몸을 떨며 겨우 대답했다.

"검사의 실력에 따라 나누는 명칭이라고 알고 있습니다."

"…제법이군."

뜻밖에 제대로 대답을 하는 모습에 키란은 입술이 있어야 할 부분의 껍질이 살짝 일그러졌다.

사실 알도 몇 달 전까지는 전혀 몰랐던 얘기였다. 레온과 알게 되면서 귀족 사회에 대해 많이 듣게 되었는데 레온 본인이 검사이기 때문에 검사에 대한 얘기를 종종 알려줘 꽤 알게 되었을 뿐이었다.

"그래서 아버지께선 어떻게 되셨나요?"

"…근위대의 기사들 중에서도 단연 수준급의 실력으로 아버지께선 부장이 되었어. 가문으로선 굉장한 영광이었지만, 불행하게도 거기서 끝이었다. 대단한 아버지임은 분명했지만 난 그렇지 못했거든. 기사는커녕 제대로 싸우지도 못할 정도로 허접이었지. 아버지가 살아 계셨을 때는 어떻게 가문이 유지될 수 있었지만 돌아가신 후에 가문은 금세 파탄이 나고 말았다. 그 위세 당당하던 던월 가는 금방 수도에서 쫓겨났고 난 이런 조그맣고 척박한 곳을 영지라고 받은 거야. 한순간이었지……."

잠시 지난날의 영광을 회상하는 듯 키란은 멍하니 땅을 바라봤다.

레온에게 귀족 사회에 대해 많이 들었다고는 해도 키란의 말이 전혀 이해되지 않았다. 몰락했다고 해도 성에서 사는 자였다. 고급 침대와 비단 이불에서 아침을 맞이하고 자신의 마차와 말을 소유하고 있었으며 척박해도 자신의 영지가 있는 귀족이었다. 자신으로선 상상도 할 수 없는 삶을 영위하고 있었고 더욱 이해할 수 없는 것은 그런 삶에 부족함을 느끼고 있다는 거였다.

"옛날의 영광을 되찾는 방법은 하나뿐이었어. 아버지처럼 나도 힘을 키워야 하는 거였지. 하지만 내게 그런 능력이 있을 리가 없지… 하지만 꽤 오래 찾아 헤맨 끝에 마법의 힘으로 실력을 높이는 방법이 있다는 것을 알아냈다. 그리고 그걸 가능하게 하는 마법사를 드디어 찾아냈던 거야. 한 달 전에 말이야."

키란의 눈빛이 번득이며 주먹을 움켜쥐었다. 느닷없는 행동에 알이 흠칫 놀라며 그를 주시했다.

"처음엔 그의 말대로 위력을 발휘했었다. 난 그 어떤 기사보다 힘이 세졌지. 그리고 빨라졌어. 보통 기사의 검술은 너무 느려서 하품이 나올 정도였으니까. 놀랍지 않나? 그저 약을 조금 먹었을 뿐인데, 그런 엄청난 힘을 갖게 되었다니 말야."

"…부작용… 인가요?"

나지막한 목소리로 알이 물었다. 그 말에 키란은 힘없이 고개를 떨구었다.

"부작용이라……."

키란은 잠시 자신의 갈색 손과 초록색 다리를 번갈아 살펴봤다. 그리고 천천히 고개를 저었다.

"부작용은 아니었다. 어떤 의미에선 내가 자초한 일인지도 모르지. 약은 분명 큰 힘을 내게 주었지만 일시적이었어. 그리고 점차 더 많이 먹어야만 했다. 난 언젠가 약이 듣지 않을 때가 올 것이라고 짐작했어. 그리고 그때가 다시 몰락할 때라는 것도. 그것이 두려웠다. 또 한 번 삶의 구렁텅이에 빠져야 한다는 것이 두렵고 서러웠다. 그래서 그 마법사에게 상의를 했다. 어떻게 하면 좋겠냐고. 그러자 마법사는 몬스터의 힘을 주입하는 게 어떠냐고 하더군. 난 마법에 대해 문외한이었지만 몬스터의 힘을 주입하는 것이 옳지 않을 거란 생각이 들었다. 마치 나이면서, 내가 아니게 될 것이란 막연한 불안감이 들었지. 그렇지만 마법사는 날 안심시켰다. 사실 그동안 먹었던 약도 몬스터의 피를 정제해 만든 것이라고 하더군. 그 말을 듣는 순간 왠지 안심이 되었지. 그리고 마법사의 제안을 따르기로 했다."

키란은 잠시 말을 끊고 눈을 감았다.

"그리고……?"

궁금함을 참지 못한 알이 물었다. 곧 서두를 필요가 없다는 생각에 후회하긴 했지만 여전히 키란은 침묵한 채 생각에 잠겼다. 그가 다시 눈을 떴을 때 번득이는 눈빛으로 알을 쏘아봤다.

"성에 마법사의 연구실을 만들었고, 그곳에서 시술을 했지. 그러나 내가 눈을 떴을 때 마법사는 사라지고 없었다. 그냥 빈방이 되어 있었지. 몽롱하고 흐릿한 정신으로 겨우 몸을 추슬러 일어섰을 때 난 전보다 꽤 키가 컸다는 것을 느꼈다. 그리고 천천히 아래를, 내 몸을 훑어봤을 때……."

키란은 그때처럼 자신의 몸을 내려다봤다.

"경악했지."

담담한 말투였다. 그러나 매우 당혹스러웠을 거라고 알은 짐작했다.

"어떻게 할 수도 없었어. 문을 나서는 순간 내 병사들은 기겁을 했고 사방에서 아우성과 병기 부딪치는 소리만 들렸으니까. 일단 살아야 한다는 생각만으로 그들을 뿌리치고 성을 빠져나왔다. 그리고 숲에 들어오게 되었지."

생각보다 빨리 이야기를 끝내자 알은 당황했다. 그러나 내색하지 않고 찬찬히 물었다.

"오다 보니 숲 한가운데에 장작더미를 쌓아놓듯 나무들이 쓰러져 있던데요? 그건 당신이 한 짓입니까?"

"물론. 내가 했다. 숲에 들어왔던 첫 날. 마법사에게 속았다는 분노와 배신감, 몬스터로 변해 있는 내 자신에 대한 회한과 당혹감이 날 미치게 했거든. 그때부터 깨어 있었나?"

"그런 셈이죠."

"…꽤 한참 전에 일어나 있었군. 그렇다면 흔적을 꽤 많이 남긴 셈인데?"

"……."

"그렇게 해놨다고 과연 널 구하려고 이곳에 올까? 너무 기대하지는 않는 게 좋을걸. 특히 그 숲을 지나쳐 온다면 말이야."

키란은 얼굴을 찡그리며 큭큭, 하고 웃었다. 그의 웃음소리에서 느껴지는 잔인함에 몸을 떨며 알은 궁금했던 것을 묻기로 결심했다.

"절 어쩔 생각이죠? 왜 잡아온 겁니까?"

"왜냐고? 크크크. 이제야 궁금해진 모양이지?"

키란은 신전을 가리키며 큭큭 웃었다.

"이 신전 앞에서 난 그때의 마법사를 다시 만났다. 처음엔 그를 죽이려고 했지. 그렇지만 녀석은 엄청 강했다."

키란은 질렸다는 표정으로 고개를 저었다.

"그리고 패한 나를 죽이지 않은 채 꽤나 좋은 이야기를 들려주었지."

키란은 음흉하게 알을 쏘아봤다.

"궁금하지 않나?"

"아니오! 절대 궁금하지 않아요!"

단호하게, 그렇지만 매우 떨리는 목소리로 알은 대답했다. 그의 대답에 키란은 웃었지만 곧 가르쳐 주기 시작했다.

"이 신전은 사실 악마의 제단이었다고 하더군."

"듣고 싶지 않아! …요."

"이 제단에 신성한 힘이 깃든 자의 피를 제물로 바칠 때……."

"절대 듣고 싶지 않다구요!"

"소원을 들어준다고 하더군."

"전 신성한 힘 따위 없다구요!"

"시끄러워! 듣고 싶지 않다고 내게 명령하지 마! 부탁도 하지 마! 난 귀족이다! 내 맘대로 할 거야!"

"…그러세요."

씩씩대며 노려보는 키란의 눈초리에 기가 죽은 알은 조용히 찌그러졌다.

"평민 주제에 날 무시하려 하지 마! 너 따위에게 신성한 힘이 없다는 것쯤은 나도 알아! 그렇지만 해결책을 알고 있다. 너 같은 젊은 청년의 피를 44명 뿌리면 마족이 나타날 수 있을 거라고 하더군. 그때 계약을 맺으면 인간으로 되돌려질 수 있을 거라고 마법사가 가르쳐 주었다. 이제 알겠냐? 널 잡아온 이유를 말이다!!"

키란은 고함과 함께 왼손을 쭉 뻗어 알을 지목했다. 바닥에 앉아 있던 알이 흠칫 몸을 떨며 키란을 올려보는 순간 숲 속에서 누군가 튀어나왔다.

"헤에. 아주 뿌렸군?"

숲 한가운데를 터덜터덜 걸으며 수요가 한마디 던졌다. 지금 레온과 수요는 하얀 천을 따라 걷고 있는 중이었다. 3~4m에 하나씩 천이 떨어져 있었고 그것이 알이 남긴 것이란 것을 알고 있었다. 어떻게 잘라냈는지는 모르겠지만 그 천은 알이 항상 머리에 감고 다니는 터번임을 레온은 알아봤다.

"덕분에 편해졌잖아?"

수요의 말투가 어쩐지 투덜대는 것 같다고 느낀 레온이 의아해져서 물었다. 뒤에 조금 처져서 따라오던 수요는 그저 어깨를 으쓱할 뿐이었다. 황폐하게 변했던 숲에서부터 알이 남긴 흔적 덕분에 두 사람은 편하게 길을 찾을 수 있게 되었다. 그렇지만 그 바람에 수요가 할 일이 전혀 없어졌다. 오히려 지금은 방해만 되고 있었다. 레온 혼자였다면 벌써 달려갔겠지만 수요 때문에 천천히 걷고 있는 셈이니 말이다. 숲에 몬스터가 하나 이상일 수도 있었으니 수요를 내버려 두고 갈 수는 없었다.

레온이 눈치를 주진 않았지만 수요도 이미 알고 있었다. 그렇다고 혼자 남았다가 몬스터와 마주치면 큰일이라는 점 때문에 쉽사리 가라고 말할 수도 없었다. 그러니 이렇게 같이 가는 수밖에 없었고, 그 점이 수요의 자존심을 건드리고 있는 중이었다.

한참 속으로 투덜대고 있던 수요는 문득 이상한 생각에 앞서 가던 레온의 어깨를 잡았다.

"이봐, 간격이 줄고 있… 웁?"

서둘러 레온이 그의 입을 막았다. 그리고 조용히 하라는 신호를 보내며 앞쪽에 무언가 있다는 신호를 보냈다. 레온이 입을 떼자 수요는 고개를 끄덕이며 조그맣게 물었다.

"눈치 채고 있었냐?"

"뭘?"

"천 조각의 간격이 줄고 있다는 거 말야. 만약 일정한 시간을 두고 떨군 거라면 여기부터 몬스터는 속도를 줄였단 얘기잖아?"

"…그래?"

"……."

수요는 빤히 레온을 쳐다봤다. 분명 레온은 그런 눈치를 전혀 채지 못한 것 같았다. 조금 한심하다는 생각에 수요는 고개를 저으며 여전히 자그맣게 물었다.

"그럼 왜 입을 막았는데?"

"전방에 뭔가 있어."

"앞에?"

수요는 재빨리 앞쪽을 향해 고개를 내밀며 살폈다. 그러나 레온은 그의 어깨를 치고 고개를 저었다.

"좀 먼 곳이야."

"얼마나?"

"음, 평지라면 30~40m 정도. 여긴 나무가 많으니까 쉽게 보이진 않겠지."

"거기 뭐가 있는지 어떻게 안단 말야?"

이맛살을 찌푸리며 수요가 물었다.

"난 알 수 있어. 소리가 들렸거든. 그 소리를 들으려고 일부러 조용히 걸었으니까 확실할 거야."

알 수 있다고 확신하는 말보다 일부러 조용히 걸었다는 말이 수요의 귀에 들어왔다. 혹시 레온은 자신을 지키기 위해서가 아니라 그저 신경을 집중하기 위해 천천히 걸었던 것은 아닐까 하고 생각했다.

어느새 레온은 검을 뽑아 성큼 앞으로 나서기 시작했다. 그런 그를 따라 걸으며 수요는 고개를 갸웃했다. 생각해 보니 이 숲 어딘가에 고대 신전이 하나 있었다는 것을 기억해 낸 것이다.

"혹시 신전이 아닐까?"

"신전이라니?"

"이 근처 어딘가에 고대 신전이 하나 있거든."

"그래? 그게 여기야?"

레온의 질문에 수요는 고개를 끄덕였다.

"확실하진 않아."

"어쨌든 신전이라면… 대리석 같은 게 있겠네?"

"그렇지. 그냥 숲만 있지는 않을 거야. 그런 게 싸울 때 중요해?"

"중요하지. 아무래도 모르고 있는 것보단 낫잖아?"

"그렇긴 해. 하여튼 가보자고."

수요도 허리춤에서 조그마한 석궁을 꺼냈다. 워낙에 작은 것이라 걸어가면서도 충분히 장전이 가능했다.

천천히 숲을 헤치며 걷고 있는 두 사람에게 갑자기 고함 소리가 들려왔다. 그것은 매우 분노한 목소리였다. 그리고 레온은 순간적으로 알이 위험하다는 것을 직감했다. 그는 수요가 뭐라고 중얼거리는 소리도 무시한 채 서둘러 앞으로 달려나갔다.

그가 막 숲을 벗어나 폐허가 되어 있는 신전을 발견했을 때 초록 다리에 갈색 몸뚱이를 지닌 아까 그 몬스터가 땅을 가리키고 있었다. 그 매서운 눈빛을 따라가던 레온은 곧 앉은 채 뒷걸음질하고 있는 알을 알아봤다. 그리고 머리끝이 쭈뼛 솟아오를 정도로 화가 치밀었다.

그는 고함과 함께 몬스터에게 달려들었다.

"멈춰!"

아직 10여 미터의 거리가 있음에도 불구하고 그는 검을 뻗었다. 아래에서 위로 대각선을 그리며 허공을 베었다. 그러나 만약 실력있는 검사나 정령을 다루는 정령사가 보았다면 엄청날 정도의 마나의 덩어리가 솟구치는 것을 보았을 것이다. 은빛 투명한 검기는 대기를 가르며 정확하게 키란의 팔을 지나쳤다.

갑자기 나타난 레온의 모습에 영문을 모른 채 돌아보던 키란은 팔뚝에 따끔한 아픔을 느꼈다. 그러나 그것에 신경 쓸 겨를도 없이 레온의 달려드는 모습에 경악을 했다.

숲에서 나타났다고 여긴 순간 그는 멀리서 검을 한 번 휘둘렀고 다음에는 흐릿할 정도의 잔상만 남긴 채 사라지더니 순식간에 키란의 정면에 나타났다. 그리고 즉시 검으로 키란의 허리를 베어 나갔다.

만약 키란이 빠른 발을 지니고 있지 않았다면, 일생에 단 한 번이라도 크루세이더 급의 기사를 만나보지 않았다면 그는 그저 레온의 빠르기에 당황한 채 죽었을지도 몰랐다.

그러나 키란은 레온의 모습이 흐릿해지는 순간, 잔상이라는 것을 깨달았다. 그리고 인간 중에 그런 잔상을 남길 정도의 스피드를 지닌 인물들은 마스터 급의 기사들뿐이란 것도, 자신의 아버지를 통해 알고 있었다.

그렇기에 그는 레온이 눈앞에 나타나 검을 내려치는 순간 왼손을 뻗었다. 손바닥을 활짝 펴서 그의 팔이 그리는 궤적을 미리 막으며 잽싸게 오른손을 들어 그의 머리를 향해 내려쳤다. 물론 보통 사람이라면 이 행동이 얼마나 어리석은 짓인지 알고 있었다. 눈으로 본다는 것은 불가능했고 설사 본다고 해도 막는다는 것도, 상대에게 주먹질을 한다는 것도 헛수고였을 것이다.

그러나 키란은 강했다. 강하다고 믿었으며 강해지기 위해서 몬스터가 되고 말았다. 그의 눈은 레온의 잔상을 정확하게 쫓아갔으며 팔은 인간의 육체를 능가했고 다리는 누구보다 빨랐다.

그러나 다음 순간 키란은 비명을 질렀다. 금발 머리 소년의 머리를 부숴야 할 오른손이 팔꿈치부터 정확하게 잘려져 있었다.

"크어어어어어어억!"

언제인지 깨달을 사이도 없었다. 휘두르는 순간 자신의 오른팔이 없다는 것을 알았을 뿐이었다. 시야에 들어오는 순간 아픔과 고통이 밀려왔을 정도였다. 그리고 그 아픔과 고통은 고스란히 분노가 되었다. 어떻게, 무슨 방법으로 자신의 팔이 잘려졌는지 모르겠지만 그것이 이 소년의 짓이라는 것만큼은 알 수 있었다. 그것은 그대로 분노가 되어 남아 있는 팔에 힘을 실었다.

키란은 레온의 팔을 잡아채려 했다. 그러나 레온은 그의 손바닥이 막아서는 것과 동시에 멈춰서 재빨리 검을 거뒀다. 아무리 자신이 마스터라고 해도 몬스터에게 붙잡힌다면 연약한 육체에 불과하다는 것을 알고 있었기 때문이었다. 그러나 순식간에 방향을 전환한다는 것은 실전 경험이 적은 레온에겐 힘든 일이었다. 검을 거두는 것과 동시에 물러서야 했지만 몬스터를 빨리 알에게서 떼어놔야 한다는 생각에 그는 허리를 꺾는 정도에 그쳤다. 그리고 키란은 그 빈틈을 놓치지 않았다.

비록 그의 팔을 잡아채지는 못했지만 그는 재빨리 검을 잡았다.

"끄아아아아악!!"

검날을 잡는 것과 동시에 키란은 다시 비명과 함께 몸부림을 쳤다.

성을 빠져나올 때 무수한 검과 창이 자신을 찔러왔지만 어느 것 하나 흠집조차 내지 못했었다. 그저 손바닥을 내밀어 잡는 것만으로도 충분했다. 병사들이 휘두르는 무기는 너무 느려 하품이 나올 정도였고 마음만 먹는다면 단번에 몇십 개라도 잡아챌 수 있었다. 게다가 날카로운 검날을 맨손으로 잡아도 전혀 상처 하나 남지 않았었다. 따끔하지도 않았다.

그러나 레온의 검을 잡는 순간에 키란의 손바닥은 피를 머금었다. 놀랍게도 세이버는 매우 예리했고 검날이 손바닥을 헤집는 순간 마치 화염에 손을 디민 것처럼 화끈하게 불타올랐다. 그리고 절로 비명이 쏟아졌다. 알지도 못하는 사이에 눈에서는 눈물이 왈칵 쏟아졌다.

그러나 키란은 검을 놓지 않았다. 몸부림을 치는 동안 오른팔에서는 피가 사방으로 뿜어졌고 레온에게도 한바탕 피를 뿌려댔다.

"우웃!"

그것이 키란에게 당장은 행운이었다.

얼굴 위로부터 피를 뒤집어쓰는 순간 레온은 눈을 뜰 수 없었다. 그 위험천만한 상황에서 레온은 검을 놓은 채 뒤로 물러선 채 손바닥으로 눈을 닦아내려고 했다. 그러나 몬스터의 피는 끈적끈적해서 잘 닦여지지 않았다. 레온이 그렇게 서 있는 동안 키란은 얼른 검을 집어 던졌다. 다음에 고함과 함께 주먹을 움켜쥐고 레온을 향해 달려들었다. 알의 비명 소리와 키란의 고함 소리가 엉키는 동안 레온은 눈에 퍼부어진 피를 닦느라 정신을 차릴 수 없었다.

그때 뒤에서 레온을 향해 소리치는 수요의 목소리가 들려왔다.

"엎드려, 레온!!"

쓰러지듯 바닥에 엎드리는 순간 뒷머리에 몬스터의 손끝이 지나치는 것을 느꼈다. 그리고 몬스터의 외마디 비명과 수요의 외침, 그리고 알의 다급한 목소리가 들려왔다. 그리고 그 와중에 레온의 오른손에 알이 던져 놓았던 단검이 잡혔다.

레온은 다시 반쯤 몸을 일으키며 몬스터의 고함 소리에 귀 기울였다. 수요의 목소리는 뒤에서, 알의 목소리는 가깝지만 왼쪽에서, 그리고 몬스터의 비명 소리는 정확하게 그의 정면에서 들려왔다. 그는 단검을 들어 수평으로 크게 휘둘렀다.

"크아아아아악!!"

"그만 해, 레온!"

"잘했어, 레온."

몬스터의 비명 소리와 함께 알의 고함이 그의 귓가로 달려들었다. 곧 이어 알이 그의 몸을 감싸 안았으며 다시 부드러운 천이 레온의 눈가를 닦아내기 시작했다.

"그만 해, 수요. 그만!"

"이런 건 죽여야 해, 왜 막는 거야?"

막 눈이 닦여지며 레온의 시야에 보인 것은 수요가 자신의 검을 든 채 쓰러져 뒹굴고 있는 몬스터를 겨누고 있는 것이었다. 겨우 몸을 일으켜 바라보니 마지막 일격이 조금 빗나간 탓에 왼 허벅지 가득 피를 머금은 채 쓰러져 있는 것이 보였다. 그리고 그의 목에 수요가 쐈는지 화살 하나가 깊숙이 박혀 있었다.

오른손은 팔꿈치부터 잘려진 채 초록 빛깔의 피를 울컥 토해내고 있었으며 왼손도 검에 의해 갈기갈기 찢겨져 있었다. 왼발은 검기에 의해 반이나 잘려져 초록색 근육 밑의 허연 뼈가 보이고 있었다. 멀쩡한 곳은 오른쪽 다리 하나였다.

"괜찮아, 레온?"

레온을 부축하며 알이 속삭였다.

"응, 괜찮아. 넌 어때?"

"괜찮아. 다행히 제 때 와줬어."

"뭐야? 어째서 몬스터 따위를 살려주려는 거야?"

한바탕 일전을 겪은 후에 몬스터는 신음하며 천천히 몸을 일으켰다. 그것은 꽤나 비참한 모습이었다. 땅바닥에 몸을 굴리며 고통의 신음과 분노의 포효를 해대고 있었다. 그 모습에 섣불리 다가서지 못한채 수요는 검을 겨누고 조금씩 두 사람에게 다가왔다.

키란은 갈기갈기 찢어진 손으로 목에 박혀 있는 화살을 뽑았다. 분수처럼 피가 솟구치고 있는 동안 그는 이글거리는 눈으로 세 사람을, 특히 레온의 모습을 노려봤다. 입을 열어 말하려고 했으나 수요가 쏜작은 화살이 치명적이었는지 제대로 말을 잇지 못했다.

갈라지는 듯한 목소리는 이내 바람 새는 소리로 바뀌었다.

키란이 씨근덕대며 숨을 몰아쉬는 동안 알은 레온의 눈에 뿌려진피를 닦아냈다. 그리고 이제 정반대의 입장에서, 겨우 앉아 있는 키란을 내려다봤다. 앉아 있다고 해도 워낙 덩치가 커서 키란의 눈은 알보다 크게 아래는 아니었다. 그를 측은한 눈으로 바라보던 알이 곁에 있던 레온에게 물었다.

"너, 사람을 죽여본 적 있어?"

"뭐?"

느닷없는 말에 레온이 고개를 갸우뚱했다. 비록 그의 검술이 마스터의 경지에 이르렀다고는 해도 엄밀히 따지면 아직 기사는 아니었다. 당연히 레온은 지금까지 누군가를 죽여본 적이 없었다.

"몬스터가 아냐. 사람이야. 키란 던월이래."

"던월 성주?"

여전히 검을 겨누고 있던 수요가 멈칫하더니 알을 돌아봤다. 그가 고개를 끄덕이자 놀란 수요는 다시 몬스터를 돌아봤다. 그리고 천천히 검을 내렸다.

"맙소사? 이게 키란 던월이라고? 말도 안 돼."

"하지만 사실이야. 본인이 그렇게 말했으니까."

"몬스터가 말을 해?"

한참 천으로 머리에 묻은 피를 닦던 레온이 되물었다. 그리고 알을 돌아보는 동안 자신이 닦고 있는 천이 무엇인지 깨달았다. 알의 머리에는 항상 쓰고 다니던 터번의 모습이 없었다. 그는 반쯤 잘려져 나간 하얀 천을 들고 소리쳤다.

"이거 터번이잖아? 네가 아끼는 건데 이렇게 못 쓰게 돼서 어떡해?"

"괜찮아. 계속 닦아. 어차피 반이나 잘려졌는걸."

터번을 벗은 알의 모습을 처음 본 수요는 그의 반곱슬의 까만 머리에 흘금흘금 곁눈질을 보냈다. 터번을 쓰고 있을 때보다 덜 이국적이긴 했지만 여전히 그의 얼굴 생김은 색다른 모습이었다. 그는 레온이 쥐고 있는 터번이 잘려져 나갔다는 말에 곧 한 가지 사실을 깨달았다.

"숲에 널려 있던 천 조각은 터번을 잘라낸 것이군? 그렇지?"

"뭐, 그런 거지."

"이 녀석이 거짓말을 했을 수도 있잖아? 그저 말할 줄 아는 몬스터

일 수도 있어."

레온은 얼굴을 찡그리며 고개를 저었다. 그의 말에 얼른 수요가 반박했다.

"말할 줄 아는 몬스터가 어디 있어?"

"있을 수 있지. 게다가 이 녀석이 말하는 걸 들은 건 알뿐이잖아? 어쩌면 그건 말한 게 아니라 최면 같은 것일 수도 있어."

레온의 고집스런 말에 알은 눈을 동그랗게 떴다. 그가 고집을 피우는 것은 처음 있는 일이었다. 다만 레온이 키란을 싫어한다는 것만은 짐작할 수 있었다.

"말하는 거 나도 들었어. 그리고 너도."

"뭐?"

수요의 말에 레온이 그를 돌아봤다.

"언제?"

"아까 숲에서 고함 소리가 났잖아. 그 직후에 네가 뛰어나갔으니까 아마 기억하고 있을 거야. 그 소리… 이 녀석이 낸 거야. 몬스터가 말을 한다는 게 이상해서 널 붙잡으려 했는데 어느새 넌 달려나갔던 거지. 설마…… 듣지 못한 거야?"

"응."

짤막하지만 단호한 대답에 수요는 할 말을 잃었다.

이제 더러워진 터번을 쥔 손을 부르르 떨며 레온은 키란을 노려봤다. 그는 분노가 가득 담긴 목소리로 중얼거렸다.

"그런 건 별로 중요하지 않아. 이 녀석은 알을 죽이려고 했다고."

"레온……!"

알은 레온이 왜 고집을 피우는지 알아챘다.

꽤나 감동을 받은 알은 그의 이름을 나지막하게 불러놓고 말을 잇지 못했다. 그러나 레온은 알을 돌아보지 않고 숲 쪽을 향해 고개를 돌렸다.

"누구냐?"

그가 막 소리를 질렀을 때였다.

숲 속에서 나타난 이는 금발 머리에 푸른색 갑주로 몸을 감싼 기사였다. 그는 덤불을 단번에 넘어 신전 앞 공터에 나타나더니 곧장 전력으로 몬스터를 향해 달려나갔다. 두 손엔 바스타드 소드가 쥐어져 있었고 그 검이 정확하게 괴물의 목을 향하고 있다는 것쯤은 레온도 알아채고 있었다. 그러나 막아설 수 없었다.

놀랍게도 기사는 크루세이더였다. 그런 자를 터번을 쓴 채 막아선다는 것이 얼마나 위험한 일인지 레온은 잘 알고 있었다. 몬스터에겐 불행한 일이었지만 레온의 검은 수요가 들고 있었고 알의 단검 역시 터번으로 닦는 동안 챙겨간 이후였다. 검이 없는 레온이 주춤하는 동안 알이 다급하게 소리쳤다.

"그만둬요! 그는 사람이야."

수요도 그의 빠르기에 '어어?' 하고 중얼거리는 동안 기사는 벌써 몬스터의 근처에 육박했다. 키란도 놀라 몸을 움직이려고 했지만 레온과 수요에게 당한 부상은 그리 만만한 것이 아니었다. 미처 움직이지 못한 사이 기사의 몸이 자신에게 다가왔다는 것에 놀란 키란은 경악한 눈을 동그랗게 뜬 채 기사의 검을 바라봤다.

기사의 검은 정확하게 몬스터의, 키란의 목을 두 동강 냈다. 잘려진 키란의 목은 허공으로 붕 떠올랐다가 기사의 발치에 떨구어진 채 바닥을 굴렀다. 잘려진 목에선 아까완 비교할 수 없을 정도의 초록색 피가 분수처럼 뿜어져 나왔다. 덩치가 큰 만큼 뿜어지는 피 역시 상당한 양이었다. 기사는 검을 들어 벤 직후에 곧바로 물러서 피 한 방울 묻지 않은 자태로 세 사람을 향했다.

놀랍게도 그 기사는 여자였다.

금발이 꽤 풍성하게 보인다고 생각하긴 했지만 설마 여자일 거란 생각은 못했던 레온이었다. 그러나 분명 자신들을 향해 돌아선 그녀의 이목구비는 결코 남자라고는 봐줄 수가 없었다. 갑옷 역시 여성복처럼 허리와 가슴에 포인트를 주었다는 것이 한눈에 들 정도였다. 들고 있는 바스타드 소드 역시 보통의 그것과는 많이 달랐다. 검 자루의 세공은 세심하게 치장되어 있었고 검날 역시 보통보다 폭이 좁고 약간 짧게 제조된 것이 여성에게 적합하도록 만들어진 것 같았다.

"여자… 잖아?"

수요가 황당한 듯 반문했다.

"그는 사람이란 말입니다."

그래도 상대가 기사라는 것을 잊지 않은 듯 알은 소리치는 와중에도 경어를 사용했다. 알의 말에 놀랄 거라는 예상과는 달리 그녀는 차분하게 입을 열었다.

"키란 던월 남작. 던월 성의 성주지. 그런 것도 모르고 베었으리라 생각했나?"

건방진 말투와는 달리 그녀의 목소리는 차갑지만 고운, 분명 여자의 톤이었다.

"진짜 여자네?"

목소리를 듣고서야 반신반의하던 레온이 입을 쩍 벌렸다. 여기사가 있다는 말은 많이 들었지만 그 여기사 중에 크루세이더가 있다는 말은 한 번도 듣지 못했다. 남자들에게도 힘든 경지를, 지금 눈앞에 있는 여기사는 들어서 있었다. 만약 키란의 목을 베는 과정을 보지 않았다면 아무리 레온이라도 믿지 않았을 것이다. 그러나 방금 덤불을 뛰어넘으며 달려들던 모습은 아무리 낮게 쳐줘도 크루세이더가 분명했다.

게다가 목을 벤 후에 달리던 방향으로 쭉 가는 것이 아니라(만약 그랬다면 망토 자락에 몬스터의 피가 묻었을 것이다) 정반대로 물러섰다는 것은 아직 그녀가 최고 속도를 내지 않았음을 의미했다. 적어도 그녀는 초보 크루세이더는 아니라는 얘기였다.

여기사는 문득 레온을 바라보며 의아해했다.

"내가 여자인 것이 이상한가, 꼬마?"

"꼬… 꼬마?"

레온은 발끈하긴 했지만 예의를 잊지는 않았다. 약간 얼굴을 찡그리는 정도에 그치며 물러서는 동안 알이 나서서 소리쳤다.

"그가 사람이란 것을 알면서 베다니, 너무하잖아요?"

"지금은 몬스터야."

차갑지만 위압적인 말투였다.

"난 몬스터를 퇴치하란 명령을 받았지, 성주가 왜 몬스터가 되었는지를 조사하란 명령은 받지 못했다."

"그, 그런······!"

"제6돌격 기병대 대장. 크리스틴 에란스?"

수요의 말에 세 사람이 동시에 돌아다봤다. 특히 그 이름을 불린 여기사의 표정은 의외라는 표정이었다.

"나를 아나?"

"유명한 기사니까요."

수요는 당연히 안다는 듯 웃으며 머리를 긁적였다. 잠시 수요를 훑어보던 크리스틴은 곧 이어 수요를 향해 입을 열었다.

"그 검은 세이버의 일종이군. 당신이 저 몬스터를 저 지경으로 만들었나?"

미처 대답을 하기 전에 숲에서 와자하는 소리와 함께 까만 로브를 걸친 마법사가 한 떼의 병사를 이끌고 나타났다.

"괜찮습니까? 크리스틴 대장?"

마법사는 젊은 편이었지만 꽤 노련한 얼굴이었다. 그는 서둘러 크리스틴의 곁에 달려왔다.

"나는 괜찮아. 우선 이 지역을 수색시키도록 해."

"네, 알겠습니다."

마법사는 곧 병사들을 지휘하며 신전과 숲 구석구석을 수색했다. 특히 몬스터 주변은 자신이 직접 수색하는 열성적인 모습을 보였다. 약간은 분주하게 움직이는 병사들을 말없이 지켜보던 네 사람은 다시 서로를 바라봤다.

수요는 슬그머니 검을 레온에게 넘긴 후였고 이미 레온의 허리춤에 있는 검집에 들어가 있었다. 그러나 이미 크리스틴은 그것을 눈치 채고 있었다. 그녀는 물끄러미 레온을 바라봤다.

"꼬마 거였나?"

"……"

계속되는 꼬마라는 말에 레온은 대꾸조차 하지 않았다. 그런 반응이 재미있는지 크리스틴은 피식 웃었다.

"화났나, 꼬마?"

"난 꼬마가 아니에요!"

"그럼 이름은?"

"레온이라고 합니다. 전 알 베자스. 이쪽은 수요라고 하죠."

설명을 대신한 것은 알이었다. 그는 다시 크리스틴을 바라보며 물었다.

"그럼 저 몬스터가 성주인 것을 알고 베었다는 말입니까?"

"왜 그런 것에 연연하는 거지? 너와 상관있는 일도 아니잖아?"

"그렇지만 사람이었습니다. 아무리 기사라고 해도 사람을 그렇게 마구 베어도 되는 겁니까?"

약간 격한 목소리에 몇몇 병사가 이쪽을 바라봤다. 그 말에 크리스틴은 조소를 머금으며 대답했다.

"이 녀석이 성을 빠져나가며 생긴 사상자는 24명. 그중에 7명이 죽었다. 그리고 이 숲을 둘러싼 길을 지나다니는 장정들을 다섯 명이나 죽였다. 이 녀석은 분명 치안을 해친 녀석이고, 그렇기에 처단하라는 명령이 떨어졌어. 그리고 난 그 명령대로 처리했을 뿐이야. 그게 잘못인가?"

"분명 사람을 습격한 것은 잘못입니다. 하지만 이자는 더 이상 싸울 능력이 없었어요. 그런데도 베다니, 기사로서의 자존심도 없단 말입니까?"

그 말에 크리스틴의 얼굴에서 조소가 사라졌다. 그녀는 다소 붉어진 얼굴로 알을 쏘아봤다.

"뭐라고?"

그녀는 숨을 몰아쉬며 재빠르게 말했다.

"내가 기사로서의 자존심을 내세울 상대는 오로지 인간일 뿐이야. 어째서 몬스터 따위에게 자존심을 이유로 벨 수 없다는 거지?"

"그는 원래 인간이었습니다."

"지금은 몬스터야!"

두 사람은 말을 끊고 서로를 노려봤다. 그런 두 사람 사이로 레온과 수요가 끼었다. 두 사람은 알의 양쪽에서 팔을 부여잡고 크리스틴을 향해 어색하게 웃었다.

"뭐, 어쨌든 저희들은 이만 가보겠습니다."

주춤거리며 세 사람이 물러서는 동안 크리스틴은 숨을 몇 번 몰아쉰 후 흥분을 가라앉혔다. 그녀는 세 사람에게 손을 뻗으며 외쳤다.

"기다려."

그녀는 마법사에게 손짓을 하더니 세 사람에게 물었다.

"당신들은 왜 여기 있었던 거지? 여기서 뭘 하고 있었던 거야?"

마법사를 따라 병사들과는 다른 복장, 흙빛 조끼에 초록 셔츠를 입은 사내가 울상을 지으며 따라왔다.

크리스틴의 질문에 알과 레온, 수요는 어색한 표정을 지었다. 그들을 대표해 레온이 대답을 했다.

"우린 숲길을 따라가던 상인입니다. 그런데 이 몬스터가 습격을 했고 우리 일행 중에 알이 잡혀왔습니다. 그래서 그를 구하기 위해 이곳에 왔던 거죠."

그 말에 마법사가 고개를 끄덕이더니 크리스틴을 향해 뭔가 속삭였다. 크리스틴은 고개를 끄덕이고 이번엔 울상을 짓고 있는 사내에게 물었다.

"숲은 어때요?"

"아주 작살이 났더군요. 기사님께서 잘 말씀해 주지 않으면 제 목은 이제 끝장입니다."

"그건 걱정 말아요. 범인은 이미 잡힌 것이나 마찬가지니까. 당신은 우선 산림관의 책무를 다하도록 해요. 우선 이 주변에 뭔가 달라진 점이 있나 살펴봐 줘요."

크리스틴의 말에 산림관은 힘없이 대답하고는 곧 몇몇의 병사들과 함께 신전 쪽으로 사라졌다. 그들이 가는 것을 지켜보던 크리스틴은 다시 차가운 표정으로 레온을 노려봤다.

산림관이라는 말에 움찔하던 레온은 크리스틴이 바라보자 얼른 그녀에게 눈을 돌렸다.

"상인이라면 평민이로군. 맞지?"

"……."

"검을 소지하고 있네? 내 눈이 잘못된 것이 아니라면 말이야."

약간 조소하듯, 그러나 분명한 추궁을 하는 크리스틴이었다.

"과일 깎는 칼이란 말을 하진 않겠지?"

곁에 있던 마법사가 장난스레 웃으며 약을 올렸다. 그러나 농담으로 들리지 않은 탓에 누구 하나 약이 오른 사람은 없었다. 그러나 크리스틴의 말에는 모두들 확실히 겁을 먹고 있었다. 알의 단검은 이미 허리춤 깊숙이 숨겨져 있었고 수요의 석궁도 숲에서 쏜 후에 재장전을 하지 않고 내버려 둔 채였기에 쉽게 찾을 수는 없었다. 그러나 레온의 검은 버젓이 허리춤에 매달려 있으니 변명의 여지는 없었다. 그들은 평민임에도 불구하고 무기를(그것도 국왕의 영지에 있는 숲에서) 소지하고 있었다.

세 사람이 동시에 침묵하고 있는 동안 크리스틴은 피식 웃었다.

"그렇다고 얼 필요는 없어. 몇 가지 주의를 주려는 것뿐이니까."

크리스틴은 천천히 다가오더니 레온의 검을 가리켰다.

"물론 그렇게 검을 차고 다니겠다면 곤란하지만 말야."

"차고 다니진 않아요. 평상시엔 숨겨놓으니까요."

약간 퉁명스럽게 대꾸하는 레온의 모습이 귀엽게 느껴졌는지 크리스틴은 입을 가린 채 깔깔 웃었다.

"꼬마."

"레온이에요."

도저히 참지 못한 듯 레온이 대꾸했다. 그의 눈초리가 매서웠는지 크리스틴은 곧 웃음을 그쳤다.

"상당히 불쾌한 모양이군. 그런 거라면 미안해. 하여튼 오늘 일은 떠벌리고 다니지 않는 게 좋을 거야. 검을 소지하고 있다는 것을 들키고 싶지 않다면 말이야. 물론 처벌받을 것을 각오했다면 할 수 없겠지만!"

"명심하죠."

짧막하게 대답하며 레온은 알을 이끌고 자리를 이동했다. 그녀의 말에 알이 얼굴을 일그러뜨리는 것이 심상치 않아 보였던 것이다. 수요도 이를 감지했는지 얼른 두 사람을 따라 숲으로 이동했다.

세 사람이 사라지는 것을 바라보던 크리스틴은 다소 차가운 표정으로 곁에 있던 마법사에게 말을 걸었다.

"저 레온이라는 녀석, 어떤 자인지 조사해 봐."

마법사는 품속에서 수정구 하나를 꺼냈다.

"이걸 미리 설치하지 않았다면… 큰일 날 뻔했어. 설마 저 키란이 당할 거라곤 생각도 못했으니까."

"근처에 대기하고 있었기에 시간에 늦지 않았던 거야."

크리스틴은 고개를 약간 저었다.

돌아서서 걷고 있던 외중에 마법사는 바닥에 떨어져 있던 몬스터의 잘려진 팔을 집어 들었다. 그는 피가 흥건히 빠져나온 팔뚝의 단면을 보며 중얼거렸다.

"정말 완벽하게 잘려졌군. 마법사일까, 정령사일까?"

"정령사?"

"아, 정령사 중에 바람을 다루고 있는 자라면, 이런 공격이 가능할 거야."

"그렇지만……."

크리스틴은 고개를 저었다.

"언뜻 본 것뿐이지만, 마스터 같아."

"뭐?"

"마스터 검사야. 그 먼 거리에서 팔을 잘라낼 수 있는 건, 마법사와 정령사뿐이 아니란 말야. 마스터 검사도 가능해."

그 말에 마법사는 잠시 레온이 사라진 숲을 돌아봤다. 그는 고개를 저으며 중얼거렸다.

"말도 안 돼. 아직 소년에 불과했어. 그 나이에 마스터가 되다니?"

"그렇지 않고서야 키란보다 더 빠른 몸놀림을 보인다는 것은 불가능해."

크리스틴은 단호하게 대답했다. 그리고 덧붙이듯 마법사를 주시했다.

"알겠어, 모르트? 우린 지금 마스터를 상대하는 거야. 정신 바짝 차리지 않으면 크게 당한단 말야."

"그래 봐야 장사꾼이지."

"장사꾼에게 당한다면 더욱 가관이겠군."

그녀의 말에 모르트는 고개를 끄덕이며 수긍했다. 그는 몬스터의 팔뚝을 가까이 있던 병사에게 넘기며 잘 보관하라고 당부했다. 그리고 재빨리 죽어 있는 키란의 옆에서 검시를 하고 있는 크리스틴의 곁으로 다가갔다.

"어때요, 대장?"

"수정구로 보던 것보다 더 해. 굉장한 실력이야."

자그마한 목소리로 모르트에게 속삭이듯 대답했다. 그녀는 지금 키란의 허벅지를 살펴보는 중이었다. 바닥에 쓰러져 있던 레온이 짧은 단검으로 휘두른 것에 맞은 것에 불과했다. 그러나 닿지도 않았는데 키란은 뒹굴 듯 바닥에 널브러졌고 고통에 겨워 온몸을 뒤틀었다. 그 이유를 직접 보고 나서야 그녀는 깨달을 수 있었다. 완전히 잘려지진 않았지만 상처는 꽤나 깊었다.

"호오. 오우거의 다리였는데 아주 절단이 났군요."

"쉿!"

크리스틴은 모르트를 노려보며 주의를 주었다. 그러나 모르트는 그저 빙긋 웃으며 대꾸했다.

"어차피 이중에 그 말뜻을 제대로 알아들을 사람은 없어요."

"그래도 조심하는 게 좋지 않을까?"

부탁하는 말이었지만 억양은 꽤나 차가웠다. 모르트는 찔끔하더니 곧 온몸으로 끄덕였다.

"알겠습니다. 알겠어요. 충분히 조심하도록 하죠."

그리고 크리스틴을 흘겨보며 속삭였다.

"그렇게까지 차갑게 말할 필요는 없잖아."

"간단하게 말해서 알아듣는 녀석이 아니니까."

크리스틴은 피식 웃으며 일어섰다. 그녀는 아무도 모르게 레온이 사라진 방향을 훑어본 후 쓰게 웃었다.

"저 나이에 마스터라니… 기가 막힐 노릇이군."

발사한 직후에 어딘가에 집어 던졌던 석궁을 찾은 수요는 곧바로 두 사람을 따라 뛰었다. 알은 그의 손에 쥐어진 석궁을 보고는 한마디 던졌다.

"그런 건 뭐 하러 찾아와? 그냥 버려도 될 텐데."

"의외로 장전도 쉽고 파괴력도 있더라고. 아까 봤지? 녀석의 목을 한 방에 꿰뚫었다고. 나도 그 정도의 위력일 줄은 몰랐거든."

"원래 목은 연한 부분이잖아? 석궁을 칭찬하기보다는 네가 명궁이라고 해야 하지 않겠어?"

그 말에 수요는 고개를 저었다. 그리고 약간은 심각하게 두 사람을 향해 물었다.

"아까 그 몬스터… 정체가 뭐라고 생각해?"

"키란 던월 남작. 내가 말했잖아?"

"아니, 그런 뜻이 아니라. 내 말은 그 여기사가 말한 것처럼 원래는 사람이었지만 어쨌든 지금은 괴물이 되었잖아. 그렇게 된 원인이 뭐겠냐고."

그 말에 알은 고개를 끄덕이며 키란에게서 들은 이야기를 간략하게 설명했다. 그 이야기를 들은 후에 수요의 얼굴은 더욱 이상하다는 표정으로 바뀌었다.

"그렇다 해도 이상해."

"뭐가?"

"그건 합성수였거든."

"합성수?"

"몬스터의 피를 정제해서 인간에게 주입하여 몬스터의 힘을 내게 한다는 마법을 난 한 번도 들은 적이 없어."

그는 얼른 두 사람을 돌아보며 덧붙였다.

"물론 난 마법에 대해 전문적으로 배운 적이 없으니 자세한 것은 몰라."

그리고 손가락으로 이마를 짚으며 중얼거렸다.

"그런데 그 키란의 상태는 합성수의 상태였어."

"대체 합성수라는 게 뭔데?"

궁금함을 참지 못한 레온이 되물었다.

"응. 합성수라는 것은 몬스터들을 합성시켜 새로운 몬스터를 만드는 마법이야. 꽤 어려운 수법이지. 이걸 연구하게 된 동기는 만약 몬스터를 제어할 수 있게 되면 국가적으로 막대한 전력이 될 것이라고 예상했기 때문인데, 꽤 많은 진척이 있었음에도 불구하고 어느 전투에도 합성수가 나타나지 않은 것으로 미루어 어떤 나라도 아직 제어

하지 못하고 있는 셈이지. 뭐, 이렇게 저렇게 합성해 봐야 결국 몬스터들이니 인간을 해치려는 품성이 어디 가겠냔 말야."

"그럼 아까 키란의 경우는 합성수에 해당한단 말야?"

"그래."

문득 수요는 두 사람을 돌아봤다.

"몰랐어? 한눈에 알겠던데?"

"어디가?"

레온이 궁금하여 물었다.

"다리는 초록. 몸은 갈색. 그럼 뻔하잖아? 어떤 몬스터가 그렇게 상반된 색의 몸을 가지고 있겠어?"

"에?"

하고 되묻는 레온에게 수요는 고개를 저었다.

"아마 다리는 오우거의 다리일 거야. 그 놀라운 점프력과 스피드는 오우거일 가능성이 가장 커. 그리고 몸체는 아마 나무 귀신인 것 같아."

둘 다 처음 듣는 이름이기에 차츰 두 사람은 멍청한 얼굴이 되고 있었다.

"뭐야? 그 정도 이름은 여기에선 애들도 알고 있단 말야. 레스터에선 그런 것도 안 가르쳐 줘?"

"몬스터가 거의 없거든."

주저하듯 레온이 대답하자 수요는 곧 수긍하는 표정이었다.

"하긴 레스터는 치안이 좋기로 유명한 영지니까."

그 말에 레온과 알의 얼굴이 다소 의아해했다. 알은 문득 드워프 족장, 둔의 말이 생각났다. 타 영지는 레스터만큼 치안이 좋지 못할 것이라는. 그러나 애써 고개를 저었다. 앞으로 가야 할 길은 많이 남아 있었다. 불안한 마음을 갖고 싶지는 않았던 것이다.

수요는 계속해서 말을 이었다.

"하여튼 내 의견은 그래. 합성수였어."

그는 이마를 짚으며 중얼거렸다.

"그럼 누가, 어떤 목적으로 그를 합성수로 만들었느냔 말야."

"…원한… 일까?"

"아마 그렇겠지."

단정하듯 알이 대꾸했다.

"귀족 사회에는 그런 일들이 비일비재하다며?"

알의 말에 수요는 어깨를 으쓱했다.

"그런 편이지. 뭐, 그렇게 생각하는 게 지금은 속 편하겠군. 어차피 우리 일도 아니잖아?"

수요는 조금 뒤처져 걷고 있던 레온을 돌아봤다.

"근데 너 진짜 마스터였어?"

"응."

담담한 대답에 수요는 머리를 긁적였다.

"이봐. 조금은 자랑스럽게 얘기하라고. 아니, 잠깐!"

수요는 뭔가 생각해 보더니 입을 쩍 벌렸다.

"너 열여덟이라고 했지?"

레온이 고개를 끄덕이자 수요는 다급하게 소리쳤다.

"너, 너, 너. 페나인 왕국 역사상 최연소 마스터야! 이건 엄청난 거라고!!"

수요는 곧 손가락을 헤아렸다.

"아까도 말했지만 지금까지 최연소 마스터 기록은 24세였어. 알고 있어? 그 기록이 세워진 건 4년 전이야. 그전엔 26세. 9년 전에 세워진 거였어. 게다가 그 기록을 세운 두 사람은 형제지간이었어. 놀랍지 않아?"

'별로. 두 사람 모두 내 형이니까. 26세의 기록은 버나드 형이었고, 24세의 기록은 카슨 형이니까. 놀라울 것도 없지.'

라고 생각했지만, 굳이 말하진 않았다. 대신 곁에 있던 알이 문득 한마디 했다.

"혹시 레스터 가문?"

"오, 알고 있네? 역시 레스터 출신이라 그런가?"

그 말에 알과 레온이 동시에 찔끔했다. 그러나 앞에서 걷고 있던 수요는 두 사람의 반응을 눈치 채지 못했다. 그는 곧 이어서 말했다.

"어쨌든 엄청난 거라고. 보통 평민이라고 해도 크루세이더 정도의 검사라면 웬만해선 기사 작위를 수여해. 지금까지 전례가 없었지만 마스터라면 어떻겠어? 최소한 남작에 준하는 작위를 수여할 거란 말야. 굉장하잖아!!"

"그래, 굉장해. 하지만 난 그런 거엔 관심없어."

레온은 약간 퉁명스럽게 대꾸했다.

그의 반응에 다소 의아해진 수요가 흘긋 그를 돌아보았다.

"왜 그래? 귀족에 대해 안 좋은 감정이라도 있는 거야?"

"전혀. 그런 거 아냐."

"그렇다면 좋은 기회를 왜 마다해? 뭣하면 내가 추천이라도 해줄게."

"추천이라니?"

수요의 말에 알이 문득 물었다.

"유명한 귀족의 추천서가 있을 경우엔 작위뿐만 아니라 괜찮은 직무를 받을 수 있으니까. 여러모로 좋겠지."

"아니, 그럴 필요 없어, 수요. 솔직히 말하면 난 기사가 되고 싶지 않아!"

레온은 다시는 언급하지 말아달라는 뜻에서 강하게 잘라 말했다. 그의 말에 심상치 않음을 느꼈는지 수요도 더 이상 권하지는 않았다. 다만, 앞서 가는 내내 중얼거림을 멈추지 않았다.

마차가 쓰러져 있던 곳에 거의 다다라서 알은 수요에게 입을 열었다.

"그런데 네가 추천을 하겠다니? 귀족이었어?"

"뭐?"

하고 놀란 목소리로 뒤돌아보던 수요는 찔끔했다. 알의 눈초리가 비밀을 캐는 사람처럼 빛나고 있었다. 그는 곧 정색을 하며 알에게 대답했다.

"내가 추천하겠다는 건 '유망한 귀족에게' 란 소리였어. 웬만한 귀족이라면 마스터 급의 검사를 가신으로 두고 싶을 테니까."

수요는 못박듯이 한마디 덧붙였다.

"물론 레온을 추천했으니 내게도 한몫 떨어질 테고 말야."

알은 고개를 끄덕였다.

"추천이니 어쩌니 했지만, 기실 목적은 그거였군?"

"당연하지. 세상에 공짜란 없는 거야."

천연덕스럽게 수요는 어깨를 으쓱했다.

그러나 여전히 수요의 태생을 의심하는 알은 그의 행동 하나하나를 유심히 살폈다. 그리고 앞으로 더욱 유념해서 살펴야겠다고 다짐하는 중이었다.

세 사람은 숲을 벗어나 마차가 쓰러져 있던 곳으로 돌아왔다. 알은 죽어 있는 자신의 말을 보자 곧 왈칵 눈물을 흘렸다.

"살 때에도 꽤 늙은 상태였어."

소매로 얼굴을 훔치며 알은 울먹거렸다.

"그래도 꽤 정이 들었던 녀석인데……."

"울지 마, 알. 미안해, 내가 알아채고 만반의 준비를 했다면 이런 일은 없었을 텐데……."

곁에 있던 레온이 알의 등을 토닥이며 위로했다. 그들 곁에서 머리를 긁적이며 서 있던 수요가 한마디 했다.

"근데 말들이 모두 없어졌으니 이 마차는 어떻게 끌고 갈 생각이야?"

"수요!! 그만 좀 해! 지금 우린 죽은 말에 대해 애도하고 있는 중이라고! 알의 슬픔이 넌 느껴지지 않는 거야?"

레온의 짜증 섞인 고함에 수요는 머쓱해져서 입을 다물었다. 그 와중에 알은 숨을 몰아쉬며 정신을 차렸다.

"그만 해, 레온. 수요의 말이 옳아. 감상적인 일에 붙잡혀 있을 때가 아냐. 우린 아직 숲을 벗어난 게 아니잖아. 현실을 직시해야지."

"내 말이 그 말이야."

중얼거리듯 수요가 한마디 했지만 곧 레온의 따끔한 눈초리에 입을 다물었다.

레온은 잠시 생각하더니 허공을 향해 휘파람을 불기 시작했다. 그의 행동에 의아해진 두 사람이 멀뚱히 쳐다봤다.

"무슨 짓이야?"

호기심을 참지 못한 수요가 먼저 물었다. 알은 곧 알겠다는 표정으로 고개를 끄덕였다.

"말을 부르는 걸 거야."

"무슨 말?"

"우리에겐 원래 말이 두 마리였어. 그중에 한 마리는 보다시피 죽었지만 나머지 하나는 이 근처 어디에도 없잖아? 그렇다면 고삐를 끊고 도망갔을 가능성이 크지. 즉, 죽지 않았단 얘기야."

"그게 어쨌다고?"

수요는 고개를 저었다.

"녀석이 돌아올 리가 없잖아? 그깟 휘파람 따위에."

"보통 말이 아니니까."

한껏 휘파람을 불던 레온이 대답했다.

수요가 돌아보았지만 레온은 곧 입을 다물었다. 말의 혈통에 대해 설명하다 보면 곧 자신의 정체가 드러날 수도 있기에 멈춘 것이다. 대신 알이 얼버무리기 시작했다.

"여기 죽은 말이 내 말이듯이 도망친 말은 레온의 것이야. 당연히 주인이 부르는 소리에 달려오게 마련 아니겠어?"

"참, 믿음도 강한 녀석들이군."

수요는 콧방귀를 뀌며 얼토당토않다고 생각했다.

그때였다. '히힝' 하는 말울음 소리와 함께 레온의 검은 말이 모습을 드러냈다. 레온은 당연하게 여겼지만 수요는 황당한 표정으로 입을 쩍 벌렸다. 알조차도 믿고는 있었지만 이렇게 빨리 나타남에 조금 놀랐다.

"괴, 굉장히 영리한 녀석이잖아?"

수요가 고함치는 동안 레온은 고개를 돌리고 피식 웃었다. 그의 고함은 당연하다고 생각했다. 레온의 말은 레스터의 명마 중에 명마였기 때문이다. 그러나 굳이 설명하고 싶지 않았기에 주위에 널려 있는 치즈 상자 중에 하나를 집어 들었다.

"알, 수요와 난 짐을 실을게. 넌 말을 묶어줘."

"그러지."

알도 곧 진정을 하며 담담하게 대답했다.

"어이, 수요. 일해, 일."

알의 고함에 수요는 얼른 대꾸했다.

"네, 네, 일합니다요. 일해요."

심하진 않았지만 마차는 부서져 있었다. 고아원에서 만들었다곤 해도 워낙 튼튼하게 만들어진 탓에 짐칸은 파손된 곳이 없었지만 가장 중요한 앞부분이 부서졌다. 아마도 몬스터의 일격에 말이 죽으면서 나무에 부딪쳤겠지만 말을 묶는 부분 중에 한쪽이 동강이 났다. 알이 어떻게든 연결을 하긴 했지만 임시방편에 불과함을 모두는 알고 있었다.

수요가 다시 더닐 마을로 돌아가 마차를 고치자는 의견을 내놨지만 제6기병단과, 정확하게는 크리스틴과 마주치고 싶지 않았던 알과 레온은 탐탁지 않게 여겼다. 잠시 생각을 하던 수요는 남서쪽 방향으로 하루 정도 걸으면 마을이 하나 있다는 것을 생각해 냈다. 시간이 걸리겠지만 그쪽이 낫겠다고 알과 레온도 동의했다.

그렇게 하여 일행은 북서방향으로 가던 길을 틀어 남쪽으로 향했다.

한쪽이 부서져 있기에 마차는 균형을 맞추기 힘들었다. 때문에 고삐는 손재주가 좋은 알이 쥐었고 그 옆에 수요가 앉았다. 레온은 짐칸에 앉아 있다가 틈틈이 마차에서 내려 걸었다. 말의 부담을 덜어주기 위함이었다.

일행은 부지런히 길을 갔지만 생각보다 마을은 멀리 있었기에 결국 하룻밤 노숙을 하고 다음날 오전에 마을에 다다랐다.

페나인의 대부분의 마을은 성에 귀속되어 있는 경우가 많았다. 마을 이름은 성의 명칭을 따서, 물론 성의 이름은 대개 성주의 성에서 따오기 때문에 마을 이름은 성주의 성과 비슷하게 마련이었다. 성은 치안을 담당해 주고 대신 마을로부터 세금을 거둬들이는 구조로 이루어진다.

위클리프는 평야가 주를 이루는 국왕의 직영지였다. 성의 건축 양식이 다른 곳과 크게 차이가 나진 않지만 높이보다는 넓이를 중시해서 짓는 풍조가 강했다. 그렇기에 뾰족한 첨탑보다는 낮지만 여러 개의 탑을 짓곤 했다. 평야라는 특성상 멀리서도 성이 보이기 때문이다.

한데, 일행이 가고 있는 마을 근처엔 아무리 둘러봐도 성이 보이질 않았다.

"자유 마을이야."

수요가 말했다.

"자유 마을?"

알과 레온이 그를 돌아봤다.

"음, 개척 마을이라고 해야 할까? 옛날부터 있었던 마을은 아니란 얘기지. 자유민들이 중심이 되어 새롭게 마을을 개척해서 성주의 관할이 미치지 않는 경우가 있거든. 많지는 않지만, 위클리프나 다른 영지에도 종종 있다고 들었어."

"포란과 같은 걸까?"

레온이 물었다. 알은 잠깐 생각해 보고는 고개를 저었다.

"다른 것 같아. 포란은 원래부터 있었던 도시이고 게다가 성의 관할 하에 있으니까. 자유민이 많긴 하지만 그건 상업의 요충지라 자연스럽게 모인 것일 뿐이잖아."

레온이 고개를 끄덕이는 동안 수요는 눈을 반짝이며 물었다.

"포란이란 도시는 자유민이 많은 모양이지?"

"그런 셈이지. '포란의 상권을 쥐는 자, 레스터의 상업을 좌우한다'라는 말이 있을 정도로 자유민이 넘치지."

"굉장한데? 그럼 현재 그 포란의 상권을 쥐고 있는 자는 누구지?"

그 말에 알은 피식 웃으며 자신과 레온을 가리켰다. 얼른 그 뜻을 알아채지 못한 수요가 다시 되묻자 알은 진지하게 대답했다.

"우리야. 나와 레온이 포란의 상권을 쥐고 있어."

"뭐? 그럼 왜 이곳에 와 있는 거야? 레스터에 있지 않고?"

"전에 레온이 말하지 않았었나? 다른 영지의 생산품이나 시세를 알아보러 여행 중이라고 말야?"

"그러긴 했지만… 그렇게 오랜 시간 나와 있으면 상권을 뺏길 염려가 있지 않아?"

"바론이 있으니까 괜찮아."

위에서 레온이 자신있게 대답을 했다.

알은 미소만 지었다. 물론 바론을 믿지 못하는 것은 아니었지만, 상권을 뺏길 염려가 없는 건 사실이었다. 레온 덕분에 레스터 공작가의 전폭적인 지원을 등에 업은 탓이다. 그러나 그런 점을 수요에게 설명할 수는 없기 때문에 알은 미소로 답할 뿐이었다.

"바론은 또 누구야?"

이번에도 레온이 대답했다.

"포란의 대상이었는데, 일전에 우리 상회와 합치면서 부회장이 된 사람이야. 우리가 밖에 있는 동안 포란을 중심으로 레스터의 상권을 장악하기로 했어. 그만큼의 역량도 있고 똑똑하거든. 믿을 만한 사람이야."

"그래도 오랫동안 자리를 비우면……."

주저하듯 말을 이었다.

"속으로 딴마음을 먹지 않을까?"

"그럴 사람이 아냐."

"그걸 어떻게 알아? 사람이란 언제든 변하게 마련이야."

수요는 레온의 부정에 빈정댔다. 그 말에 레온은 얼굴을 찌푸렸지만 뭐라고 반박해야 할지 몰라 입을 열지 못했다. 알이 피식 웃으며 대꾸했다.

"상인이기 때문이야."

"…뭐?"

"바론은 뼛속부터 상인이기 때문에 우릴 배반할 리 없다는 얘기야."

"그게 무슨 소리야?"

"우리와 함께 있는 것이 더 이득이란 얘기지."

"그걸 어떻게 장담해?"

그 말에 알은 웃었다. 물론 장담할 수는 없었다. 다만 레온이 귀족, 그것도 공작가와 연줄이 닿는 만큼 바론의 이상을 이루는 데 크게 이득이 되는 것은 사실이었다. 그것이 레온과는 다른 이유로, 알이 바론을 믿는 근거이기도 했다.

그러나 역시 설명할 수 없는 부분이었기에 알은 말을 돌렸다.

"그런데 자유 마을이 생겨나는 것을 용케 귀족들이 용인하는 모양이네? 자유 마을은 어디에도 귀속되지 않으니까 세금을 걷을 수도 없을 텐데 말야? 그만큼 자유민들이 부를 축적할 테니 귀족들에게 좋은 일은 아닐 텐데……?"

"아……!"

수요가 다소 놀란 표정으로 빤히 쳐다봤다.

"너 보기보다 의외로 날카롭구나? 확실히 네 말대로 자유 마을은 귀족의 권한이 미치지 못하지."

"그게 문제가 되나?"

레온이 고개를 갸웃했다.

"귀족에게 세금을 내지 않는 곳이야. 당연히 자유민에겐 굉장할 수밖에. 일한 만큼 자신의 부를 축적할 수 있으니까."

알의 말에도 레온은 고개를 갸웃거렸다.

"그렇지만 귀족은 군대를 가지고 도적의 침입을 막아주잖아."

"자유민들도 용병을 고용할 수 있어."

알은 답답한 듯 퉁명스럽게 대꾸했다.

곁에 있던 수요도 고개를 끄덕이며 입을 열었다.

"맞는 말이야. 아무래도 자유 마을이 생기면 주위에 있던 자유민들이 몰리는 경향이 있는 것도 그런 탓일 거야. 위클리프의 경우 남쪽 연안의 마을들이 부흥한 편인데 최근 북쪽을 중심으로 자유 마을이 생겨난 이후엔 위쪽으로 사람이 몰리는 경향이 있는 것 같아."

"음, 그렇다면 귀족들은 자유 마을에 대해 압력을 주겠네."

레온도 이해를 했는지 고개를 끄덕였다. 그러나 여전히 수요는 고개를 젓더니 웃었다.

"우선은 귀족들도 내버려 두고 있어."

"왜? 막을 힘이 없어서?"

"그럴 리가. 귀족들에겐 군대가 있잖아? 자유민이라고 해도 실제로 보통 사람에 불과해. 훈련된 병사들과 싸울 수는 없다구."

알은 냉정하게 레온의 말을 끊더니 다시 수요를 바라보며 물었다.

"귀족들이 내버려 두는 건 다른 이유겠지? 대체 뭐야?"

"음… 너라면 어떻게 하겠어? 만일 니가 귀족이라면 말야."

수요는 목을 가다듬으며 천천히 설명을 했다.

"네가 다스리는 영지 근처에 황무지가 있는데 누구의 영지도 아닌 곳이야. 그곳에 자유민들이 정착해서 개척을 했단 말야. 한데 개척을 시작할 때는 별것없던 땅이었는데, 웬걸, 그곳에 광물이 있었다거나 교통의 요충지로 거듭난다거나 한다면, 아니, 그런 낌새가 보인다면 어떻겠어?"

"억울하지만 어쩌겠어?"

레온이 대꾸했다.

"그럴까?"

수요는 빙긋 웃었다. 그의 표정에 뭔가 있음을 눈치 챈 레온은 고개를 갸웃했다. 갑자기 알이 조용해졌다. 그의 표정은 뭔가를 생각해 냈는지 딱딱하게 굳어졌다. 그것을 본 레온은 긴장을 했다.

"과연, 눈치 챈 것 같은데?"

여전히 싱글거리며 수요가 물었다.

"웃지 마."

알은 차갑게 대꾸했다.

그의 말투에 놀랐는지 수요는 얼른 표정을 바꾸며 입을 다물었다. 아직 이해를 못한 레온은 답답한 마음에 알을 재촉했다.

"이봐, 알. 대체 왜 귀족들이 자유 마을을 가만 놔두는 거야? 알고 있으면 가르쳐 줘."

"간단해."

알은 똥 씹은 얼굴로 냉랭하게 대답했다.

"자유 마을이 성립되면 그때 장악하면 되니까."

"……."

간단명료하게 설명한 후에 알은 입을 다물었다. 레온은 발끝으로 수요를 툭툭 찼다.

"알의 말이 맞는 거야?"

"…맞아."

"그게 말처럼 쉬운 일이 아니잖아?"

"자유민이 용병을 고용한다고 하더라도 군대와 싸울 수는 없어. 귀족들은 여차하면 군대를 움직일 수 있으니까 결국은 마을 사람들이 굴복할 수밖에 없어."

수요의 설명에 알은 고개를 끄덕였다.

"그렇지, 군대와 도적은 차원이 다르니까."

알은 더욱 인상을 찡그리며 중얼거렸다.

"게다가 새로운 마을을 개척하는 것은 돈과 시간, 노동이 많이 들어간단 말야. 게다가 확실하게 성공한다는 보장도 없고. 그러니까 그전에 건드릴 필요는 없다고 봐. 개척되어지면 그때 꿀꺽해 버리는 편이 낫지."

"그럼 그동안 고생한 사람들은?"

"귀족의 입장에서 보자면……."

알은 크게 한숨을 쉬더니 들판을 향해 고함을 쳤다.

"알 게 뭐야, 그 딴 거!!"

그 순간에 알과 수요의 말을 이해한 레온도 인상을 찌푸렸다.

"그건 강탈이야."

"그래. 하지만 귀족들은 특권이라고 생각하겠지."

알은 투덜거리며 말하더니 수요를 바라봤다.

"그래서 이 마을은 얼마나 됐지? 장래성이 있는 거야?"

그때까지 잠자코 있던 수요는 화들짝 놀랐다.

"음… 이 마을은 위클리프와 콘버드를 연결하는 곳이야."

수요는 조심스럽게 다음 말을 이었다.

"앞으로 더욱 번창하겠지."

"이 지역에 대해 잘 알고 있군."

냉랭한 어조에 찔끔했는지 수요는 어색하게 웃었다.

"뭐, 몇몇 귀족들과 안면이 있으니까."

두 사람의 대화를 듣던 레온은 문득 고개를 들었다.

"잠깐, 멈춰."

레온은 마을로 들어서기 전에 길 좌우로 펼쳐진 평야를 훑어봤다.

"무슨 일이야?"

"사람들이 있어."

그렇게 대꾸한 레온은 목청을 돋구며 소리 질렀다.

"이봐요, 거기 숨어 있는 걸 알아요. 어서 나와요."

알이 마차를 세우는 것과 동시에 조금 떨어진 곳에서 건장한 청년들이 쏟아져 나왔다. 손에 곡괭이며 봉을 들고 있는 것이 분명 환영을 하는 것 같지는 않았다. 게다가 그들의 표정은 숨어 있던 것을 눈치 채인 것에 당혹한 것 같았다.

그들의 면면을 살피던 알이 피식 웃으며 중얼거렸다.

"여기에 마스터가 있을 거라곤 짐작도 못했을 테니까 조금 의아했겠지. 여튼 잘했어, 레온."

'숲에서 산적을 마주쳤을 때도 이랬으면 얼마나 좋아' 라고 생각했지만, 확실히 레온은 전보다 '진보' 한 모습을 보였다.

"자경단일 거야."

"자경단?"

포란의 자경단을 떠올리며 알은 주위를 둘러봤다. 같은 자유민임에도 불구하고 이곳의 자경단은 훨씬 험악한 분위기를 연출하고 있었다.

"마을 청년들이 중심이 되어 스스로 치안을 다스리는 거지."

수요는 어깨를 으쓱했다.

"그래 봐야 군대를 이길 수는 없어."

그의 말을 무시하며 알은 그들에게 소리쳤다.

"우린 레스터에서 온 상인이야. 마차가 부서져서 마을에서 수리를 하려고 해. 통과시켜 주지 않겠어?"

잠시 그들끼리 쑥덕대더니 키는 작지만 단단해 보이는 청년이 앞에 나서 외쳤다.

"레스터라면 여기서 동쪽에 있는 대영지를 말하는 거냐?"

"바로 거기야."

"그렇게 먼 곳에서 여긴 무슨 일이지?"

청년의 퉁명스런 어조에 알은 뭔가 이상함을 느꼈다.

"물론 장사하기 위해서지. 짐칸에 있는 건 치즈야. 원한다면 확인 해봐도 좋아."

그 대답에 청년은 다시 무리와 상의를 했다. 그 틈에 알은 눈치 채지 못하게 수요에게 물었다.

"여기가 교통의 요충지란 거 확실한 거야?"

"물론. 왜?"

"그렇다면 많은 사람들의 왕래가 있을 거 아냐? 대체 왜 저 녀석들은 이렇게 경계를 하는 거지?"

"우리가 귀족의 하수인일 거라고 짐작한 모양이지."

수요의 대답에도 그는 석연치 않은 표정을 지었다. 그는 위에 앉아 있는 레온에게 조용히 말을 건넸다.

"레온, 준비해 둬. 여차하면 싸우게 될지도 몰라."

"설마……."

막 대꾸하려는 순간 좀 전의 청년이 다시 나섰다.

"미안하지만 우린 너희들의 짐을 조사하지 않기로 했다. 물론 마을에 들어가는 것도 허락하지 않아. 그러니 여기서 마차를 돌려주길 바란다."

"못하겠다면……?"

알의 대답을 기다렸다는 듯 청년은 들고 있던 봉을 곧추세우며 위엄 있게 대꾸했다.

"실력으로 몰아낼 테다."

"할 수 있다면 해보시지!"

알은 곧 손을 뻗었다.

"레온, 저 녀석을 잡아."

그 말이 끝남과 동시에 레온의 몸이 허공을 날았다. 알과 수요의 머리 위, 거기에 레온이 흑마를 넘어서 한참이나 앞에 내려섰다. 단순하게 뛰어넘은 정도가 아니라 정말 허공을 날아간 셈이었다.

그 엄청난 길이 앞에 청년들을 비롯해 수요조차 놀라 입을 벌렸다. 다만 알만은 이미 몇 번을 봐왔던지라 크게 놀라지는 않았다.

착지와 동시에 레온은 단단한 체구의 청년에게 돌진했다. 당황한 청년들이 곡괭이와 봉을 곧추세우며 그를 막아섰다. 아니, 막아서려고 했다.

청년의 좌우에 있던 자의 봉이 레온의 진로를 방해하긴 했지만 그저 손 한 번 휘두른 것만으로 저 멀리 날아갔다. 그리고 미처 청년이 방어하기도 전에 배 깊숙이 주먹을 꽂아 넣었다.

"커억!"

짧은 비명과 함께 청년의 몸이 축 늘어졌다. 얼른 그를 어깨에 걸머진 레온은 곧장 마차로 돌아갔다. 달려든 것도 순식간이었지만 돌아가는 것도 워낙에 빨라 청년들은 미처 손을 쓰지도 못한 채 당하고 말았다. 레온이 마차 위로 다시 돌아간 후에야 목소리를 높여 소리쳤다.

"다, 단장을 내놔!!"

"무슨 짓이야!"

그러나 선뜻 앞으로 나서는 자는 없었다. 레온의 능력을 똑똑히 본 데다가 단장이 잡힌 상황이니 그 누구도 섣불리 나설 수 없었던 것이다.

"쩝. 내가 시키긴 했지만, 너 정말 완벽하게 잡아왔다."

고삐를 내려놓고 막 싸울 준비를 하던 알의 담담한 어조였다.

"엥? 잡아오라고 했잖아? 이런 뜻이 아니었던 거야?"

"아니, 내 말은 이렇게 빠를 거라곤 생각지 못했다는 거야."

알은 곧 청년들을 향해 느긋하게 소리쳤다.

"이봐, 우리에게 필요한 건 오직 하나야. 마차를 수리하겠다는 것. 그 이상도 이하도 아니라구."

잠시 청년들이 주저하더니 그중에 하나가 대답했다.

"기다려, 촌장님께 물어보고 오겠다."

"좋아."

알이 고개를 끄덕이자 그 청년은 곧장 마을을 향해 달려갔다. 그 모습을 지켜보던 수요가 걱정스럽게 말했다.

"응원군을 부르는 거 아닐까?"

"상관없어."

여전히 느긋한 어조였다.

"어쨌든 우린 이 녀석을 붙잡고 있잖아."

"그런데, 알. 너답지 않게 조금 폭력적인 거 아냐?"

"그럴 필요가 있으니까."

미소 짓던 알은 수요의 표정을 보고서야 두 사람이 전혀 자신을 이해하지 못하고 있다는 것을 눈치 챘다. 레온은 머리가 좋은 편이었지만 눈치가 빠른 편은 아니었으니 그렇다 해도, 수요는 눈치도 빠르고 요령도 있는 편이었다. 그런데 그의 지금 표정은 '이렇게까지 해서 마을에 들어갈 필요가 있겠어?'라는 내용이 가득 실려 있었다.

알은 헛기침으로 목소리를 가다듬으며 설명을 했다.

"보란 말야. 자경단이란 것은 마을에 해를 끼치는 것들, 이를테면

도적을 방어하기 위함이잖아? 그렇다면 우리 같은 상인을 꺼려할 필요가 전혀 없단 말야. 특히 이곳은 교통이 많은 지역이니 더 더욱 경계심을 가질 필요가 없단 말야."

"하지만 이 마을은 아직 어느 영주의 밑에도 들어가지 못했어. 당연히 귀족들이 군침을 삼키고 있을 테니 마을 사람들이 경계하는 건 당연할 거야."

"그럴까?"

"당연하지."

확신하듯 대답한 수요는 그의 표정을 보고 물어본 것이 아님을 알아챘다. 알의 표정은 그의 생각이 틀렸다고 조롱하는 듯했다.

"아니란 말야?"

"그럼 이번엔 내가 묻겠어. 네가 만약 자유 마을의 촌장이라면 마을을 지키기 위해 귀족과 싸울 거야?"

"……."

"봐. 대답할 수 없지? 사실 자유민이 세웠다고 해도 귀족이 장악하겠다고 맘먹는다면 누구도 거부할 수 없단 말야. 현명한 자라면 싸우기보다 타협을 통해 손실을 줄이는 쪽을 택하고 말 거라구."

"하지만 귀족들이 대화하는 걸 들어보면 자유 마을 때문에 꽤 싸움이 잦은 것으로 알고 있는데?"

"정말?"

"그래."

"정말 귀족과 마을 사람들 간에 싸움이 있었단 말야?"

재차 묻는 말에 수요는 무심코 고개를 끄덕였다.

"아!"

그러다 문득 생각난 것에 그는 놀라 입을 벌렸다.

"그러고 보니 그 싸움은 귀족들 간에 있었던 거야. 그리고 그 승자가 자유 마을을 장악하곤 했지……."

"보라구."

알은 피식 웃었다.

"자유민은 의외로 영악해. 그들이라면 당연히 싸우지 않고 살아남는 방법을 택할 거란 말야."

다시 마을을 바라보며 나지막하게 입을 열었다.

"즉, 저들이 마을에 들어가지 못하게 하는 건 우리가 귀족의 앞잡이라고 여기기 때문이 아닌, 다른 이유란 말야."

"어떤?"

"모르지."

알은 레온을 바라보며 미소 지었다.

"이제부터 알아볼 생각이야."

"재밌겠는데?"

레온은 신이 나는지 눈빛을 반짝였다.

"그럴지도. 둔이 그랬잖아. 우리가 가는 곳에 모험이 기다리고 있을 거라고."

그 말에 레온도 생각났는지 둔의 말을 읊조렸다.

"'카논의 세이버 곁에 있으면 모험을 피해갈 수 없다'라고… 그랬었지."

"둔이 누군데?"

"드워프 족장이야."

"드워프 족장? 드워프와 아는 사이야? 굉장한데?"

"그렇게 대단한 것도 아냐."

수요에게 대답하던 알은 정면을 주시했다.

"자아, 그보다 어떤 소식을 가지고 올까?"

그가 바라보고 있는 곳에는 아까 달려갔던 청년이 숨을 헐떡이며 달려오고 있었다. 그를 바라보던 수요가 한마디 했다.

"몽둥이를 놓고 왔군."

그리고 알의 어깨를 툭 치며 한마디 했다.

"어쨌든 마을에는 들어갈 수 있겠어. 녀석들에겐 더 이상 싸울 의사가 없는 것 같으니까."

"그 말도 일리는 있는 것 같지만, 과연 어떨지?"

세 사람은 동시에 그 청년을 주시했다.

청년은 잠시 숨을 몰아쉬며 일행에게 무언가를 말했다. 곧 이어 모두들 무기를 거두었기에 수요의 말이 맞다는 것을 짐작했다. 곧 달려온 청년은 앞으로 나서며 외쳤다.

"이봐, 촌장의 허가가 나왔다. 마을에 들어가도 좋아. 하지만 섣불리 움직이지는 않았으면 좋겠어. 약속할 수 있나?"

"그렇게 하지."

알은 대답과 함께 마차를 몰기 시작했다. 주위를 경계하던 레온은 조용히 말을 건넸다.

"이대로 들어가도 괜찮을까?"

"걱정없어, 레온. 마을 안에 너보다 더 굉장한 녀석은 없을 테니까."

"그런 문제가 아니잖아……."

그는 입을 삐죽 내밀었다.

"여전히 우리를 환영하는 것 같진 않으니 문제지."

"레온의 말이 맞아. 우리도 긴장을 늦춰선 안 되겠어."

"이봐, 둘 다 긴장 풀어. 우린 싸우러 가는 게 아니라구. 마차를 수리할 뿐이야."

알은 평소대로 느긋하게 웃었다.

마을 입구에서 '라이든'이라는 표시를 본 후에 알은 어귀에 있는 대장간에 마차를 세웠다. 기다렸는지 경계하는 건지 주위에는 청년들을 포함해 사람들이 많이 모여 있었다. 알은 청년을 풀어주라고 레온에게 눈짓했다. 얼른 뜻을 알아챈 레온은 기절해 쓰러져 있는 청년을 깨웠다.

"우웃."

겨우 눈을 뜨던 청년은 레온의 얼굴을 보고 기겁을 하며 소리쳤다.

"저, 저리 가!"

"뭐예요. 내가 무슨 괴물이라도 되는 줄 알아요?"

기분 나빠진 레온이 물러서자 얼른 청년 몇이 다가와 그를 데려갔다. 한 청년이 그에게 뭐라고 속삭이는 것이 그간의 사정을 설명하는 것 같았다. 모여 있는 그들이 뭐라고 하든 알은 묵묵히 대장간 주인과 부서진 곳을 살피고 있었다. 마부석에 앉은 수요는 잔뜩 긴장한 채 주위를 두리번거렸다. 그는 여차하면 밑에 숨겨진 검을 꺼낼 생각이었다. 반면에 레온은 들어설 때 걱정하던 모습과는 반대로 호기심 어린 눈으로 사람들을 살피고 있었다.

"반나절은 수리해야겠는데? 용케도 여기까지 끌고 왔군."

"부서진 다음에 응급 처리를 했으니까요."

주변을 의식했는지 알은 조심스럽게 대꾸했다.

"어디서 부서진 건가?"

늙수그레한 모습과 달리 주인의 목소리는 걸걸했다.

"나무와 박았죠."

"나무와?"

힐끔 말을 살피더니 의아해했다.

"그런 것치곤 이 말은 깨끗하군."

"원래는 두 마리였습니다. 한 마리는 그대로 즉사했어요."

"그래? 그러게 왜 잘 서 있는 나무에 갖다 박고 그래?"

퉁명스럽게 묻는 말에 비위가 상했는지 레온이 끼어들었다.

"우리가 박은 게 아니란 말이에요."

"그럼 누가?"

그 질문에 아무도 대답하지 않았다. 다만 자경단의 단장이라는 청년이 참견을 했다.

"마차가 부서질 정도의 나무라면 꽤 큼직할 텐데? 이 근처에 그런 나무는 없잖아요, 아저씨?"

그 말에 잠시 생각을 하던 주인은 고개를 끄덕였다.

"그도 그렇군. 그럼 대체 어디서……."

"설마… 페나즈 숲?"

청년의 말에 모여 있던 사람들이 웅성대기 시작했다. 누군가 청년에게 소리쳤다.

"던월 성 주변에 몬스터가 나온다고 하던데? 그쪽은 요즘 통행이 제한된 곳이야. 군대도 주둔하고 있다는 소문이야."

"그곳 이외에 마차가 부서질 만큼 큰 나무가 있는 곳이 어디 있어?"

그렇게 대꾸한 청년은 문득 레온을 위아래로 훑어봤다.

"게다가 이들이 온 방향도 그쪽이잖아?"

머리를 긁적이던 주인이 알을 쏘아보며 물었다.

"대체 어디서 부서진 거지?"

분명 크리스틴으로부터 주의를 받았던 탓에 세 사람은 여전히 침묵을 했다. 그런 그들을 살피던 주인은 알겠다는 듯 고개를 끄덕였다.

"몬스터와 만난 게로군."

"……"

"아닌가?"

"마차만 수리해 주면 됩니다. 왜 부서졌는지 따윈 중요하지 않잖아요?"

"그렇긴 하지."

그렇게 대답한 주인은 곧 연장을 가져오라고 소리쳤다. 그리고 부서진 곳을 가리키며 대답했다.

"아무래도 전부 갈아야 할 것 같은데……? 돈은 있는 거겠지?"

"물론. 반나절이면 된다고 했죠?"

"해봐야 알지."

"좋아요. 그렇게 되면 해가 질 무렵이나 수리가 끝나겠군요. 여기 여관은 없나요? 아무래도 내일 아침이나 출발할 수 있을 것 같은데……"

슬쩍 물어본 말에 마을 사람들은 긴장하며 경계를 하는 것 같았다. 짐작대로 뭔가 있음을 확신하며 알은 덤덤히 주인을 바라봤다. 그는 애써 표정을 감추며 대답했다.

"어쩔 수 없는 일이지. 그 시간에 마을을 떠나라고 강요할 수는 없으니까."

주인은 청년 단장을 향했다.

"칼브, 이 친구들을 여관에 안내해 줘."

칼브라고 불린 청년은 험상궂은 표정으로 세 사람에게 엄포를 놓았다.

"괜히 여기저기 돌아다니지 않는 게 좋을 거야."

"걱정하지 말라구, 칼브. 우리도 그렇게 어리석지는 않아. 자칫하다가 수리도 못하고 쫓겨나고 싶지는 않거든."

칼브의 어깨를 툭툭 치던 알은 싱긋 미소를 지었다.

"한데, 맞은 곳은 좀 어때? 견딜 만하지?"

그 말에 칼브는 사색이 되어 힐끗 레온을 쳐다봤다. 그리고 떨리는 목소리로 입을 열었다.

"안내하지……."

마차에서 돈이 든 상자와 가죽으로 싸맨 검을 꺼내 들고 세 사람은 곧장 칼브를 따라갔다. 청년 몇이 포위하듯 붙어 섰지만 크게 위협을 가하진 않았다. 분명 레온에게 겁을 먹은 것이라고 알은 짐작했다.

여관에 들어선 후에 알은 방 하나를 잡았다. 큰 방이 없다고 주인이 말했지만 그는 고집을 부려 방 하나를 잡아 한곳에 들어갔다. 마을 사람 전체가 적대하는 분위기였기에 흩어지는 것보다는 불편해도 모여 있는 것이 안전할 거라고 판단했기 때문이다. 방으로 안내해 준 다음에 칼브는 돌아갔다. 눈을 부라리긴 했지만 별말은 없었다.

겨우 세 사람만 남자 수요는 휴우, 하고 한숨을 쉬며 침대 위에 주저앉았다.

"봤어? 사람들 눈초리가 정말 심상치 않았다고."

"그런 것 같아."

그렇게 대꾸하며 알은 창가로 가서 슬쩍 마을을 살폈다. 이층에서 내려다보니 골목마다 청년들이 서 있는 것이 훤히 보였다. 그의 뒤에서 훔쳐보던 레온이 중얼거렸다.

　"감시라기보다는 경고하는 것 같아."

　"그럴 거야. 일부러 눈치 채라고 서 있으니 말야."

　마을 사람들이 흩어진 길은 생각보다 넓고 한적했다. 그리고 막 그 길을 말을 탄 청년 하나가 달려나가는 것이 보였다. 그 청년이 아까 촌장에게 갔었던 자라는 걸 알은 기억해 냈다. 그는 바삐 마을을 가로지르며 어딘가 달려갔다.

　"그런데 우리 식사는 어떡하지?"

　앉아 있던 수요가 걱정스럽게 물었다.

　"그게 뭐?"

　레온의 말에 알은 고개를 저었다.

　"설마 독이라도 탈까 봐 그래?"

　"얼마든지 가능한 일이야."

　"별 걱정을 다하는군. 여관 내에서 돌아다니는 것까지 뭐라고 하지는 않겠지. 내려가자."

　"이, 이봐. 걱정되지 않아? 조심해서 나쁠 건 없잖아."

　"쓸데없는 걱정이야."

　그렇게 대답하며 알은 벌써 밖으로 나가고 있었다. 수요는 빤히 레온을 바라봤다

　"넌?"

　잠시 머리를 긁적인 후에 레온은 성큼 알을 따라나섰다.

　"나도 별일은 없을 거라고 생각해."

"하, 맘대로 해."

수요는 곧 침대 위에 벌렁 누웠다. 레온은 잠시 주저했지만 누가 뭐래도 꿈쩍하지 않을 것 같았기에 곧 방을 나갔다. 두 사람이 사라지자 수요는 천장을 보며 중얼거렸다.

"자식들, 이런 위험한 곳에서 무턱대고 아무 음식이나 먹으려 하다니… 겁도 없군."

그 말이 막 끝나자 수요의 뱃속에서 요상한 소리가 들려왔다.

꼬르륵.

던월 성 부근의 6돌격 기병단의 막사.

크리스틴 에란스는 막 갑옷을 벗고 풍성한 머릿결을 빗고 있는 중이었다.

"으그그그극!"

찌지직!

풍성해 보이는 머릿결치고는 꽤나 손질을 안 했는지 머리카락은 연신 비명을 질러대고 있었다. 그때마다 크리스틴은 험악한 인상을 구기고 있었다. 여기사니(여자로서 크루세이더에 들었다느니) 어쩌니 해도 험한 돌격대에 있다 보니 그녀도 어지간한 남자보다 더 드센 성격으로 변모했는지도 모르는 일이다. 그녀가 그렇게 머리카락 한 올 한 올과 싸움을 하고 있는 와중에 마법사 모르트가 또 한 명의 사내를 데리고 들어왔다.

흘깃 그 두 사람을 쳐다본 크리스틴은 차갑게 대꾸했다.

"어서 와, 모르트, 파머. 무슨 일이지?"

"파머가 마을에서 이상한 녀석을 봤다고 해서 말야."

힐끔 파머를 노려보는 크리스틴의 눈초리에 파머는 움찔 몸을 떨며 자신도 모르게 침을 꿀꺽 삼켰다. 그는 떨리는 목소리로 물었다.

"저어, 머리 빗는 데 방해했다면 미안해. 나중에 다시 올까?"

"됐어. 말해."

크리스틴은 풍성한 머리 깊숙이 박혀 있던 빗을 꺼내 그녀의 무릎 위에 올려놓았다. 놀랍게도 빗은 철제였다. 그녀의 머릿결은 보통 빗으로는 어림도 없었다. 나무빗은 머리카락에 넣고 몇 번 빗지도 않아 두 동강이 나기 일쑤였기에 그녀는 오래전부터 철제 빗을 애용(?)하고 있었다. 게다가 그녀의 머릿결은 철제 빗으로도 풍성하게 엉킨 머리카락을 해결할 수 없기에 항상 머리를 빗는 동안은 신경이 곤두설 대로 곤두서곤 했다. 이럴 때는 그녀의 곁에 가까이 가지 않는 게 좋았다. 언제 어느 때 그녀의 철제 빗이 이마로 날아들지 모르기 때문이다.

그녀는 방금 전까지 힘겹게 머리카락과 벌이던 사투를 접고 파머를 노려봤다. 그녀의 눈초리에 파머는 다시금 움찔 떨며 주춤 물러섰다.

"뭐야, 할 말이?"

"으응……."

파머는 움찔움찔거리며 천천히 입을 열었다.

"마을에 어떤 녀석이 나타나서 상인 일행에 대해 묻고 다니고 있어서 말야. 녀석들에 관한 건 보고하라고 하지 않았어?"

"그랬었지."

크리스틴의 눈꼬리가 살짝 치켜떠졌다.

"무슨 일로?"

"녀석들의 행색을 묻고 다니면서 숲 속의 몬스터와 싸우지 않았느냐고 묻더군. 어떻게 할까?"

"흐음. 어디에서 온 녀석이지?"

"라이든 마을이라고 하더군."

"라이든?"

모르트가 끼어들었다.

"남쪽에서 왔군. 그렇다면 녀석들은 그곳으로 향한 것일까?"

"그렇겠지. 상인이라고 했으니 분명 수도로 향하는 중이겠지. 참, 모르트, 녀석들에 대해선 알아냈어?"

"아아, 식료점의 주인이 증언하길, 레스터의 포란에서 온 상인이라더군. 어떻게 할 거야? 그곳에 잠시 다녀올 생각?"

"미친놈!"

"뭐가?"

"통행증은?"

"그게 무슨 상관이야! 네 이름이면 충분히 통할 텐데?"

"바보 녀석. 리저드 령, 에란스 가문의 크리스틴이 자신의 관할지를 벗어나 레스터에 다녀왔다더라. 그렇게 광고라도 하란 얘기야?"

크리스틴의 날카로운 추궁에 모르트는 할 말을 잃었는지 입을 다물었다. 그에 아랑곳하지 않고 크리스틴은 생각에 잠긴 채 중얼거렸다.

"레스터 출신이라······."

뭔가 짚이는 것이 있는지 크리스틴은 고개를 끄덕였다.

"레스터의 마스터라면 분명 레스터 가문과 무슨 관계가 있을 거야. 그렇지 않아?"

"음… 아니라곤 할 수 없겠지. 어쨌든 가장 많은 마스터를 보유한 영지니까. 알게 모르게 레스터 공작과 연관이 있겠지."

"그렇더라도 그 나이에 마스터라는 건 대단해. 레스터를 두려워하는 이유를 알 것 같아."

"쉿!"

크리스틴은 재빨리 조용히 하라고 신호를 보냈다. 엉겁결에 입을 열었던 파머도 곧 입을 다물었다. 그녀는 질책하는 눈빛으로 파머를 노려봤다.

"모든 비밀은 대화에서 새어 나가기 마련이야. 그 입 좀 조심할 수 없어?"

"미안해."

더 말을 않겠다는 듯 크리스틴은 의자 깊숙이 몸을 묻었다. 여자라고는 해도 갑옷을 벗은 그녀는 보통 사내보다 훨씬 더 근육질이었다. 짧은 소매 밑으로 드러난 팔뚝은 웬만한 사내는 한 방에 거꾸러뜨릴 것 같았다. 물론 실제로도 그렇지만. 의자에 꽉 끼일 때까지 몸을 눕힌 그녀는 나지막하게 중얼거렸다.

"상인으로 가장한 채 페로즈 성으로 향한 레스터의 마스터, 그들에 대해서 묻고자 라이든에서 온 사내. 뭔가 냄새가 나지 않아?"

"흐흠, 그렇군."

마법사인만큼 머리가 좋은 모르트가 진지하게 그녀의 말을 받았다.

"그들의 적이든 친구든 간에 라이든에선 그들의 내력을 캐기 위해 이곳에 사람을 보냈단 말이지? 어쩌면 라이든 녀석들은 레온 일행이 몬스터를 죽인 게 아닐까 추측하고 있지 않을까?"

"그럴지도. 어떻게 알았는지는 모르겠지만."

"그럼 어떻게 하지?"

파머가 물었다.

잠시 생각하던 크리스틴은 파머를 쳐다봤다.

"알려줘."

"뭐?"

"레온이 마스터라는 사실을 은근히 가르쳐 주란 말야. 대충 병사 몇을 데리고 가서 레온이 이렇게 저렇게 싸웠노라고 알려주란 말야."

"왜?"

"그렇게 하면 라이든 내에서 뭔가 일이 생기겠지. 우린 그 허점을 노리면 되는 거야."

크리스틴은 한숨을 쉬며 대꾸했다.

"우리로선 그 정도밖에는 손을 쓸 수 없거든."

"알았어."

파머가 대답과 함께 밖으로 나가자 모르트는 은근한 눈빛으로 크리스틴을 바라봤다.

"그 음흉한 눈초리 좀 저리 치워줄래?"

"에이, 우리 사이에 왜 그래?"

"우리 사이가 어떤 건데?"

대답과 함께 크리스틴은 주먹을 꽉 쥐고 모르트 앞에 세웠다. 그리고 가운데 손가락을 가볍게 펼쳐서 가볍게 미소를 지으며 가볍게 흔들어주었다.

"쳇!"

모르트는 김이 샜는지 몸을 돌려 밖으로 나갔다.

"잠깐."

"오오, 그래, 이제야 날 받아주려는 거야?"

모르트는 얼른 돌아서며 방긋 웃었다. 그러나 그녀의 눈초리를 보고는 얼른 웃음을 거둔 채 진지하게 바라봤다.

"네 녀석의 머리 속엔 대체 뭐가 든 거야?"

"정상적인 남자들이 하는 생각이 가득 들어 있지."

"넌 좀 심해."

흥, 하고 대꾸하며 크리스틴은 의자에서 몸을 빼냈다.

"지금 당장 라이든으로 가도록. 거리가 있지만 공간 이동을 한다면 밤중까지는 도착할 수 있겠지? 그곳에서 녀석들을 감시하도록 해."

"…내가 싫어졌어?"

"당장 가!"

크리스틴이 으르렁거리자 모르트는 찔끔하고는 곧바로 준비를 하러 나갔다. 물론 막사를 나서며 한마디 덧붙이는 것을 잊지 않고서.

"우욱! 애정이 식었어. 나만 따로 멀리 보내려 하다니 말야!!"

오후를 지나 밤이 찾아올 때까지 별다른 일은 없었다. 밤늦게 칼브가 찾아와 마차 수리가 끝났다는 것을 알려준 것 이외엔 말이다. 물론 커다란 청년 셋이 좁은 방구석에 처박혀 있는 것이 큰일이긴 했다. 다행히 수요는 대화하는 것을 좋아했다. 그러나 알은 일 이외엔 붙임성이 전혀 없기에 그의 말 상대를 하는 건 전적으로 레온의 몫이었다. 그리고 주요 화제는 상회에 관한 것이었기에 자연스럽게 말하지 않았던 것들(이를테면 산적이나 드워프를 만났다거나) 포란에서의 내기 내용을 알게 되었다. 물론 레온이 레스터 공작가의 막내아들이란 사실만은 말하지 않았다.

두 사람이 한참 대화를 하는 와중에도 알은 연신 창밖을 살폈다. 그의 표정이 밝지 않은 것으로 미루어 아직 자경단이 주위를 에워싸고 있다는 것을 짐작할 수 있었다.

해가 진 후에는 밤눈이 밝은 레온을 재촉해 바깥 동태를 살피던 알은 끝내 한숨을 쉬었다.

"전혀 움직일 기미가 없군. 저 녀석들 저기서 정말 밤샐 생각일까?"

"대체 왜 그렇게 조바심을 내는 거야?"

"아까 말했잖아? 마을 사람들이 경계하는 건 뭔가 이유가 있기 때문이라고 말야. 그게 무언지 찾아보려면 우선 여길 빠져나가야 하지 않겠어?"

그 말에 수요는 점잖게 입을 열었다.

"인연이란 말 알아?"

"……?"

"만약 이 마을에 무슨 비밀이 있다손 치더라도 인연이 닿지 않는다면 우리완 상관없는 거야. 애써 밝히려고 할 필요는 없다는 얘기지."

"아까 레온이 얘기했지? 카논의 세이버에 대해 드워프 족장이 말한 거 말야."

"들었어. 그 검이 가는 곳에 모험이 따라올 거라고 했던가?"

"그래."

"드워프의 말이었을 뿐이야. 그런 걸 믿는 건 아니겠지?"

"나도 믿지 않았어."

곱슬머리를 매만지며 알은 중얼거렸다.

"하지만 페나즈 숲에서 몬스터를 만난 이후엔 믿지 않을 수 없게 되었지."

알은 슬쩍 수요를 째려봤다.

"너도 목숨에 위협을 받았다면 믿지 않을 수 없을걸."

"헤에… 그럴지도."

수요는 긍정하는 듯 대답했다.

그때 밖을 살피던 레온이 나지막하게 소리쳤다.

"몇 사람이 움직인다."

그 말에 두 사람은 서둘러 창 쪽으로 달려갔다. 그러나 어둠이 짙게 깔린 탓에 밖은 아무것도 보이지 않았다. 레온은 손가락으로 방향을 가리키며 설명했다.

"저쪽에 세 사람이 있었는데 지금 막 두 사람이 마을 문턱으로 향했어. 이쪽도 한 사람만 남았고."

"좋았어. 녀석들 이제 자러 갈 모양이군."

그 순간 문 두드리는 소리가 들렸다.

세 사람은 곧 침대 위에 나란히 앉아 딴 척을 했다. 레온이 짐짓 소리쳤다.

"누구세요?"

"칼브라고 한다."

세 사람은 잠시 눈짓을 교환한 후에 이번엔 알이 소리쳤다.

"무슨 일이지?"

"다들 잘 있나 살피러 왔다. 혹시 누가 없는 거 아냐?"

그 말에 수요가 문을 열어 안을 보여주며 말했다.

"보다시피 우린 모두 여기에 있어."

칼브는 슬쩍 쳐다본 후에 대꾸했다.

"정말 그렇군."

칼브는 잠시 코를 긁적이더니 다른 얘기를 꺼냈다.

"그런데 마차에 있는 건 치즈라고 했던가?"

"그랬지."

알이 대답했다.

"파는 거야?"

"물론."

"어디에서?"

"우린 콘버드로 갈 생각이야. 그곳에서 가격만 맞다면 팔 생각이지."

"아, 그런 거로군."

치즈 얘기를 시작으로 칼브는 이것저것 묻기 시작했다. 레스터는 어떤 곳인지, 어떤 사람들이 있는지에 대해 한참을 얘기하다가 다른 청년이 와서 귓속말을 주고받은 후에야 미소와 함께 인사를 건넸다.

"아, 정말 좋은 얘기였어. 그럼 잘들 자도록 해."

그가 간 후에 알이 짜증이 섞인 목소리로 중얼거렸다.

"저 녀석 뭐 하러 온 거야?"

"누군가 마을에 왔나 봐."

어느새 창가를 살피며 레온이 대답했다.

"그래?"

얼른 알도 창가로 달려갔다. 물론 어둠 때문에 아무것도 보이지 않았다.

"어디어디?"

"아직 보이진 않아. 아까 칼브랑 귓속말하는 걸 들었거든."

"에……?"

어이없는지 알은 빤히 레온을 쳐다봤다.

"그 말을 들었단 말야?"

"응. 이 정도 거리에서 하는 말이라면 집중하지 않아도 훤히 들려."

그 말에 수요도 곧 숲에서 레온이 기척을 느끼기 위해 집중했다는 것을 기억해 냈다. 분명 그의 능력이라면 두 사람의 대화를 들었음이 확실했다.

"뭐라고 하든?"

"음… 마을 어귀에 한 남자가 나타나서 자경단이 움직였던 것 같아. 칼브는 우리와 같은 일행이 아닐까 의심해서 왔던 거야. 근데 그 사람은 그저 여행자에 불과했던 모양이야. 그래서 여관에 안내해서 재우기로 한 것 같아."

"…어떻게 생각해, 수요? 칼브가 정말 그런 이유로 왔던 걸까?"

"…어쩌면, 자경단 인원이 줄어든 사이에 우리가 움직일까 봐 미리 선수를 친 게 아닐까?"

"하지만 이렇게 어두운 곳에서 인원이 줄었다는 걸 어떻게 눈치 채겠어?"

"레온, 네 말이 맞아. 하지만 직접 보기 전까지 저들은 하늘을 나는 사람이 있으리라곤 생각도 못했을 거야."

"하지만 실제론 있지."

수요도 긍정했다.

"그렇다면 밤눈이 밝은 사람이 우리들 중에 있을 수도 있는 거야."

"그래……."

알은 침대 위에 털썩 누우며 중얼거렸다.

"지금쯤 아까 사라졌던 녀석들도 모두 돌아왔을걸? 칼브는 우리가 움직일 기회를 아예 봉쇄했던 거야."

알은 누운 채 팔로 머리를 받치고 입을 열었다.

"어쩐지 움직일 기회는 없을 것 같다. 잠이나 자자구."

알은 슬쩍 수요를 향해 중얼거리듯 말했다.

"정말 인연이 닿는다면 무슨 일인지 알아서 찾아오겠지. 안 그래?"

"맞았어."

빙긋 웃으며 수요는 대답했다. 그리하여 세 사람은 나란히 침대 위에 누웠다. 아니, 두 사람은 양쪽 벽에 놓인 침대 위에 눕고 나머지 한 사람은(물론 그는 레온이었다) 가운데 복도에 모포를 덮고 누웠다.

다음날 새벽부터 길 한가운데를 달려가는 말발굽 소리에 세 사람은 잠을 설쳤다. 그 직후에 일찍부터 문을 두드린 사람은 역시나 칼브였다.

"우리 너무 자주 보는 것 같지 않아?"

졸린 눈을 비비며 대꾸한 것은 알이었다.

"나도 별로 보고 싶지 않은 얼굴이야."

밤을 샜는지 그의 얼굴은 푸석푸석했다.

"촌장님께서 좀 보잔다. 얼른 준비해."

그 말에 알의 눈빛이 번득였다. 그는 칼브가 눈치 채지 못하게 두 사람에게 눈짓을 하며 서둘렀다. 물론 그에게 한마디 던지는 것도 잊지 않았다.

"간밤엔 자경단이 지켜주는 바람에 무척이나 잘 잤어."

"밤에는 우리도 잤어."

찔끔했는지 칼브가 고개를 돌리며 말했다.

"아, 그러서? 그럼 밖에 서 있던 녀석들은 허수아비였던 모양이지?"

"쳇."

칼브는 혀끝을 찼다.

"역시 밤눈이 좋은 녀석이 있었잖아."

들리지 않게 중얼거린 것이었지만 레온에겐 확실히 들렸다. 역시 알과 수요의 추측이 맞았다는 것을 확인했지만 내색하지 않고 묵묵히 돈이 든 상자를 짊어졌다.

"준비는 끝났어, 알."

"좋아. 안내하지, 칼브?"

칼브는 세 사람을 데리고 밖으로 나갔다. 촌장의 집은 마을 중앙에 자리 잡고 있었다. 마을이 크지 않은 탓도 있었지만 여관에서 몇 집 건너지 않았기에 네 사람은 금세 촌장 집에 도착할 수 있었다.

거실에는 몇 사람이 모여 있었는데 그들 중에는 대장간 주인의 모습도 보였다. 알은 중앙에 앉아 있는 장년의 사내가 촌장일 것이라고 짐작했다.

"마을에 들어올 수 있게 해주셔서 감사합니다."

그는 단정한 옷차림으로 특히 콧수염을 멋지게 기르고 있었다. 분명 그 콧수염은 그의 자랑거리일 것이라고 짐작하며 문득 프란츠 백작을 떠올렸다.

'두 사람이 만나 콧수염 자랑을 하는 것도 재미있겠는걸.'

속으로 그렇게 생각하며 알은 사람들이 권하는 대로 자리에 앉았다. 그 옆으로 레온과 수요가 앉자 촌장이 입을 열었다.

"어제는 실례가 많았네. 그래, 불편한 점은 없었나?"

"별로……."

말끝을 흐리며 대답했다. 곁에 있던 대장간 주인이 어색함을 깨기 위해 말문을 열었다.

"어제도 들었겠지만 마차 수리는 완벽하게 끝냈네. 아마 전보다 더 튼튼할 거야."

"그거 잘됐군요. 얼마면 됩니까?"

"에이, 돈은 무슨."

주인은 손을 저으며 웃었다. 그를 살피던 알은 괜히 하는 말이 아님을 눈치 챘다. 자신들이 모르는 새에 이들은 매우 우호적인 입장으로 바뀌었다. 분명 뭔가 부탁할 일이 있음을 짐작한 알은 촌장을 향해 물었다.

"부탁할 일이라도 있습니까?"

그의 태도에 약간 당황하더니 촌장은 슬쩍 콧수염을 만졌다.

"자네들 이름은 어떻게 되나? 난 라이든이라고 하네."

"라이든? 마을에 들어올 때 보니까 그런 푯말을 본 거 같은데? 설마 촌장 이름을 따서 지은 겁니까?"

수요의 질문에 라이든은 씩 웃었다. 물론 콧수염을 만지는 손가락도 바쁘게 움직였다.

"물론 내 이름을 딴 거지. 여긴 자유 마을이니까. 한데 그대들 이름은?"

"제 이름은 알, 이쪽은 레온, 저쪽은 수요라고 합니다."

"그렇군. 혹시 그저께 더닐 마을을 지나오지 않았나?"

그 질문에 세 사람은 서로의 얼굴을 쳐다봤다. 물론 선뜻 대답하진 않았다.

"그 마을에서 설명해 준 복장대로길래 묻는 걸세."

"이미 조사해 본 모양이군요?"

그렇게 묻던 알은 곧 어제 오후에 급히 말을 달리던 청년이 있었다는 것을 떠올렸다. 새벽 무렵에 들려온 말발굽 소리는 그 청년이 돌아오는 소리였을 것이다. 그리고 그는 분명 더닐 마을에 다녀온 것이 확실했다.

"그저께 오전 무렵에 그 마을을 지나쳐 왔습니다. 그게 잘못된 일인가요?"

"듣자니 페나즈 숲에 출현한 몬스터가 그저께 잡힌 모양이야."

라이든은 침착하게 말하면서 세 사람을 살폈다. 그러나 그의 침착함만큼이나 세 사람도 담담한 표정이었다. 떠보는 것만으로는 아무것도 알아낼 수 없겠다고 생각했는지 라이든은 한숨과 함께 입을 열었다.

"자네들은 콘버드로 간다고 했었지? 그래서 한 가지 부탁 좀 하려고 말야."

"무엇을 말입니까?"

그 부탁이 마을의 비밀과 관련되어 있을 것이라 짐작한 알은 애써 목소리를 가라앉히며 물었다. 알이 긴장했음을 레온 이외엔 아무도 눈치 채지 못했다.

라이든은 잠시 바깥을 향해 소리쳤다.

"들어오너라."

그러자 안쪽 문이 열리며 한 소녀가 들어왔다. 깊숙이 눌러쓴 털모자 밑으로 치렁한 금발이 빛을 발하고 있었으며 커다란 눈망울은 맑다 못해 투명해 보이기까지 했다. 하얀 피부에 표정없는 얼굴은 마치 대리석으로 조각한 듯했고 평범한 농가의 옷으로도 소녀의 아름다움은 감춰지지 않았다. 나이는 열 살 정도, 키는 어른 허리보다 약간 큰 정도였다.

"휘유, 장래가 기대되는 소녀네."

제일 먼저 입을 연 것은 수요였다.

"안녕하세요."

소녀가 건넨 인사에 레온은 얼른 자리에서 일어나 마주 허리를 굽혔다.

"안녕하세요, 레이디."

"앉아, 레온."

알의 말에 레온은 곧 귀족의 버릇이 나왔음을 알았다. 그는 곧 얼굴을 붉히며 자리에 앉았다. 라이든은 미소와 함께 소녀를 자신의 옆에 앉혔다.

"이 소녀를 콘버드의 고든 마을까지 데려다 주었으면 해서 자네들을 불렀네."

그 말에 레온과 수요는 눈을 동그랗게 뜨고 소녀와 라이든을 번갈아 쳐다봤다. 문득 차가운 어조로 알이 대꾸했다.

"엘프로군."

"뭐?"

레온과 수요가 동시에 그를 쳐다봤다. 라이든을 비롯한 마을 사람들도 깜짝 놀란 얼굴이었다. 다만 소녀만은 담담한 눈빛으로 알을 쳐다봤다.

"생각해 봐. 한 여름에 털모자가 어울리냐구. 아마 뾰족한 귀를 가리기 위해서 씌운 거겠지만 그다지 잘된 변장은 아니잖아?"

그 말에 라이든은 헛기침을 했다.

"그렇군. 생각지도 못했어."

그는 소녀의 머리 위로 씌여진 털모자를 벗겨냈다. 정말 알의 말대로 소녀의 귀는 뾰족하게 뻗어 있었다."

처음으로 엘프를 본 레온은 입을 다물지 못한 채 신기한 듯 쳐다봤다. 그 모습에 조금 기분이 상했는지 소녀는 얼굴을 찡그렸다.

"숙녀의 얼굴을 빤히 쳐다보는 건 실례예요."

"아, 미안. 그렇지만 넌 숙녀라고 부르기엔 좀 어리지 않을까?"

"틀려, 레온. 정말 엘프라면 이렇게 보여도 우리보다 몇 배는 많은 나이일 테니까."

수요의 말에 그는 당황했다.

"뭐?"

"엘프는 인간에 비해 열 배 정도 수명이 길다고 들었어. 이 소녀는 열 살 정도로 보이니까 적어도 실제 나이는 100세 정도는 되었을 거야."

소녀는 잠시 수요를 향해 담담한 눈빛을 보낸 후에 라이든을 향해 고개를 끄덕였다.

"믿을 수 있는 사람들 같아요. 이들과 가겠어요."

"그렇게 하겠습니까?"

라이든의 정중한 어조에 레온은 더욱 당혹해하며 물었다.

"자, 잠깐만요. 이 소녀가 정말 백 살이란 말인가요?"

"정확하게는 97세입니다, 마스터 검사님."

소녀는 레온을 향해 생긋 웃었다.

"97세?! 정말?! 이렇게 어려 보이는데?!"

믿을 수 없다는 표정으로 레온은 입을 쩍 벌렸다.

그때까지 잠자코 팔짱을 끼고 있던 알이 앞으로 나섰다.

"어떻게 레온이 마스터인 것을 알았지? 꼬마?"

그 말에 소녀는 얼굴을 붉혔다.

"꼬마 아니에요."

"어쨌든 꼬마로 보이잖아. 아니면 이름을 말하던가."

"사냐."

"좋아, 사냐. 어떻게 알았지?"

재차 질문하자 사냐는 곧 미소를 지으며 대답했다.

"합성수를 가볍게 제압할 수 있는 사람은 그리 많지 않으니까요. 어제 마을 어귀에서 칼브를 이길 때의 상황을 듣고 크루세이더 정도로 예상했지만 오늘 새벽에 톰이 돌아와서 들려준 이야기에 마스터라고 확신했어요. 오우거의 다리에 나무 귀신의 몸통, 그리고 사람의 정신. 합성한 마법사도 대단한 기술이었지만 순식간에 이긴 사람도 보통은 아니란 얘기죠. 게다가 인질이 잡혀 있었던 상황이었다니, 마스터가 아니면 원거리 공격은 불가능했겠죠? 틀린가요?"

너무나도 정확하게 분석해 내는 바람에 세 사람은 말문이 막혔다.

"흠흠."

알은 헛기침을 했다.

"틀리진 않아. 그런데 왜 우리가 널 콘버드로 데려가야 하는 거지?"

그 말에 대답한 사람은 라이든이었다.

"사냐님은 칸트 숲의 '위대한 엘프 족'인데 고든 마을에 들렀다가 사냥꾼에게 납치되었소. 이곳을 지나는 걸 우리가 구했지만 돌아갈 방법이 없어 잠시 이곳에 머물게 된 거지."

"사냥꾼?"

레온의 반문에 수요가 참견을 했다.

"좋게 말하면 사냥꾼이지만 간단하게 노예 매매상을 말하는 거야. 사람을 사고 팔기도 하지만 간혹 엘프를 잡아서 비싼 값에 팔기도 하지."

"엘프를 잡아? 그걸 누가 사지?"

"귀족들이란 희귀한 것을 좋아하게 마련이니까."

설명을 마친 수요는 힐끔 사냐를 쳐다봤다.

"한데 위대한 엘프 족이란 말야?"

사냐는 생긋 웃으며 고개를 끄덕였다.

"위대한 엘프 족은 뭔데?"

"엘프 족 중에서도 최강의 종족이라고 알려져 있어. 카네비스 산 어딘가에 살고 있다는 얘기는 들었지만 정말 있을 줄은 몰랐어. 칸트 숲이라……."

"최강의 종족인데 왜 사냥꾼 따위에게 당하는 거야?"

알이 가볍게 비꼬아주자 사냐의 얼굴은 금세 발갛게 변했다.

"위대한 엘프 족이라고 해서 모두 강한 건 아니에요. 드래곤조차도 해츨링 시절엔 힘을 쓰지 못하잖아요?"

"헤에. 방금 아이라고 실토했군."

그 말에 사냐의 얼굴은 더욱 발갛게 변했다. 그런 것에 신경 쓰지 않는 알은 턱을 어루만지며 중얼거렸다.

"고든 마을에 들렀다는 것도 뻥이지? 사실은 가출한 거 아냐?"

"아니에요!!"

사냐는 급하게 소리쳤지만 모두들 의심의 눈초리로 그녀를 쳐다봤다. 거의 울상이 된 사냐를 쳐다보며 라이든이 헛기침을 했다.

"설마… 정말 가출한 건가요?"

"아니라니까요. 그저… 잠시 놀러 나온 것뿐이란 말이에요."

"물론 다른 이에겐 말하지 않고 말야."

알의 말에 사냐는 할 말을 잃은 듯 입을 다물었다.

"어쨌든 사정은 알겠네. 근데 알, 데려갈 거야?"

수요의 질문에 알은 어깨를 으쓱했다. 그리고 사냐에게 얼굴을 디밀며 차갑게 물었다.

"이봐, 엘프 꼬마 아가씨. 그런데 만약 우리가 널 다른 곳에 팔면 어쩔 거지?"

"그럴 리 없어요."

사냐의 단호한, 확신에 찬 어조에 세 사람은 조금 놀랐다. 그녀는 번갈아 쳐다보더니 생긋 웃으며 말을 이었다.

"눈이 맑아요, 세 사람 모두. 그런 나쁜 짓을 할 사람들이 아닌걸요."

특히 '나쁜'이란 말을 강조하자 알은 피식 웃었다. 그는 천천히 허리를 펴며 레온과 눈빛을 교환했다. 레온이 가볍게 고개를 끄덕이자 시선을 라이든에게 향했다.

"좋습니다. 고든 마을까지 데려가죠. 거기서 누굴 찾아야 하죠?"

알이 일을 맡기로 하자 라이든은 곧 얼굴을 폈다. 그리고 콧수염을 만지작거리며 재빨리 입을 열었다.

"고든 마을은 경계를 넘어서 북동쪽에 있네. 칸트 숲과 가까운 곳이지. 그곳에서 고든을 찾게. 그는 내 형으로 고든 마을의 촌장이지."

그 말에 레온이 물었다.

"그곳도 자유 마을인가요?"

"그런 셈이지."

"와아! 굉장하군요. 형제가 모두 자유 마을의 촌장이군요."

라이든은 신이 났는지 연신 콧수염을 만졌다.

"그럼, 굉장하고 말고. 사실 고든 마을도 나와 형, 둘이 일군 것인데 점차 사람들이 모여들기 시작했지. 그렇지만 그다지 발전할 가능성이 적어서 몇몇 사람을 모아서 이곳으로 옮겨온 거야."

"자, 그 얘기는 나중에 듣기로 하고, 우린 출발 준비를 하는 게 좋겠군요."

얘기가 길어질 것 같자 알은 얼른 자리에서 일어섰다. 라이든은 아쉬운지 따라 일어서며 입을 다셨다.

"한데 경계를 넘으려면 통행증이 있어야 할 텐데?"

"그 점은 걱정없어요."

하이렌 형이 만들어준 통행증을 생각한 레온은 밝게 웃었다. 그러나 라이든에겐 다른 의도로 받아들여진 모양이었다.

"그렇다면 사냥꾼들처럼 몰래 경계를 넘을 생각이군? 그런 길을 알고 있다니 과연 상인이야."

"아니."

"어떻게 생각하든 상관은 없어요. 어쨌든 경계를 넘는 건 문제없을 겁니다."

알은 재빨리 레온의 말을 가로챘다. 앞뒤 설명이 긴 얘기를 굳이 꺼낼 필요가 없다고 생각했기 때문이지만 레온은 이미 충분히 토라진 후였다.

막 라이든의 집을 나설 때 마을 청년 하나가 누군가를 데리고 왔다. 머리 깊숙이 두건을 눌러쓴 자로 소매 밑으로 보이는 손으로 미루어 남자임을 짐작할 수 있었다. 잠시 그와 얘기하던 라이든은 고개를 끄덕이더니 일행에게 손을 흔들었다.

"일이 있어 이만 헤어져야겠네. 부디 조심해서 가길 바라네."

라이든은 다시 사냐를 향해 허리를 숙여 인사했다.

"부디 조심해서 가길 바랍니다."

"걱정 말아요."

사냐는 생긋 미소를 지어 안심시키며 곧 레온 일행을 따라갔다.

"아침이라고 해도 여름에 저런 차림이라니."

힐끔 뒤를 쳐다보며 알이 중얼거렸다.

"라이든 촌장은 이상한 사람만 아는 모양이군."

"저 치도 엘프 정도 되는 모양이지?"

수요의 말에 칼브가 반박을 했다.

"저 남자는 간밤에 마을에 들어온 자야. 촌장이 아는 사람이 아니란 말야. 맘대로 착각하지 말아줬음 좋겠어."

칼브의 어투가 매우 위협적으로 들렸기에 두 사람은 곧 입을 다물었다. 사냐는 얼른 레온의 손을 붙잡으며 그들을 향해 점잖게 대꾸했다.

"그만 해요. 싸우지 않았으면 좋겠네요."

"네, 그러죠. 하지만 이 녀석들이 촌장을 욕하는 것 같아……."

"욕한 적 없어. 그저 이상한 사람들과 자주 만난다고 했을 뿐이야."

"그게 그거잖아."

"그만!"

사냐는 고음을 내며 두 사람을 째려봤다. 그러자 칼브가 찔끔하며 입을 다물었다. 레온이 의아해서 물었다.

"그러고 보니 마을 사람들은 사냐를 꽤 위해주는 것 같아."

"당연하지. 사냐님을 알게 된 건 10년도 더 전이었으니까. 물론 그때 고든 마을에서였지만."

자랑스럽게 말하며 칼브는 가슴을 쫙 폈다. 분명 엘프와 친하게 지낸다는 건 대단한 일이었다. 다만 레온이나 수요가 감탄을 발하는 동안 알은 대단치 않다는 듯 중얼거렸다.

"우리도 드워프와 친하다구."

"드워프? 웃기지 마. 엘프보다는 못해도 드워프 역시 사람을 피하는 종족이잖아?"

"후후, 하지만 정말로 드워프와 친하다구. 카네비스 산 중턱에 드워프 마을이 있단 말야. 넌 엘프와 친하다고 자랑하고 싶은 거겠지만 엘프 마을에 가본 건 아니겠지? 우린 드워프 마을에 초대도 받았단 말야."

물론 초대받았다는 것은 거짓말이었다. 그러나 오지 말란 말도 없었고 또 찾아간다고 해도 푸대접받진 않을 테니 아주 틀린 말은 아니었다.

"혹시 둔 아저씨를 말하는 거예요?"

사냐가 아는 체를 했다.

"어, 사냐도 아는 모양이네?"

레온이 눈을 동그랗게 뜨며 묻자 사냐는 샐쭉해져선 대꾸했다.

"당연하지. 이웃이니까 몇 번 찾아가 본 적도 있단 말이에요."

그러더니 사냐는 의아한지 다시 물었다.

"그런데 둔 아저씨는 사람을 그다지 좋아하진 않는데… 정말 친한 거예요?"

"물론."

짤막한 대답이었다.

대장간 앞에 이르러 보니 주인 말대로 마차는 깨끗하게 수리되어 있었다. 문득 알은 주인을 돌아보며 물었다.

"마차를 끌던 말이 한 마리 죽어서 그러는데 어디서 살 수 없을까 요?"

"음… 우리도 말이 귀하긴 하지만 싸게 주도록 하지. 사냐님을 데려가는 거니까 말야."

그리고 주인은 곧 칼브와 함께 말을 가지러 갔다. 알이 궤짝에서 말값을 꺼내는 동안 레온과 수요는 짐을 정리하기 시작했다. 인원이 늘었기 때문에 짐칸에도 사람이 앉아야 했기 때문이다.

잠시 후 칼브가 말을 가져오자 값을 치른 후 일행은 곧바로 마을을 출발했다. 알과 사냐가 앞에 앉고 레온과 수요는 짐칸에 올라가 자리를 잡았다. 마차는 마을 사람들의 배웅을 받으며 곧장 북쪽을 향해 달리기 시작했다.

"이틀은 가야 할 거야."

수요의 말이었다. 그리고 그는 덧붙이는 것을 잊지 않았다.

"급히 달려야 가능하겠지만."

"그럼 실제론 얼마나 걸릴 것 같아?"

"음, 삼사 일 정도?"

"꽤 걸리네."

그렇게 대답하며 사냐를 쳐다봤다.

"아마 노숙을 몇 번 해야 할 것 같은데, 문제없겠지?"

"상관없어요."

대답처럼 눈에 빛을 내는 것이 오히려 기대하고 있는 것 같았다. '언젠가의 레온 눈이 저랬지' 하고 알은 속으로 생각했다.

"그런데 알, 돈도 안 되는 일을 덥석 맡다니 너도 많이 변했어."

"그렇지도 않아."

알은 피식 웃었다.

"우린 상인이야. 언제든지 이익을 우선으로 움직여야 한다구."

"이익은 별로 없었잖아? 음, 말을 싸게 산 정도? 아참, 수리비도 공제해 줬었지?"

"아니지, 아냐. 라이든은 위클리프의 북쪽 지역에선 교통의 요충지이고 지금 우리가 가는 고든 마을은 콘버드의 마을이잖아. 두 마을이나 우호적인 입장을 취해온다면 앞으로 장사하는 데 큰 도움이 되지 않겠어? 그렇지, 알?"

수요의 말에 알은 크게 웃었다.

"레온. 너보다 수요가 훨 낫잖아. 어떻게 된 거야? 장사 한번 안 해본 녀석보다 못하다니 말야."

그러자 레온은 이해했는지 고개를 끄덕였다.

"게다가 잘하면 엘프와도 안면을 틀 수 있고 말야."

그는 사냐를 쳐다보고 미소를 지었다. 그러나 사냐는 기대와는 달리 고개를 저었다.

"둔 아저씨와 어떻게 친해졌는지는 모르겠지만 우리 마을에 올 생각이라면 애초에 버리는 게 좋을 거예요. 우린 사람들이 오는 걸 가장 싫어하니까요."

"그래? 그거 아쉬운데."

정말 아쉬운지 그는 눈동자를 굴리며 묘안을 짜내려고 애썼다. 앞에서 마차를 몰던 알은 갑자기 생각났는지 입을 열었다.

"참, 그리고 사냐를 데려다 주는 건 우리밖에 못하는 일이야."

그는 레온을 돌아보며 강조를 했다.

"정확하게는 너여야만 가능하지."

"왜?"

"마스터니까."

"그게 왜?"

"날 노리는 사람들이 있거든요."

"…사냥꾼들이? 하지만 마을 사람들이 있었잖아?"

"물론 그들은 소수였으니까 처음엔 물러갔지만 곧 더 많은 사람들을 끌고 올 게 분명하거든요. 아니면 실력있는 자라던가. 어쨌든 그곳에 오래 있어선 안 되었어요. 그렇다고 마을 사람들이 대거 몰려서 보호해 줄 수도 없는 노릇이었고… 그때 마침 당신들이 도착한 거였지요."

"그렇지. 누가 몇 명이 몰려오든 레온이 있으면 분명 안전할 테니까. 과연 선견지명이 있는 아가씨로군."

수요가 빙긋 웃자 레온은 투덜댔다.

"난 검사가 아냐. 상인이라고. 왜 다들 내 검술만 인정하는 거야?"

알이 그를 위로했다.

"검 잘 쓰는 상인도 폼 나잖아?"

"장사 잘하는 상인이 더 좋을 것 같아."

여전히 레온은 퉁명스럽게 대답했다.

문득 강하게 내리쬐는 햇볕을 의식한 알은 머리를 들어 하늘을 쳐다봤다. 늘 쓰던 터번이 없는 것뿐인데도 확실히 어색했다. 그는 파란 하늘을 올려다보다가 조용히 레온에게 말했다.

"운명이라면 어쩔 수 없는 거야. 내 생각인데, 넌 검을 손에서 놓을 수는 없을 것 같아. 그런 운명을 타고난 것 같아. 그렇지만 지금은 장사를 좋아하잖아. 그렇지?"

"물론."

"그럼 된 거야. 운명은 운명대로 흐르라고 해. 장사를 하면서 검을 쥐는 것도 나쁘진 않잖아, 그렇지?"

"그래."

그제야 레온은 밝게 미소 지었다.

그들은 이틀째 정오 무렵에 나타났다.

아직 경계까지는 하루 정도의 거리가 남아 있었다. 아침 일찍 서두른 일행이 그리 높지 않은 언덕을 넘었을 때 그들은 언덕 밑에서 기다렸다는 듯 나타났다. 수는 겨우 네 명에 불과해서 처음엔 그저 지나가는 여행자 정도로 생각했지만 보통 여행자치고는 복면을 한 것이 이상했다.

제일 앞에 있던 자가 검을 뽑자 그들은 곧 이어 무기를 꺼내어 그들을 겨누었다.

"우호적인 것 같지는 않지?"

마차를 멈추며 알이 농담을 건넸다. 사냐의 긴장을 풀어주기 위함이었다.

"알, 검을 줘."

의외로 레온도 긴장한 것 같아 알은 정신을 차렸다. 그는 얼른 마부석에서 검을 꺼내 레온에게 건넸다.

"강한 녀석들이야?"

"모르겠어. 하지만 숫자가 적다는 게 마음에 걸려."

"그렇군. 숫자가 적다면 강할 수도 있겠어. 보통은 넘을지도 모르지."

수요도 석궁을 장전하며 그들을 노려봤다. 석궁의 특성상 쏠 수 있는 기회는 한두 번밖에 없기에 적들이 눈치 챌 수 없게 숨긴 채 장전했다. 알은 머리를 긁적이며 허리춤의 단도를 뽑기 좋게 손봤다.

"사냐, 위험하니까 이 뒤로 오는 게 좋겠어."

레온의 말에 사냐는 얼른 수요 곁에 앉았다. 사냐가 앉았던 자리엔 레온이 옮겨 탔다. 그의 손엔 카논의 세이버가 얌전히 검집에 들어간 채 들려져 있었다.

"무슨 일이지?"

우선 알이 그들을 향해 소리쳤다.

그러자 뒤에 있던 복면을 쓴 자가 대뜸 마주 소리쳤다.

"엘프를 내놔!"

"간단하군."

레온은 낮게 중얼거렸다.

"싫다면?"

"목숨을 걸어야겠지."

"정말 간단하군."

알의 말이 끝나기가 무섭게 레온은 자리를 박차고 나갔다. 라이든 마을에서 보였던 도약력으로 그는 한순간에 복면을 쓴 자들 앞으로 날아갔다. 그리고 검집째 맨 앞에 있는 자에게 휘둘렀다. 엘프를 사냥하는 자들이라고 해도 죽일 생각은 없었기 때문에 몇 번 위협을 가하면 알아서 도망가리라 생각했다. 그렇기에 굳이 검을 뽑지 않고 비스듬하게 어깨를 노렸다.

파곽!

"어?"

"어!"

"엥?"

순식간에 레온과 뒤에 있던 일행이 놀라 눈을 동그랗게 떴다. 분명한 대 맞고 나가떨어지리라 예상했는데 의외로 그자는 레온의 검을 막아낸 것이다.

"조심해, 레온! 보통 녀석들이 아니다!"

전에도 상대를 봐주다가 크게 당했던 기억이 떠오른 알은 서둘러 소리를 쳤다. 물론 레온 역시 곧 눈치를 챘다. 한번 검을 부딪친 정도였지만 그간의 경험이 약이 된 탓에 그는 상대가 적어도 크루세이더는 된다고 짐작했다.

레온은 서둘러 뒤로 물러서며 재빨리 검을 뽑아 상대를 겨눴다.

"이렇게 되면 이쪽도 봐주진 않습니다."

단호한 어조에도 그자는 별다른 말 없이 천천히 검을 겨눌 뿐이었다. 자세를 살피던 레온은 성급하게 달려들었다는 걸 새삼 깨달았다. 앞에서 검을 겨누는 자는 분명 기본부터 검술을 익힌 자임이 확실했다. 빈틈이 없을 정도로 면밀하게 수비를 하고 있었다.

'어, 그러고 보니 왜 수비를 하는 자세일까?'

상대도 그렇고 뒤에 있는 자들 또한 검을 뽑기는 했지만 공격할 생각은 없는지 겨누고만 있었다.

'단 한 번 검을 마주쳤을 뿐인데 벌써 내 실력을 깨달은 걸까? 그렇다면 정말 보통 녀석들은 아니겠는걸?'

그렇게 생각하던 레온은 슬슬 왼쪽으로 조금씩 움직여 나갔다. 상대는 아직 아무런 움직임이 없이 검을 살짝 움직여 여전히 레온을 겨눌 뿐이었다. 레온은 상대와 그 뒤에 있는 자들을 살피기 시작했다.

맨 앞에 있는 자는 분명 크루세이더인 것 같았지만 그 뒤는 허점이 많이 보였다. 좌우에 있는 자들도 검을 배운 자들인지 제법 자세가 나오고 있었지만 빈틈이 보이는 것으로 미루어 숙련된 자들은 아닌 것 같았다. 그러나 적어도 나이트 급은 되겠다고 레온은 생각했다. 반면에 맨 뒤에 있는 자는 평범한 사람보다 더 엉성하게 검을 쥐고 있었다.

'우선 저자를 쓰러뜨린 후에 이자를 노려볼까?'

그렇지만 그 사이에 맨 앞에 있는 자가 마차로 달려가지 말란 법도 없었다. 그렇게 되면 확실하게 두셋은 처리할 수 있겠지만 마차에 있는 세 명의 목숨도 장담할 수 없게 된다. 그 생각에 레온은 주저하며 섣불리 움직이지 못했다. 만약 먼저 공격을 해주면 대충 실력을 가늠할 수 있을 뿐만 아니라 빈틈이 생길지도 몰랐다. 하지만 그는 전혀 움직일 생각이 없는 듯했다.

'할 수 없지.'

"타아아아앗!"

기합과 함께 레온은 맨 앞에 있는 자에게 달려들었다.

아직 상대는 자신이 마스터임을 모를 거라고 판단했다. 그저 자신과 같은 크루세이더 정도로 생각하고 있을 테니 그 수준에 맞춰서 상대하다가 기회가 되었을 때 재빨리 검기를 내서 뒤에 있는 셋을 처리할 생각이었다. 그렇게 되면 맨 앞에 있는 자를 자유롭게 놔주지 않으면서도 상대를 이길 수 있을 것이다. 물론 검기를 내뿜게 된다면 필시 나머지 셋은 중경상 내지는 죽을 가능성이 높았지만 어쩔 수 없었다.

앞에 있던 자는 레온의 검을 막으며 뒤로 물러섰다. 레온도 큰 편은 아니었지만 상대 역시 레온보다 크지는 않았다. 그렇지만 힘에선 레온이 훨씬 위였다.

'이크, 마스터인 것을 들키면 안 되지.'

얼른 상대가 눈치 채지 못하게 힘을 빼며 레온은 재차 검을 휘둘렀다. 상대 역시 검으로 자신을 방어하기에 급급했다. 의외로 상대는 검술이 뛰어났다. 레온이 머리, 목, 허리를 연거푸 베어 들어갔지만 그는 일일이 검날을 눕혀 방어해 냈다. 더욱 놀라운 것은 설사 레온이 검기를 발해도 그 안에 들어가지 않았다는 점이었다. 그것을 눈치 챈 것은 한참을 맞붙은 후였다.

어쩐지 상대는 자신이 마스터임을 눈치 채고 있는 게 아닐까 하고 생각했지만 기우일 것이라고 애써 부정했다.

시간이 지날수록 상대의 수비는 점점 더 견고해지는 듯했다. 몇 번을 흔들어도 그는 쉽게 공격을 하려 하지 않았다. 게다가 뒤편의 사람들을 보호하는 것인지 금방 물러설 것 같지도 않았다.

'힘든 상대로군. 숙련된 크루세이더다. 제대로 수련하면 몇 년 내에 마스터의 경지에 도달할지도 모르겠는걸.'

잠시 떨어져서 심호흡을 하던 레온은 상대에게 싱긋 미소를 지었다.

"굉장한 솜씨군요."

"……."

"하지만 이제부터 진짜로 들어갈 겁니다. 봐주는 건 없어요. 지금이라도 물러난다면 뒤쫓지는 않을게요."

"……."

그자는 아무 말 없이 천천히 검을 겨누었다. 해볼 테면 해봐라라는 뜻임을 짐작한 레온은 크게 숨을 들이키며 크게 한 걸음을 밟았다. 순간 그의 몸이 흐릿하게 변하며 사라졌다.

"괴, 굉장하다… 이것이 마스터의 잔상이구나!"

뒤에서 지켜보고 있던 수요가 나지막하게 감탄을 했다.

분명 크루세이더도 빠르기는 했다. 그러나 마스터 한 명을 상대하려면 적어도 이십여 명이 필요하다는 통설은 바로 검기와 스피드가 그들을 압도하기 때문이었다.

레온은 자신이 마스터임을 숨긴 채 상대하다간 쉽게 끝날 것 같지 않다고 느꼈다. 그리고 재빨리 싸움을 끝내려면 스피드를 올리는 것이 빠르겠다고 판단했다. 확실히 그 선택은 옳았다. 상대는 당황했는지 뒤로 크게 물러섰다. 순간 그의 왼쪽 소매가 길게 찢어지며 한줄기 피가 튀어 올랐다.

큭, 하고 짧게 비명을 질렀지만 곧 입을 꽉 다문 채 상대는 다시 몇 걸음 물러섰다. 그가 물러선 자리엔 어김없이 피가 솟구쳤다. 확실히 스피드에서 두 사람은 크게 차이가 났다. 상대는 레온을 막기는커녕 피하기도 버거워 보였다. 게다가 레온은 검기를 발하지 않고 있으니 아직 여유가 있었다. 승부는 명백하게 난 셈이었다.

그때 뒤에 있던 두 사람이 앞으로 달려왔다.

'기회다!'

레온의 눈이 번득이며 검을 쥔 손에 힘이 들어갔다. 은빛의 검날이 순식간에 투명하게 빛을 뿜었다. 그리고 그 검은 맨 오른쪽에 있던 자에게 가차없이 휘둘러졌다.

그 순간 놀랄 만한 일이 벌어졌다. 그자를 향해 뻗어가던 검기가 무언가에 막힌 듯 산산이 부서진 것이다. 그저 달려오던 것을 멈추고 손을 내밀었을 뿐이었다. 그러나 레온의 눈은 그의 손에서 투명한 구체가 생성되는 것을 놓치지 않았다. 한 번도 본 적은 없지만 그것이 정령임을 알아챌 수 있었다. 그렇다면 이자는 보통의 검사가 아니라 정령사임이 분명했다.

크루세이더에 정령사. 나머지 둘의 능력도 분명 이들에 뒤지지 않는다고 가정한다면, 게다가 그 능력을 짐작조차 못하고 있으니 지금 상황은 매우 위험한 셈이었다.

이번엔 레온이 크게 당황하여 물러섰다. 그때 그의 귓가에 무언가를 읊조리는 소리가 들려왔다.

"…들게 하소서."

주문이었다. 퍼뜩 그 생각에 미치자 레온은 곧 주위를 둘러봤다. 네 사람 중에 분명 마법사가 있었다. 그리고 한번 마법이 발동된다면 마스터라도 쉽게 막을 수는 없었다. 가장 좋은 방법은 주문을 다 외우기 전에 베어버리는 것이었다. 하지만 지금은 이미 주문이 완성된 상태였고 아직 레온은 누가 마법사인지 감을 잡지 못했다.

가운데에 있는 자와 오른쪽에 있는 자는 검사와 정령사였다. 그렇다면 왼쪽과 뒤에 있는 자 중에 마법사가 있을 가능성이 높았다. 그리고 그 순간에 레온은 마법사가 누구인지 알아챘다.

원래 마법사는 전투 시에 마법으로 보조를 담당하는 경우가 많다.

근접전에 강하지 못한 탓인데 그런 이유로 대개의 경우엔 진형을 짤 때에도 뒤에 자리를 잡는 경우가 많았다.

처음부터 맨 뒤에 위치한 것도 그렇고 검을 쥔 자세도 엉성했다는 것에 생각이 미치자 레온은 마법사가 누구인지 깨달았다. 그가 똑바로 마법사를 쳐다보는 순간 그는 품에서 수정이 박힌 지팡이를 꺼내 레온에게 향했다.

"슬립."

그의 입에서 마지막 시동어가 끝나는 것과 동시에 레온의 몸은 무거운 납덩이에 쌓인 듯 힘을 잃어갔다. 마치 며칠 밤을 샌 듯 잠이 쏟아지기 시작했으며 눈꺼풀은 점점 무거워졌다. 시야는 흐릿해지고 들려오는 소리도 점차 멀어지는 듯했다. 검을 쥔 손가락에도 힘이 빠지는 느낌이었다.

'안 돼! 잠들면 모두 죽어!'

애써 정신을 차리며 레온은 앞에 있는 검사를 향해 검을 휘둘렀다. 검기를 주입하여 단번에 베어버리려고 생각했지만 그것은 어디까지나 레온만의 생각이었다.

그의 검은 허공을 가르며 땅에 떨어졌고 뒤이어 선 채로 잠든 그의 몸도 바닥에 쓰러졌다. 처음으로 마법에 걸려본 레온으로선 견딜 수 없는 졸음이었다.

마법사의 마법은 강력했다.

"레온!"

뒤에서 레온의 현란한 움직임에 감탄을 하던 두 사람은 순식간에 벌어진 일에 놀랐다. 지금까지 잘 싸우던 레온이 갑작스럽게 쓰러졌으니 당황한 것이었다.

두 사람의 눈엔 레온의 검기가 보이지 않았다. 당연히 정령사가 검기를 막았다는 것도, 마법사가 레온을 잠재웠다는 것도 눈치 챌 수 없었다. 그저 맨 앞의 검사가 점차 밀리며 가벼운 찰과상에 피를 흘리는 것만 지켜봤을 뿐이었다. 물론 그 검사가 레온과 검을 견줄 수 있는 것으로 미루어 크루세이더 급이라고 짐작했기에 두 사람은 레온을 방해하지 않기 위해 마차 위에서 꼼짝도 하지 않았던 것이다.

"정령사와 마법사가 있어요."

떨리는 목소리로 사냐가 외쳤다.

"뭐……?"

앞으로 달려가려던 수요가 움찔하며 멈췄다.

"정령사가 레온의 검기를 막았어요. 그리고 마법사가 레온을 잠재운 거예요."

사냐는 재차 설명을 덧붙였다. 성인은 아니라고 해도 사냐는 엘프였다. 레온의 검기나 정령사의 정령 소환, 마법사가 주문을 거는 순간을 하나도 놓치지 않았다.

"정령사와 마법사라니?"

수요는 난감한 표정을 지으며 적들을 쳐다봤다.

"그렇다 해도 어떻게 마스터를 쉽게 이길 수 있는 거야?"

"사실……."

알은 씁쓸하게 수요에게 대답했다.

"레온은 기사 이외엔 상대해 본 경험이 없거든."

"젠장……."

수요는 혀를 찼다.

"그럼 이제 저들을 누가 상대하지?"

그 말이 끝나기가 무섭게 적들은 마차를 향해 시선을 돌리는 중이
었다. 복면 밑으로 그들의 눈빛이 예사롭지 않게 빛나는 것을 마차 위
의 세 사람은 볼 수 있었다. 등 뒤로 식은땀이 주르륵 흘렀다.

마법사가 검사에게 달려가 치유 주문을 거는 동안 남은 둘은 천천히 마차로 다가왔다. 그 와중에도 그들은 단 한 번도 입을 열지 않았다. 그리고 그 점이 더욱 세 사람을 긴장시켰다. 얼른 도망갈 생각도 못한 채 세 사람은 멀거니 그들이 다가오는 것을 지켜볼 뿐이었다.

그때였다. 하늘 위에서 장검 하나가 다가오는 두 사람 앞에 박혔다. 굉장히 센 힘이었는지 장검은 순식간에 반이나 박혔다.

새로운 강자가 나타났다는 것을 알아챈 적들은 곧 주위를 둘러봤다.

"모두들 멈춰라."

언덕 위에 웬 사내가 말을 탄 채 이쪽을 쳐다보고 있었다. 뒤이어 그의 좌우로 서너 명의 청년들이 나타났다. 그들은 모두 허리에 검을 차고 있었고 말 위에서 매서운 눈빛으로 아래를 굽어보고 있었다. 위엄을 갖춘 것만으로도 이들이 기사임을 알아볼 수 있었다.

그들 중에 먼저 와 있던 자는 새까만 머릿결을 짧게 자른 젊은 청년이었다. 입고 있는 옷과 말조차도 머리 색만큼이나 새까맸다. 양 허리에 검집을 차고 있었는데 그중 한곳이 비어 있는 것으로 미루어 방금 전 검을 던진 자가 분명했다. 그는 잠시 밑을 훑어본 후에 손을 들어 늘어선 이들에게 뭐라고 중얼댔다. 뒤이어 그는 혼자 언덕 밑으로 말을 달려 내려왔다.

금세 마차를 지나친 그는 그들 앞에서 말을 멈추고 내린 후에 검을 뽑았다. 그 세 가지 동작을 단번에 해내자 언덕 위에 있던 청년들이 곧 휘파람을 불며 환호했다.

그러나 흑발의 청년은 단호한 표정으로 복면을 한 자들을 훑어보며 소리쳤다.

"마스터를 쓰러뜨릴 정도라면 뭔가 대단한 비술이라도 있는 거겠지? 이번엔 내가 상대해 주마!"

문득 알은 흑발의 사내가 레온을 아주 잘 알고 있다는 생각이 들었다.

"미리 내 소개를 해두는 게 좋겠지? 친위대 소속의 기사이며……."

거창한 자기소개에 알은 설마, 하고 중얼댔다. 레온을 알고 있는 기사라면 당연히 레스터 출신일 것이다. 게다가 마스터 운운하는 것으로 미루어 꽤 실력있는 기사일 테고 레스터의 유명한 기사는 단연코 레스터 가문의 형제들이었다.

"기사로서의 실력은 마스터이니 쉽게 생각하진 않는 게 좋을 거다."

마스터란 말에 알은 설마가 맞겠다고 생각했다.

"또한 레스터 가의 사남으로 이름은 키렌 레스터 남작이다!"

역시 알의 짐작대로 그는 레온의 넷째 형이었다.

작년에 마스터의 경지에 이른 후 현 페나인에서 최연소 마스터로 알려진 키렌의 등장에 적들은 크게 당황한 표정이었다. 앞에 있던 둘이 주춤주춤 물러서며 힐끔 뒤를 살폈다. 그것으로 보아 이들의 리더는 역시 크루세이더 급의 검사였다. 복면을 하고 있어 표정은 보이지 않았지만 검사도 당혹스러운지 선뜻 명령을 내리진 않았다.

"먼저 들어오지 않겠는가?"

키렌은 성큼 앞으로 나섰다. 어느새 그는 자신이 던진 장검 앞에 이르렀다. 그는 깊숙이 박혀 있는 장검을 손쉽게 빼내어 오른손에 쥐었다. 족히 바스타드 급은 됨직한 검이었음에도 그는 오른손만으로 검을 쥐고 있었다. 왼손에는 그보다 작지만 역시 롱 소드 형태의 장검을 들고 있었다.

아직 성장기라고 하지만 레온은 형제들 중에서 가장 작은 편이었다. 윌리엄의 체구가 큰 편에 비해 모계 쪽은 원래 작았다. 하이렌과 레온은 어머니 쪽을 많이 닮았던 탓에 체구가 작은 편이었고 버나드와 카슨, 여기 있는 키렌은 아버지를 닮아 제법 덩치가 있었다. 그중에서도 가장 큰 자가 바로 키렌이었다. 그는 보통 사람들보다 머리 반정도는 컸다. 당연히 힘도 가장 센 편이었다.

그렇다고 해도 보통 기사라면 양손에 중검과 장검류를 동시에 들고 있는 것은 불가능했다. 육중한 무게로 베거나 찌른다기보다는 타격으로 적을 무찌르는 중검은 그 무게 때문에 두 손으로 들기 마련이다. 무겁기는 장검도 마찬가지였지만 중검에 비할 바가 아니다. 그런 검을 양손에 하나씩 쥐고도 키렌은 전혀 버거워하지 않았다. 아니, 오히려 그의 기세는 더욱 불타고 있었다. 키렌은 그저 양쪽으로 검을 치켜들고 있어 무방비 상태로 보였지만 어딘가 매서움이 숨겨져 있었다.

키렌이 성큼 다가설 때마다 적들은 물러서기 바빴다. 앞뒤로 둘씩 서 있던 그들은 어느새 나란히 서게 되었다. 서로 눈짓을 교환하던 그들은 단 한 명에게(물론 마스터이니 당연하다고 해도) 이렇게까지 몰리는 것에 자존심이 상했는지 검사는 장검을 곧추세워 키렌을 겨눴다.

그를 시작으로 곧 나머지 사람들도 전투 태세에 돌입했다. 레온을 상대할 때처럼 검사를 중심으로 좌우로 두 사람이 에워싸고 마법사는 뒤로 빠졌다. 그 진형을 슬쩍 훑어본 후에 키렌은 코웃음을 쳤다.

"마법사가 있었는가?"

뒤에 서 있던 사내가 찔끔하며 몇 걸음 더 뒤로 물러나 주문을 외우기 시작했다. 키렌이 천천히 마법사를 향해 고개를 돌리는 순간 왼쪽의 사내가 품에서 뭔가를 꺼내 던졌다. 손바닥 크기만한 단검을 단번에 네 개나 던졌다. 키렌의 시야에선 보이지 않는 사각 지대였지만 그는 간단하게 롱 소드를 살짝 움직인 것만으로 전부 떨궈냈다.

"암기술이 주 종목인가?"

곁눈질로 단검을 던진 사내를 노려보며 키렌이 한마디 던졌다. 그리고 그의 말이 끝나는 것과 동시에 그의 몸은 이미 그 자리에서 사라지고 없었다.

커억!

비명 소리와 함께 단검을 던졌던 사내 앞에 키렌의 모습이 나타났다. 그의 검은 둘 다 피를 머금고 있었고 비명을 지르던 사내는 네 조각이 난 채 바닥에 무너졌다.

"괴, 굉장해!"

눈에 보이지 않을 정도의 몸놀림과 무거운 두 자루 검을 자유자재로 휘두르는 모습에 알은 놀라움을 금치 못했다. 물론 마스터가 어느 정도의 능력인지 그는 정확하게 알지 못했다. 알의 평생 마스터의 경지에 이른 검사를 세 명밖에는 보지 못했다. 하이렌과 레온 형제, 그리고 캐러디안 숲의 로딘이 그 전부였다. 그중에 하이렌은 일 때문에 잠시 만난 것이었으니 제외하고 로딘은 레온과 두 번 겨루었지만 두 번 모두 스스로 물러선 데다가 그가 마스터임을 레온에게 듣기 전까지 알아채지도 못했으니 제대로 가늠하지도 못했다. 레온만이 가까이서 지켜본 유일한 마스터였다. 그러나 그간 레온이 검술을 수련하는 것을 한 번도 보지 못했으니 실제로 알은 마스터의 실력이 어느 정도인지 알 수 없었다. 오히려 지금 키렌의 전투 모습을 지켜보며 마스터의 무서움을 절실히 깨닫고 있는 중이었다.

알은 낮게 신음하듯 중얼거렸다.

"움직이는 것도 보지 못했는데 어느새 베었을까?"

"상하좌우로 두 번 벤 거야."

떨리는 목소리로 수요가 가르쳐 주었다.

"바스타드 소드로 사람을 벤다는 것은 불가능해. 베어지기 전에 뭉개지니까. 그런데 저렇게 깨끗이 베어졌잖아? 그것만으로도 어느 정도의 실력인지 알 수 있지."

알은 빤히 수요를 쳐다봤다.

"왜?"

"그게 보였단 말야?"

"…보인 게 아니라 검술을 알고 있다고 해야겠지."

"저 기사를 알아?"

약간 얼굴을 찡그리던 수요는 차분하게 대답했다.

"당연하잖아? 서로 다른 검을 쌍으로 쥐는 마스터는 흔하지 않으니까. 게다가 현 페나인의 최연소 마스터야. 위클리프에 살면서 모른다는 게 이상한 거지."

그의 말이 끝날 무렵 오른쪽의 정령사가 검을 들고 있지 않던 왼손을 들었다. 눈에 보이진 않지만 정령을 소환한 것이다. 그리고 즉시 키렌도 그에 반응했다.

키렌은 상대의 왼손이 굴절되어 보이는 것을 느끼는 순간 바람의 정령을 소환했다는 것을 알아챘다. 원래 바람의 정령은 소환을 해도 시야에 보이지 않았다. 같은 정령사가 아니면 소환했다는 것도 눈치채기 힘들어 바람의 정령사는 상대하기 힘든 편이었다. 다만 실피드나 실프는 보이지 않는 대신 시각을 굴절시키는 특징이 있어 그것으로 위치를 짐작할 수 있었다.

"정령사?!"

상대를 알아채는 것과 동시에 키렌의 검이 허공을 가르며 검기를 방출했다. 미처 피하지 못한 정령사가 찔끔하며 손을 거두는 것과 동시에 막 소환되어 날아오를 준비를 하던 실피드가 검기에 맞았다.

퍼억!!

정령사의 눈앞에 하얀 기체가 생겼다가 순식간에 사라졌다.

"실피드든 실프든 일단 날아오르면 상대하기가 까다로워서 말이지."

키렌은 검을 거두며 정령사를 노려봤다.

그의 말대로 바람의 정령은 보이지 않기 때문에 사방으로 집중을 해야만 상대할 수 있었다. 애초에 소환하는 순간 잡아버리는 것이 가장 현명한 방법이다. 물론 소환하기 전에 정령사를 없애는 것이 더 더욱 좋지만.

정령사가 움찔 물러서는 동안 그 앞을 검사가 막아섰다. 자세를 힐끗 본 키렌은 감탄하며 고개를 끄덕였다.

"과연! 노련한 크루세이더가 한 명 있었군. 거기에 마법사와 정령사라면 아무리 레온이라도 쉽게 당하겠는걸?"

그러나 말과는 달리 키렌은 느긋하게 검사를 상대했다.

그는 천천히 검사를 노려보면서 간격을 좁혀 나갔다. 반면에 검사는 일정한 거리를 두며 물러서고 있었다. 그 거리가 좀체 좁혀지지 않는 것을 깨달은 키렌은 쓴웃음을 지었다.

"이런, 내 간격을 알아챈 건가? 이거 보통 크루세이더가 아니었군."

키렌은 곧 쥐고 있던 검을 굳게 잡고 검사를 쳐다봤다.

상대하고 있는 검사는 마스터에 대해 너무 잘 알고 있었다. 같은 검사이니 잘 알고 있는 것이 당연하겠지만, 실제로 마스터라고 해도 검기의 방출량과 길이, 시간은 같지 않았다. 검사마다 수련하는 방법이 같지 않고 검술이 다르기 때문이지만, 결정적으로 체내에 쌓은 마나의 양이 다르기 때문이었다. 그것만은 검을 몇 번 겨뤄본다고 해서 파악해 낼 수 있는 성질의 것이 아니다. 다만 검기의 길이만은 관찰력이 뛰어나다면 금세 간파할 수 있었다.

방금 전 키렌은 실피드를 향해 검기를 방출했었다. 여유가 있었다면 거리를 좁힌 후에 베어도 되었지만 실피드를 놓치면 꽤나 거추장스럽다는 생각에 서두른 것이 화근이었다. 그 단 한 번의 공격에 상대는 키렌의 간격을 알아챈 것이다. 실제로 키렌이 검기를 길게 뽑을 수 있었다면 실피드 정도가 아니라 정령사 자체도 베어버릴 수 있었다. 정령사의 몸에 미치지 못했다는 것은 키렌의 간격이 그 정도임을 알린 것과 같았다.

그리고 그와 같은 사실을 알고 있는 크루세이더라면 상대하기 매우 껄끄러웠다. 마스터의 잔상엔 미치지 못한다 해도 크루세이더 역시 스피드와 체력에 있어서 인간의 한계를 넘은 자였으니까.

게다가 키렌 역시 마스터로서 숙련의 경지에 이른 자는 아니었다. 그는 아직 레온이나 카슨처럼 잔상을 일으켜 상대의 시야를 어지럽힐 정도의 몸놀림을 익히진 못했다. 즉, 실제로 크루세이더와 비교한다면 조금 더 빠른 정도였다.

게다가 아까부터 눈여겨보고 있는 마법사가 문제였다. 어떤 주문을 걸든 검끝에 마나를 집중해 주문을 퉁겨내면 그만이지만 5써클 이상의 대마법사라면 막아내기 힘들었다. 또한 주문을 다 외운 후에는 언제든 발동시킬 수 있으니 아차하는 순간엔 자신이 당할 수도 있었다. 어쩌면 이미 주문을 다 외웠는지도 모를 일이며, 만약 그렇다면 하급 마법사가 아니란 얘기니 걸어오는 주문을 막아내는 것도 힘들었다.

그런 생각이 들긴 했지만 여전히 키렌은 느긋하게 움직였다. 분명 검사와 마법사와 정령사의 연합 공격을 마스터 기사 혼자서 막는다는 것은 힘들었다. 하지만 언덕 위에는 자신의 부하들이 넷이나 있었다. 그들 개개인은 여기 있는 크루세이더의 노련함에는 미치지 못하겠지만, 분명 보통의 기사는 아니었다. 그들 역시 친위대에 소속되어 있는 크루세이더였다.

결코 질 리 없다는 생각에 키렌은 여유있게 조금씩 거리를 좁혀 들어갔다. 물론 상대 역시 일정한 거리를 유지한 채 검을 겨누고 있었다. 어느새 정령사도 마법사 곁으로 후퇴한 상태라 전투는 키렌과 복면 검사 단둘의 대결로 좁혀지고 있었다.

삐이익—

그때 마법사가 낮게 휘파람을 불었다. 그 소리에 마법사의 동태를 곁눈질로 살피던 키렌은 움찔하며 멈춰 섰다. 주문을 외우고 있는 중이라면 절대 소리를 낼 수 없었다. 그렇다면 이미 주문이 완성되었다는 얘기였고 언제든 발동할 수 있다는 얘기였다. 조심스럽게 마법사를 살피는데 이번엔 검사가 기합과 함께 달려들었다.

"하앗!"

놀랍게도 기합 소리는 여자였다. 그리고 전광석화처럼 검끝이 키렌을 향해 뻗었다.

키렌은 왼손의 롱 소드를 휘둘러 검을 밀어 올리며 바스타드를 눕혀 허리를 베었다. 그 순간 키렌은 뭔가 잘못되었다는 것을 깨달았다. 상대는 검을 찔러 들어온 것이 아니라 검을 던진 것이었다. 그리고 자신은 어느새 마법사 곁으로 도망간 후였다.

"아차! 이동 마법인가?"

키렌은 재빨리 거리를 줄이며 마나를 주입해 검기를 뻗었다. 그러나 그것보다 더 빨리 마법사의 주문이 발동했고 순식간에 세 사람은 자리를 벗어나 어디론가 사라졌다.

"이런! 젠장!"

이미 그들이 사라진 자리엔 낮게 먼지가 피어 올랐다. 그리고 키렌은 화가 치밀어 발을 굴렀다. 레온을 이겼으니 당연히 자신과도 승부하리라 여겼던 것은 오산이었다. 그들은 이미 도망칠 생각으로 마법사가 주문을 외울 시간을 벌기 위해 싸우는 척했던 것에 불과했다.

빰을 두드리는 기척에 레온은 서서히 잠에서 깨어났다. 그의 시야에 낯익은 얼굴이 미소와 함께 나타났다. 멍해 있는 와중에도 레온은 예의를 잃지 않았다.

"안녕, 키렌 형. 오랜만이야. 성엔 언제 왔어?"

"오냐, 오랜만이구나. 잠꼬대는 그만 하고 일어나렴."

그 말에 퍼뜩 정신이 든 레온은 벌떡 몸을 일으켰다. 그리고 갑작스럽게 몰려오는 두통에 신음과 함께 머리를 감싸 쥐었다. 그의 등을 두드리며 키렌은 위로의 말을 건넸다.

"마법에 걸려서 그래. 곧 괜찮아질 테니 조금 쉬도록 해."

"으응… 근데 내가 무슨 마법에 걸렸던 거야? 그리고 녀석들은?"

"내가 나타나자 곧바로 줄행랑을 치더군."

키렌은 문득 자신의 이름을 밝히지 않았어도 도망갔을까 하고 생각해 보았다.

"그리고 넌 방금 전까지 자고 있었어."

"잠에 빠지는 마법이었구나."

너무나도 간단하게 마법에 걸렸던 것에 한심했는지 레온의 목소리는 시무룩해졌다.

"레온, 괜찮아?"

레온이 일어서자 걱정스러운지 알이 다가왔다.

"구해주서서 감사합니다, 키렌 남작."

"흐음……."

키렌은 다가오는 이국적인 외모의 청년을 훑어봤다.

"자네가 포란의 알 베자스인가?"

"그렇습니다."

알은 긴장을 한 채 그에게 인사했다.

레스터 가문 사람이라면 결코 알을 고운 시선으로 볼 리는 없었기 때문이다. 어쨌든 기사의 길을 잘 걸어가고 있던 레온이 상인이 된 데에는 전적으로 알을 만났기 때문이니까. 꼬시지 않았다는 것을 알고 있더라도 적대적인 것은 당연했다.

그리고 지금 키렌의 시선도 그리 곱지만은 않았다. 키렌은 다소 억양을 높이며 알에게 말했다.

"미안하지만 레온과 단둘이 있게 해주겠나?"

"네, 알겠습니다."

알은 얼른 자리를 물러났다. 알의 뒷모습을 지켜보던 키렌은 다그치듯 레온에게 물었다.

"상인이 되겠다던 얘긴 들었다. 그럼 이제 검술 수련은 안 하고 있는 거냐?"

"…거의……."

"실망이다, 레온. 아무리 마스터라고 해도 수련을 게을리 하다니. 방금 전에도 충분히 이길 수 있는 상대였는데 말야."

"마법사나 정령사를 상대한 건 처음이니까 어쩔 수 없잖아."

"처음 상대한다고 해서 진다는 건 말이 안 돼. 그만큼 정신 상태가 나약해졌다는 거야."

잠시 생각을 하던 키렌은 한숨을 쉬었다.

"둘째 형도 그렇지만 너도 어머니를 닮아서 정이 많아. 검을 휘두르는 데 그런 건 필요치 않거든."

레온은 잠시 주변을 둘러봤다. 마차 쪽에는 벌써 기사들을 위한 식사를 준비하고 있는 중이었다. 붙임성이 좋은 수요와 말재주가 좋은 알은 어느새 기사들 틈바구니에서 치즈를 선보이고 있었다. 잠시 그들을 살핀 후에 언덕 위아래를 살피다가 네 조각이 난 시체 하나를 발견했다. 분명 키렌의 쌍검에 당했다는 것을 한눈에 알 수 있었다. 그러나 그 이외의 시체는 없는 것으로 미루어 키렌의 말대로 나머지는 도주한 것이 분명했다.

"형도 이긴 것 같지는 않은데? 상대를 도망치게 내버려 두다니 형답지 않아."

"어쩔 수 없었어."

키렌은 헛기침을 했다.

"설마 도망갈 거라곤 생각지 못했으니까. 협공이었다고 해도 마스터를 이겼을 정도이니 한가락할 거라고 생각했거든. 그렇게 금세 내뺄 거라곤 생각지도 못했으니까."

황급히 변명을 하는 키렌의 모습에 레온은 나지막하게 웃었다. 오랜만에 만났어도 키렌은 전혀 변하지 않았음을 느꼈던 것이다. 그러다 문득 키렌은 전에 아버지가 성에 왔을 때도 오지 않았다는 것이 기억났다.

"참, 전에 바쁘다면서 성에 오지 않았잖아? 그런 사람이 이런 곳에 있을 수 있는 거야?"

"아… 그건 사정이 있어……."

키렌은 말끝을 흐렸다.

"무슨 일인데?"

레온의 질문에 키렌은 잠시 주저하더니 진지한 눈빛으로 레온을 향했다.

"지금 내가 하는 말 누구에게도 하지 않겠다고 약속할 수 있냐?"

"어? 무슨 말?"

"지금부터 하는 말, 그 누구에게도 해선 안 돼."

"알에게도?"

"물론."

"아버지나 다른 형들에게도 해선 안 돼?"

"안 돼."

너무나도 진지한 표정이었기에 레온은 잠시 망설였다. 키렌이 이렇게까지 확답을 받을 정도면 매우 중대한 것임이 분명했다. 차라리 듣지 않는 것이 가장 좋겠지만 호기심이 레온을 내버려 두지 않았다.

"좋아, 아무에게도 말하지 않을게."

"그래, 그럼 얘기해 주지."

주위를 살피며 심호흡을 하던 키렌은 간단명료하게 운을 떼었다.

"왕자를 찾고 있어."

잠시 그 말의 의미를 생각하던 레온은 의아해졌다.

"뭐? 왕자를 찾다니? 왕성에 있는 거 아냐?"

"왕성에 있는 왕자는 가짜야. 바꿔치기한 거지. 진짜 왕자는 위클리프 어딘가에 있을 거야."

"무슨 소린지 전혀 모르겠어."

레온이 고개를 젓자 키렌은 처음부터 설명하기 시작했다.

키렌은 친위대 소속의 기사였다. 친위대란 국왕과 왕가를 지키는 부대로 기사들 중에서도 정예 요원만 뽑게 마련이다. 또한 그중에 뛰어난 기사는 왕자의 검술을 지도하는 경우도 있는데 몇 년 전부터 왕자의 검술을 키렌이 가르치고 있었다. 그가 최근 몇 년 간 레스터 성에 오지 못했던 이유도 여기에 있었다. 즉, 그는 왕자의 검술 선생이자 경호를 담당하고 있었던 것이다. 그렇게 한시도 왕자의 곁에서 떨어지지 않았기에 그는 왕자의 버릇이나 습관, 생활에 대해 잘 알고 있었다.

그런 그가 왕자가 변했다고 느낀 것은 한 달 전쯤이었다. 원래 왕자는 괴팍한 편이었는데 어느 순간부터 매우 얌전한 사람으로 바뀐 것이다. 하루이틀 지켜보던 사이에 왕자가 바꿔치기 당했다는 것을 눈치 챈 키렌은 이 사실을 숨긴 채 왕자를 찾아 여행을 나선 것이다.

"하지만 왕자가 실종되었다는 건 매우 중대한 사안이잖아? 차라리 국왕 폐하께 말씀드리고 대대적인 수색을 해야 하는 거 아냐? 누군가 왕자를 시해하면 어떡하려고?"

"그게……."

키렌은 고개를 저었다.

"바꿔치기를 한 사람은 바로 왕자 자신이기 때문이야."

레온은 황당해서 입을 쩍 벌렸다.

"물론 왕실 마법사 중에 누군가 돕기는 했겠지. 가짜 왕자는 버릇이나 습관을 제외한다면 진짜 왕자와 너무나도 똑같이 생겼으니까. 변장이 아니라 변신시켜 버린 것 같아. 그러려면 마법사가 끼어들었을 테지만 누군지 전혀 짐작이 안 가. 원래 왕자는 학회에 자주 들락거리면서 웬만한 마법사들과는 친분을 쌓았거든."

"대체 왜 성을 빠져나간 건데?"

"내 짐작엔 콘버드에 가기 위해서였을 거야."

콘버드라는 지명이 나오자 레온은 찔끔했다. 공교롭게도 지금 자신들이 가는 곳이 바로 콘버드가 아닌가!

"지금 콘버드는 축제 기간이거든. 아마 왕자는 그걸 구경하러 간 것이 분명해."

"그런 축제라면 언제라도 갈 수 있는 거잖아?"

"아니, 이번이 아니면 안 돼."

키렌은 빙긋 웃었다.

"올해 신전에 등록된 기사들 중에 최초로 콘버드에서 마스터가 나왔거든. 그것도 대공의 자식이니 엄청난 일이잖아. 덕분에 전국 각지의 검사들이 축제에 참가하기 위해 시끌벅적하게 몰려들고 있지. 너도 시간 나면 한번 가봐라."

"우리도 그곳으로 가고 있어."

레온은 약간 호기심을 보였지만 곧 덧붙이는 말을 잊지 않았다.

"물론 장사하기 위해서야."

"그래? 흠……."

레온의 대답이 아쉽긴 했지만 키렌은 고개를 끄덕였다.

"어쨌든 지금 한 말은 비밀로 해줘. 알려지면 나라가 발칵 뒤집혀질 일이거든. 현재 알고 있는 사람은 나와 함께 온 저 기사들, 그리고 아버지와 버나드 형뿐이야."

"알았어, 형."

그렇게 대답한 레온은 곧 신이 나서 물었다.

"그럼 형도 콘버드로 가고 있는 중이야?"

"아니야. 아무리 왕자라도 통행증 없이 경계를 넘을 수는 없으니까. 어쨌든 왕성에 버젓이 가짜를 놔두고 사라진 만큼 쉽게 자기 정체를 드러내진 않을 테니까. 그래서 관문을 중심으로 주변을 살피기만

하면 돼."

"형도 안됐다. 어쩌다 그런 괴팍한 왕자를 모시게 되었담."

"괴팍하다고 해서 못된 성격이란 건 아냐."

그렇게 대꾸한 키렌은 깊게 한숨을 쉬었다.

"하긴 거짓말에 있어선 정말 천하제일일지도 모르지. 아마 내가 아니면 제대로 분간하지도 못할 거야."

키렌은 화제를 바꿔야겠다고 생각했는지 레온의 허리를 주시했다.

"이게 카논의 세이버지? 전에 봤을 때하고 좀 바뀐 것 같다?"

레온은 얼른 검을 뽑아 형에게 보여줬다.

"응, 카네비스의 드워프 족장이 검 자루를 손봐줬어. 가죽이 두 겹이었더라."

레온은 곧 키렌의 편집광적인 취미에 대해 기억해 냈다.

"참, 형은 무기에 대해 많이 알고 있지? 명품이라면 사족을 못 써서 매번 월급을 털어서 무기를 사들인다고 형들이 그러더라."

"그것도 다 너 때문이야."

"왜?"

"네가 태어나지 않았다면 이 검은 내 거였단 말야."

"아……."

레온이 미안한 표정을 짓자 키렌은 웃었다.

"걱정 마, 원망하는 건 아니니까. 하지만 이 검을 갖지 못하는 바람에 명검만 보면 관심을 갖게 된 건 맞아."

그는 잠시 검 자루를 살피며 생각을 했다.

"카네비스의 드워프가 손봐줬다고 했지? 자세한 얘기를 들려주겠어?"

키렌의 부탁에 레온은 처음부터 차근차근 설명을 했다. 드워프 족장을 만났던 것과 세이버를 보고 그가 일으킨 반응에 대해 하나씩 설명을 한 후에 그는 궁금한 얼굴로 키렌을 바라봤다.

"형이라면 이 검의 비밀을 알고 있지? 대체 둔은 왜 이 검을 보고 그렇게 호들갑을 보인 거지?"

키렌은 잠시 궁리를 하더니 천천히 입을 열었다.

"네가 이 검을 만든 자를 만났다니… 굉장해. 우린 지금까지 이 검은 바다 건너에서 온 것으로 알고 있었거든. 그럼 이 검은 증조부께서 직접 만드셨던 걸까?"

잠시 중얼거린 그는 레온을 바라봤다.

"이 검이 언제 어떻게 만들어졌는지는 몰라. 하지만 이 검을 증조부께서 사용했고 그분께서는 자신의 마지막 증손자에게 검을 물려준다고 유언을 하셨을 뿐이야. 그리고 여기까지가 우리가 알고 있는 전부야."

키렌은 목소리를 가다듬었다.

"그리고 이건 아버지가 모르는 일인데, 5년 전에 하이렌 형과 카슨 형이 이 검을 훔쳐 내 대련을 했던 적이 있어. 기억하지? 5년 전이라면 하이렌 형이 막 마스터가 됐던 때야. 누가 이겼을 것 같니?"

"하이렌 형이 이겼겠지."

레온은 당연하다는 듯 대답했다.

이에 키렌은 세이버를 땅에 푹 꽂았다. 검의 양날 부분까지만 박아 넣어 이제 검은 날이 한쪽이었다. 키렌은 자신의 롱 소드를 뽑은 후에 레온에게 말했다.

"보다시피 이 검은 그 누구도 쥐고 있지 않다."

키렌은 검기를 롱 소드에 검기를 주입한 후에 카논의 세이버의 검날을 수평으로 베었다. 그의 갑작스런 행동에 레온은 아, 하고 소리쳤다. 아무리 명검이라고 해도 마스터의 검기를 버텨낼 수 있는 검은 없었다. 그리고 레온은 그 사실을 잘 알고 있기에 분명 세이버가 부러질 거라고 생각했기에 깜짝 놀란 것이다.

팅!

다음 순간 레온은 아까보다 더욱 놀라 소리조차 지르지 못했다. 예상과는 달리 부러진 것은 키렌의 롱 소드였다. 검끝이 잘라진 채 바닥에 떨어졌지만 세이버는 흠집 하나 나지 않았다.

"이게 이 검의 비밀이야."

키렌은 검을 뽑아 양손으로 검날을 쥐었다. 그리고 레온의 눈 가까이 대며 조용히 말을 건넸다.

"이 검은 마스터의 검기로 벨 수 없는 검이다. 그 이유는 이 검은 보통 철로 만들어진 것이 아니기 때문이야."

"그럼?"

"미스릴이야. 보통 검을 만들 때 미스릴이 조금만 섞여도 굉장한 명검이 되기 마련이야. 이 검은 전체가 미스릴로 이루어진 거야. 그렇기에 이런 은빛을 띠고 있는 거지."

"미스릴……!"

레온은 짧게 감탄을 했다. 미스릴이라면 구하기 힘든 금속 중에 하나였다. 일설에 의하면 신의 금속이라고까지 일컬어지며 드래곤 본과 더불어 최강의 금속이기도 했다. 또한 미스릴은 금속 자체에 마나가 흐르고 있어 마법검을 제작하는 데 가장 필요한 것이기도 했다.

"그럼 이 검은 마법검이야?"

"그건 몰라. 마법검인지, 마력검인지에 대한 설명은 없었으니까. 중조부께서 마법을 사용했다고 알려진 적도 없고 보다시피 검 어디에도 마법 주문은 없으니까 어쩌면 마법과는 무관할지도 몰라."

키렌은 검을 레온의 손에 건네주며 씨익 웃었다.

"어느 쪽이든 상관없어. 이 검은 자체로도 무적이니까. 웬만한 마법은 마나를 주입하지 않고도 튕겨낼 수 있단 말야."

그 말에 레온의 얼굴이 홍당무처럼 달아올랐다. 그렇게 굉장한 검을 들고서 간단한 '슬립' 주문에 당했다는 것이 창피했던 것이다.

"자, 이제 조금 시장기가 도는군."

키렌의 말에 배고픔을 느낀 레온은 서둘러 마차 쪽으로 달려갔다. 그를 따라 걷던 키렌은 고개를 갸웃하며 생각했다.

'그럼 왜 카논의 세이버라고 명명된 것일까? 카논은 지명을 가리키는 게 아니었나? 지금까지 바다 건너의 카논이란 곳에서 넘어온 것으로 알려져 있었는데 만약 중조부께서 드워프에게 부탁해서 검을 제조한 것이라면?'

레온의 말을 듣고 뭔가 이상함을 느낀 키렌이었다. 만약 에드워드 중조부가 만든 거라고 해도 검의 모습은 너무나도 이국적이었다. 지금이야 세이버라는 검이 많이 알려져 기병대에서도 애용하고 있을 정도지만 백 년 전엔 거의 알려진 적이 없을 터였다. 그런 검을 중조부는 어떻게 알게 된 것일까?

무기에 대해 광적인 집착을 보이는 키렌은 곧 의문이 하나둘 생각났지만 애써 떨쳐 냈다. 지금 그에게 닥친 가장 큰 문제는 왕자를 찾는 것이었기 때문이다.

그가 마차에 다가가자 곧 부하들이 자리를 마련해 주었다. 키렌은 자리에 앉으며 레온의 일행을 살폈다. 알에 대해 좋게 생각하지는 않았지만 굳이 트집잡을 생각은 없었다. 그는 슬쩍 알과 수요를 쳐다봤을 뿐 별다른 말은 없었다. 다만 레온 곁에 앉아 있는 아름다운 소녀에게서 눈을 쉽게 떼지 못했다.

"…엘프 족?"

"아니에요. 위대한 엘프 족이에요."

"에……?"

그 말에 키렌을 포함한 기사들 전원이 놀라며 그녀를 쳐다봤다. 그리고 그 반응을 기다렸다는 듯 사냐는 콧대를 세우며 으쓱했다.

"왜요?"

레온과 알이 궁금함을 참지 못하고 키렌을 바라봤다. 그들은 사냐가 '위대한 엘프 족' 이란 말을 듣긴 했지만 워낙에 외모가 어려 보였고 대단한 능력을 보인 적도 없기에 동생처럼 대해왔다. 한데 지금 기사들의 반응은 한껏 놀란 후엔 존경과 선망의 눈빛으로 사냐를 바라보는 것이었다.

"성함이 어떻게 되십니까?"

그것은 키렌도 마찬가지였다.

"사냐."

"사냐님, 만나뵈어 영광입니다."

곧 키렌과 기사들이 자리에서 일어서 정중하게 사냐를 향해 허리를 숙였다. 그 모습에 레온과 알이 입을 쩍 벌렸다. 그렇게 대단한 존재라고는 생각도 못했던 것이다. 그 옆에서 수요가 빈정대듯 중얼거렸다.

"그래서 내가 말했지? 우리가 말 놓을 수 있는 존재가 아니라고."

"너도 봤잖아?"

"……."

"셋 다 똑같아요. 이렇게 날 무시한 인간들은 처음이었어요."

사냐는 곧 사냥꾼을 떠올리고는 말을 정정했다.

"두 번째였군요."

키렌이 기겁을 하며 레온에게 어찌 된 일이냐고 물었다.

대충 라이든에서 들은 대로 사정을 얘기하자 키렌은 고개를 끄덕였다.

"보통 녀석들은 아니다 싶었는데… 과연 위대한 엘프 족을 납치하려면 그 정도는 되어야 하겠지."

"위대한 엘프 족이란 거 그렇게 대단한 존재인가요?"

레온의 말에 모여 있던 기사들이 입을 쩍 벌리며 사냐의 눈치를 살폈다. 그러나 정작 사냐는 담담하게 치즈를 뜯어 입에 넣고 우물거릴 뿐이었다. 그녀가 의외로 담담한 듯하자 키렌은 안심하며 레온을 향해 설명하기 시작했다.

"엘프들은 원래부터 정령과의 친화력이 높아. 대개의 엘프들은 하급 정령 정도는 하나둘 정도 소환할 수 있을 정도니까. 선천적으로 그런 능력을 타고난 것이니 대단한 셈이지."

"하지만 엘프는 약하잖아? 체력도 약하고 빠르지도 못하잖아?"

"물론 그래."

키렌은 슬쩍 사냐를 훔쳐본 후에 재차 설명을 했다.

"하지만 엘프 족 중에 최강이라고 일컬어지는 '위대한 엘프 족'의 경우엔 정반대야."

키렌은 숨을 고른 후에 다시 말을 이었다.

"성인이 된 위대한 엘프 족의 경우 스피드는 크루세이더에 버금갈 정도야."

"에? 그 정도 실력을 갖춘단 말야?"

"아니, 검술이 그 정도에 이른다는 게 아니라 스피드만 크루세이더에 버금간다는 거야."

키렌은 다시 사냐의 눈치를 살폈다.

"검술은 나이트 정도이고 체력은 보통 사람 정도에 불과해."

"뭐야. 별로 대단할 것도 없네."

시시하다는 듯 레온이 대꾸했다. 그 말에 사냐가 고개를 들고 레온을 노려보며 소리쳤다.

"하지만 우리 일족은 최소한 중급의 정령을 소환해요. 아까 당신은 하급인 실피드에도 쩔쩔맸죠?"

사냐의 반격에 레온은 입을 다물었다.

"정령사라 해도 인간이라면 나이트보다 뛰어난 몸놀림을 보이긴 힘들어. 하지만 위대한 엘프 족은 크루세이더 급의 몸놀림이지. 그 자체만으로도 상대하기 힘든데 강한 정령을 소환한단 말야."

키렌도 설명을 덧붙였다. 그러자 키렌의 부하 중에 하나가 조심스럽게 입을 열었다.

"아마 크루세이더와 위대한 엘프 족이 일 대 일로 승부를 가린다면 거의 진다고 봐야 할 겁니다. 게다가 그들 중에는 수련을 거듭하여 진짜 마스터의 검술을 지닌 자도 있다고 들었습니다."

"그들 사회에서는 엘프 나이트로 알려져 있어."

모두의 설명을 잠자코 듣고 있던 레온과 알은 조금씩 두려운 마음이 일었다. 그런 그들에게 키렌이 쐐기를 박았다.

"언제라도 위대한 엘프 족과는 시비가 붙지 않도록 해. 정령사라는 것 하나만으로도 껄끄러운 상대니까."

"몰랐어. 그런 존재인 줄은… 그저 보통 엘프랑 다를 바 없는 줄 알았지."

레온은 사냐를 향해 고개를 숙여 사과했다.

"미안해… 요."

"됐어요."

사냐는 생긋 미소를 지었다.

"전처럼 말 놔도 돼요. 그 편이 서로 편하겠지요?"

헉! 하고 모여 있던 기사들이 놀라 소리쳤다. 분명 그건 자존심이 강하기로 유명한 '위대한 엘프 족'에 어울리지 않는 대사였던 것이다. 그러나 사냐는 전혀 개의치 않아 했다.

"당신들은 맘에 들거든요."

엘프들은 상대를 가리기로 유명하다는 말처럼 사냐 역시 그런 모양이라고 키렌은 짐작했다. 그는 레온의 어깨를 툭 치며 축하 인사를 건넸다.

"넌 정말 운이 좋구나. 위대한 엘프 족과 말을 트는 친구가 되다니 말야."

곧 기사들이 레온 일행에게 축하 인사를 건넸지만 여전히 얼떨떨한 레온과 알이었다.

22 콘버드의 축제(祝祭)

목적지가 같은 탓도 있었지만 사냐로부터 좋은 인상을 얻고 싶었던 이유가 컸던 기사단은 만 하루 동안 레온들에게 합류했다. 같은 실수를 두 번 하지 않을 레온이었지만 새로운 적이 늘어나지 않으란 법도 없었기에 사냐를 경계까지 보호하려는 기사단의 배려였다. 게다가 레온의 성격이 여리다는 것을 감안한 키렌의 염려도 있었다.

그렇다고 기사단이 본래의 목적을 잃어버린 것은 아니었다. 그들은 사방을 훑어보며 탐색을 게을리 하지 않았으며 막상 관문에 이르러서는 배웅과 함께 곧바로 다른 관문을 향해 재빨리 달려가 버렸다.

키렌은 헤어지기 전에 레온에게 콘버드의 축제(祝祭)에 참여해 보라는 당부의 말을 잊지 않았다. 지금까지 레온의 연습 상대가 되어준 이들은 모두 레스터의 기사들이었다. 모두들 실력은 있지만 막내 공자인 레온이 상처 나지 않도록 신경 쓴 것도 사실이었다. 실전에서의 살기(殺氣)와는 거리가 먼, 친목적인 성격의 대련이었으니 레온의 여린 성격이 고쳐질 리가 없었다. 이번 콘버드 가문이 주최하는 축제는 전국의 무사들이 대거 모이는 거국적인 축제였다. 그런 곳에서 경험을 쌓는 것이 레온의 검술에 크게 도움될 것이기에 그는 몇 번이고 당부의 말을 했다. 결국 레온은 생각해 보겠다는 대답으로 겨우 키렌을 보낼 수 있었다.

키렌이 떠나고 콘버드 령으로 들어선 직후에 알과 수요는 동시에 깊은 한숨을 내쉬었다. 약속이라도 한 듯 안도의 한숨을 길게 내뿜고 곧 서로를 쳐다봤다.

"왜 한숨을 쉬고 그래?"

"그러는 넌 왜?"

"나야 뭐……."

알은 말끝을 흐렸다.

"대충 감은 잡았겠지만 레온은 레스터 공작가의 막내야. 기사가 되어야 할 녀석이 나랑 장사를 하고 있으니 그분들 시선이 곱지 않은 건 당연하잖아?"

알은 레온을 돌아봤다.

"너에겐 미안한 말이지만 정말 하루 동안 죽다 살아난 기분이야."

"괜찮아, 이해해."

"한데 레온. 너 집에서 쫓겨난 거 아냐? 하이렌 백작님도 그렇고, 키렌 남작님도 그렇고 대하는 건 동생에게 하는 것 같아. 너도 형에게 대하는 것 같았고 말야."

"아……."

레온은 그때에서야 생각난 듯 이마를 탁 쳤다.

"아버지 귀에 들어가면 큰일 날 일이 또 하나 늘었네."

알은 소리내어 웃었다. 고아였기에 잘은 몰라도 레온의 형들을 보면서 어렴풋이 가족이란 것에 대해 생각하게 되었던 것이다. 말은 그렇게 했어도 결국 공작은 레온을 용서할 것이라고 그는 짐작했다. 그러므로 크게 걱정되지도 않았다.

알은 다시 수요를 돌아봤다.

"근데 넌 왜 한숨을 쉰 거냐?"

"야야, 기사라고 해도 어쨌든 귀족이잖아. 그런 사람들이 득시글대는데 속 편했을 리가 없잖아."

"하긴 그것도 그렇군."

알은 웃으며 고개를 끄덕였다. 그리고 바삐 말을 재촉하며 중얼거렸다.

"근데 고든 마을은 어디지? 길을 알아야 어떻게 가든지 할 거 아냐?"

"내가 알아요."

잠자코 앉아 있던 사냐가 입을 열었다. 알은 다행이라고 안도를 하며 그녀에게 물었다.

"여기서 멀어?"

"아니요. 멀지 않아요. 하루 정도면 돼요. 하지만 조금 동쪽으로 가야 하지요."

"그 정도는 예상했어. 칸트 숲에서 가깝다고 했을 때 이미 눈치 챘거든."

알은 당연하다고 생각했기에 별로 놀라진 않았다. 어쨌든 지금은 한시라도 빨리 그녀를 고든 마을에 보내줘야 했다. 만약 어제와 같은

적을 또 만난다면 크게 곤란할 문제였던 것이다. 그런 이유로 알은 더욱 마차에 속력을 가했다.

다음날 별다른 일 없이 일행은 무사히 고든 마을에 도착했다. 고든 마을의 촌장, 고든은 멋스러움을 풍기던 라이든과는 달리 수수한 외모였다. 그는 사냐를 무사히 데려오자 쌍수를 들고 환영을 했다.

역시나 이곳에서도 '위대한 엘프 족'이란 이유 한 가지만으로 사냐는 최고급의 대우를 받았다. 금세 마을 사람들에게 둘러싸여 인사를 받느라 순식간에 자취를 감춰 버렸다. 그 다음엔 마을에서 봉화(烽火)를 올려 숲에 알리자 곧바로 호리호리한 체격의 엘프가 나타났다. 그는 누구와도 말을 나누지 않고 곧바로 사냐를 데리고 숲으로 갔기 때문에 레온 일행이 사냐와 나눈 마지막 말은 '저기가 고든 마을이에요'였다. 아쉽긴 했지만 레온들은 사냐와 작별 인사조차 나누지 못한 채 헤어졌다.

고든은 매우 예의 바른 촌장이었다. 레온 일행을 위해 만찬을 준비하기도 했고 고든이 속한 콘버드 남동쪽 일대의 시세와 특산물을 상세히 알려주기도 했으며 마차에 실려 있던 치즈를 절반이나 구매해줬다. 게다가 매우 꼼꼼하고 치밀했기에 일에 있어선 까다로운 알조차도 연신 싱글벙글 웃기 바빴다. 심지어 알은 '돌아갈 때 라이든 마을에도 들러보자'라고 제안할 정도였다.

마음 같아선 며칠 쉬면서 충분히 대접을 받고 싶었지만 콘버드의 축제가 어떤지 궁금했기에 아쉬운 마음을 접고 세 사람은 서둘러 마을을 떠났다.

콘버드 성은 영지 내에서 약간 남쪽에 위치해 있었다. 콘버드를 남과 북으로 갈라놓은 세르겐 강은 칸트 숲에서 시작하여 서쪽 바다로 흐르며, 바로 이 강이 콘버드 일대에 비옥한 평야를 제공하고 있었다. 그리고 그 강의 중간 지점에 콘버드 성이 있었다.

콘버드에는 빛의 신, 아리온을 모시는 신전을 포함해 육대 신전이 모두 있었다. 모든 신전이 페나인에서 가장 큰 대신전(大神殿)이었지만 특히 아리온 신전은 대륙 제일의 규모를 자랑했다.

신전에는 유사시에 신전을 지키기 위해 '신관 전사'가 있게 마련인데 이들을 몽크라고 부른다. 그러나 아리온 신전의 신관 전사들을 지칭하는 말은 '성기사(聖騎士)'였다. 오래전부터 아리온 신전의 성기사들은 매우 능력이 뛰어났으며 나이트 이상의 실력이 있어야만 성기사의 칭호가 주어졌다.

콘버드가 현 카프 왕조에 통합되면서 마스터보다는 밑이지만 기사보다는 뛰어난 성기사의 능력을 감안해 페나인만의 특유의 호칭이 생겨났다. 그것이 바로 크루세이더였다. 즉, 크루세이더라는 명칭은 콘버드의 성기사를 지칭하던 말에서 검사의 경지를 가리키는 말로 확대된 것이다.

그런 이유로 각 영지에서 배출되는 크루세이더의 숫자를 놓고 보면 콘버드가 가장 많았고 능력이 뛰어난 기사들은 중앙에 진출할 수 있는 장점과 더불어 콘버드의 실권은 옛날부터 누구도 넘볼 수 없는 막강하게 구축되어져 왔다.

문제는 그럼에도 불구하고 콘버드에선 마스터가 한 번도 출현하지 않았다는 점이었다. 그 이유는 성기사는 신성력을 근본으로 하는 데 반해 마스터는 체내에 마나를 쌓아야만 가능했기 때문이다. 신성력만으로는 크루세이더의 수준엔 이를 수 있지만 마스터는 될 수 없었던 것이다. 그렇기에 같은 크루세이더라고 해도 타 영지의 크루세이더가 마스터로의 가능성을 안고 있는 것에 반해 콘버드의 크루세이더는 한계에 다다른 것으로 평가되곤 했다.

그런 콘버드에 최초로 마스터가 출현했으니 콘버드 대공(大公) 휘하의 귀족들과 신관들이 열광하는 것도 당연한 일이었다. 그런 이유로 콘버드에서는 한 달이나 되는 기간 동안 축제를 열게 된 것이다.

그리고 그 축제의 주인공이라고 할 수 있는 영광스런 주인공은 현 콘버드의 영주인 기리안 콘버드 대공의 장남인 맥클리스 콘버드 후작이었다. 맥클리스는 이제 갓 30을 넘은 장년의 사내로 원래 검의 자질을 갖춘 자였다. 다만 그는 신성력(神聖力)보다는 마나에 의한 수련을 중점적으로 했기에 엄밀히 따지면 정통 성기사는 아니었다. 그래도 최초의 마스터라는 점에서 콘버드는 시끌벅적하기에 충분했다.

마차가 콘버드 성에 가까워질수록 그 열기는 더욱 진해졌다. 몇 개의 마을을 거치는 동안 성으로 향하는 검사들을 무수히 볼 수 있었다.

"굉장하군."

평야를 가로지르는 넓은 대로에 성을 향해 걷고 있는 사람들을 보며 알은 중얼거렸다. 오랜 역사에 걸맞게 콘버드의 대로는 잘 다듬어져 있었다. 그리고 그 길을 걷거나 말을 달리는 사람들은 온갖 무기를 보란 듯 꺼내놓고 있었다. 대부분 어느 영지의 용병이거나 무사들이었지만 개중에는 자신의 실력을 시험해 보고 싶은 크루세이더 급의 기사들도 있었다.

물론 알이 몰고 있는 마차 위에도 전혀 알려지지 않은 마스터 급의 검사가 타고 있었다. 바로 레온이었다.

물론 그들의 목적은 축제에 참가하기 위함이 아니었다. 그러나 사람이 많은 곳엔 장사가 된다는 것 또한 진리. 그들은 긴 꼬리 같은 행렬을 보며 조금씩 흥분되는 것을 느꼈다.

문득 전방을 주시하던 레온이 알의 어깨를 툭툭 쳤다.

"왜?"

"저기 저걸 좀 봐."

레온이 가리킨 곳을 바라보며 알은 눈살을 찌푸렸다. 별로 볼 것도 없는 평야에서 레온이 관심을 가졌다면 분명 사람일 텐데, 이렇게 사람이 많아서야 누굴 가리킨 것인지 전혀 짐작이 가지 않았다. 그래도 눈을 가늘게 뜨고 열심히 앞을 훑어보는데 수요가 먼저 감탄을 했다.

"히야, 저 검 좀 봐. 보통 사람만한 크기야. 무게도 장난이 아니겠는걸? 저거 정말 휘두를 수 있는 거야?"

"응?"

엄청난 크기의 검이란 말에 알은 다시 앞을 살폈다. 정말 보통 사람보다 머리 두세 개는 더 클 듯한 거구의 사내가 등 뒤에 엄청난 검을 짊어지고 걷고 있었다.

"그렇다는 얘기는?"

알이 중얼대자 레온은 그 사내 옆을 가리켰다. 역시 거구의 사내 곁에 등 뒤로 쌍검(雙劍)을 짊어진 사내의 모습이 보였다.

"역시, 칸트 숲의……?"

"아마 맞을 거야. 저런 거검(巨劍)을 사용하는 자는 많지 않을 테니까."

"옷이 바뀐 거 같은데?"

잠시 그들을 살피며 알이 중얼거렸다.

"정체를 들킬까 봐 일부러 갈아입은 걸까?"

"아마 그렇겠지?"

"뭐야, 뭐야? 저 녀석과 아는 사이야?"

"안면이 좀 있지."

몇 달 전에 포란에서 모직물 축제가 있었던 날, 당시엔 적이었던 바론과의 내기가 새삼 기억나는 알이었다. 그때 스레이의 도움으로 칸트 숲의 산적들이 남모르게 도와준 덕분에 내기는 손쉽게 결판이 났었다. 그때 그 칸트 숲의 두목이 저 거구의 사내와 쌍검의 사내였다.

"역시 축제로군. 저런 녀석들도 나타나고 말야."

레온은 미소를 지으며 검을 꺼내 들었다. 만약 알이 서둘러 그를 잡지 않았다면 어느새 튀어나가서 그들과 한판 붙었을지도 모를 일이었다.

"뭘 하려고?"

"반갑다고 인사를 해야지. 그리고 전에 못했던 승부도 마무리 짓고 말야."

"축제 기간이라 완화되었다고 해도 칼부림까지 봐주진 않을 거야. 그런 짓은 하지 말라구."

알은 점잖게 충고했다.

"게다가 그때 우린 도움받았던 거라는 거 몰라?"

"알아. 그러니까 인사를 건네려는 거잖아?"

알은 잠시 레온의 위아래를 훑어봤다. 햇볕에 반사되어 눈이 부실 정도의 금발과 동네 개구쟁이보다 더 빛나고 있는 눈동자. 장난기를 가득 물고 웃는 입매에 이르기까지, 어느 하나 평범하게 '안녕, 오랜만이야' 할 것 같지는 않은 얼굴이었다. 게다가 그의 두 손은 언제라도 검을 뽑을 준비를 갖춘 채였으니 도저히 인사를 건네러 가는 모습으로는 보이지 않았다.

"대체 어떻게 인사를 건넬 생각인데?"

확인하는 말에 당연하다는 듯 레온은 확인시켜 줬다.

"검사라면 당연히 검으로⋯⋯."

"아서라, 네가 검을 뽑는 순간 저들은 피를 뿜으며 죽을걸?"

뒤에 있던 수요가 끼어들었다.

"그렇진 않을걸. 저들도 크루세이더야. 둘 모두."

"에?"

그 말에 수요는 의외라는 듯 그들을 다시 쳐다봤다. 적어도 크루세이더라면 평민 출신이라고 해도 검 하나로 기사 대접을 받을 수 있다. 휘황찬란하진 않더라도 말을 타고 갑옷을 입고 자신들이 모시는 영주의 깃발을 내걸고 몇 명의 수행원을 거느린 채 길을 가야만 했다. 한데, 알과 레온이 가리킨 두 사람은 말은커녕, 갑옷조차 제대로 갖추지 못하고 있었으며 단둘만이 잡담을 주고받으며 걷는 중이었다. 어떻게 보아도 시골 무사 이상으로는 보이지 않았다.

"농담이지?"

"정말이야. 전에 검을 겨뤄봐서 알거든."

검에 있어선 레온보다 정확히 알고 있는 사람은 없었다. 그가 그렇다면 그런 것이다. 그렇기에 수요는 다시 한 번 그들을 살피며 중얼거렸다.

"아무리 봐도 시골 무사 같은데?"

"네가 그렇게 봤다면."

알은 낄낄거리며 웃었다.

"완벽한 변장이로군. 산적으로는 전혀 보이지 않으니까."

"에에?"

"아니, 아니. 아무것도 아냐."

알은 웃음을 참지 못한 채 손을 저으며 얼버무렸다. 그리고 급히 마차를 몰아 그들을 따라붙었다. 샐쭉해진 레온이 입을 삐죽이며 물었다.

"어쩌려는 거야?"

"인사는 건네야지."

그는 아직도 검을 쥐고 있는 레온을 본 후 단호하게 말했다.

"물론 정식으로 인사할 거야."

"쳇."

그제야 레온은 검을 놓았다.

"대체 어떻게 아는 사이인데 그래?"

"너무 많은 것을 알려고 하지 마, 수요."

"어어, 그러지. 한데, 짜증을 내게 내진 말아줘, 레온."

"쳇. 검사는 검으로 대화한다고… 카슨 형이 그랬단 말야."

"넌 상인이야."

"알아, 안다고."

그가 막 대답을 하는 동안 마차는 사람들을 헤집고 두 사람 뒤로 다가섰다.

두 사람은 등 뒤에서 말이 뿜어내는 콧기운에 좌우로 벌려 서서 마차가 지나가길 기다렸다. 그런 그들에게 알이 소리쳤다.

"여어, 오랜만이군?"

갑자기 건네오는 인사에 두 사람이 마차를 올려다봤다.

"엇… 당신들은?"

쌍검의 사내가 두 사람을 알아보고 깜짝 놀라며 주춤거렸다.

"콘버드로 가는 길이라면 동행하지 않겠어? 마침 마차도 비어 있는 상태라 두 명 정도는 태워줄 수 있는데 말야."

쌍검의 사내와 거구의 사내는 서로 눈짓을 교환한 후에 곧 마차 위로 올라왔다. 전에 봤을 때 말을 많이 했던 쌍검의 사내가 웃으며 인사를 했다.

"태워줘서 고맙습니다. 무료했던 차에 잘됐군요."

"지친 게 아니라 무료해?"

"이 친구가 워낙에 말이 없어서 말이죠. 계속 혼잣말을 하며 길을 가야 했거든요."

쌍검의 사내의 말에도 거구의 사내는 아무 말 없이 마차에 기대어 앉아 있을 뿐이었다. 쌍검의 사내는 생각났다는 듯 입을 열었다.

"이렇게 본 것도 인연인 것 같은데 통성명이나 하죠."

"그러지. 난 알……."

"아, 두 분은 알아요. 알 베자스와 레온……."

쌍검의 사내는 힐끔 수요를 쳐다봤다.

"그 친구도 대충은 알아. 그렇지만 굳이 떠들진 않았으면 좋겠는데?"

"아, 레온 레스터인 것을 아는군요? 네, 네, 걱정 마세요. 이래 봬도 입이 무겁기로 소문났으니까요."

"그러면서 결국은 말했잖아요."

"여기 있는 사람들은 다 알고 있으니 비밀이 새어 나간 건 아니잖아요? 그런 거에 연연해하지 말아요."

쌍검의 사내는 천연덕스럽게 대꾸하며 턱을 쓰다듬었다.

"자아, 그럼 우리 소개만 하면 되겠군요? 저는 제프라고 합니다. 그리고 이쪽은 키리모아라고 하죠. 뭐, 이 녀석은 있는 듯 없는 듯한 존재니까 굳이 신경 쓰지 않아도 돼요."

스릉—

키리모아는 무릎 위에 올려놨던 검을 치켜 올렸다.

"아, 다시 생각해 보니 외워두는 게 좋을 것 같군요."

곧 말을 돌리자 키리모아의 검은 다시 그의 무릎 위로 돌아갔다.

"상당히 잘 삐치거든요."

제프는 마부석에 입을 가까이 대며 소곤거렸다. 그러나 이미 그것도 잘 들은 키리모아의 이마에 굵은 힘줄이 불끈 솟아올랐다.

"난, 수요라고 해. 듣자니 크루세이더라며?"

"뭐, 조금 검을 쓸 줄 아는 거지. 그 정도의 경지는 아냐."

쑥스러운지 머리를 긁적이며 대답하던 제프는 힐끔 알을 쳐다보며 물었다.

"그런데 이 사람은 누구죠?"

"아아, 이번 여행에서 길바닥에서 고용한 녀석이야."

"아하, 그렇군요."

"말 놓지 그래? 전에 만났을 때는 반말을 찍찍 갈겨대더니 오늘은 아주 얌전한데 그래?"

"에이, 그때는 연극이었으니까 어쩔 수 없었잖아요."

제프는 슬쩍 레온을 쳐다보며 대답했다.

그의 태도에서 레온 때문임을 눈치 챈 알은 곧 레온을 툭 쳤다. 얼른 레온도 깨닫고 입을 열었다.

"괜찮다면 서로 말을 놓는 건 어때요? 뭐, 저희보다 나이가 많은 것 같긴 하지만 격의없는 게 좋을 것 같아서요."

"하핫, 그렇게 해준다면 고맙지. 존댓말이라는 게 워낙에 어색해서 말야. 키리모아, 너도 이제 말 놓는 거야. 알았지?"

키리모아는 묵직하게 고개를 끄덕였다.

제프는 붙임성이 좋다기보다는 능청스런 수다쟁이에 가까웠다. 그는 가는 길 내내 이것저것 얘기를 붙여오거나 떠들기 바빴다. 수요도 아는 것이 많긴 했지만 제프처럼 잡다하게 떠들진 못했다.

키리모아가 몇 번 눈빛으로 주의를 주었지만 그런 것에 아랑곳하지 않으며 급기야 자신들이 칸트 숲을 근거로 하는 산적이며 캐러디안 숲에 사는 로딘의 부하들이라고 자랑스레 떠벌렸다.

"당신들은 크루세이더라며? 그 정도도 굉장한데 그 대장이란 작자는 어느 정도야?"

"후훗, 마스터지."

제프의 말에 '역시' 하며 레온은 고개를 끄덕였다. 레온에게 듣긴 했지만 제프의 확인에 알도 다소 놀랐다. 마스터의 실력을 갖춘 자가 겨우 숲에서 산적질이나 하고 있다니.

"뻥이 심하군."

"정말이야."

"그럼 허접이겠지. 너희 대장이나 너희나."

수요의 약 올리는 말에 제프는 발끈하지도 않았다. 그러나 다소 진지한 표정으로 생각에 잠기더니 손가락을 쫙 펴서 그의 얼굴에 댔다.

"적어도 우리 대장과 겨룰 수 있는 사람은 페나인에서 다섯도 안 될 거야."

"헤에? 그게 누구누구인데?"

"버나드 레스터 후작, 카슨 레스터 자작, 그리고 여기 있는 레온. 그 정도뿐이야. 혹시 모르니까 두 명 정도는 여유로 놔두지."

그 말에 수요는 찔끔하며 레온을 바라봤다. 레온 역시 제프를 바라보며 놀란 표정을 지었다.

"거기에 왜 내 이름이 들어가는 거야?"

"듣자니 넌 레스터 가문 최고의 실력이라던데?"

"하지만 정식으로 붙으면 난 형들을 이기지 못할 거야."

"뭐, 그런 건 경험상의 차이일 뿐이라고 생각해. 게다가 버나드 후작은 현 페나인 최고의 기사야. 검의 천재라는 카슨 자작도 쉽게 이길 수 있는 분이 아니지. 아마 페나인 최고의 검사는 이 두 사람일 거야. 그런 두 분을 이긴다는 게 말처럼 쉽지는 않잖아? 여유를 가지라고. 소년 검사."

"말처럼 쉽지는 않다……."

"사람을 죽여본 적이 있니?"

제프는 목소리를 낮추며 물었다.

세 사람이 찔끔하며 주위를 살폈지만 제프는 서슴없이 입을 열었다.

"사람을 죽여봐. 그것만으로도 굉장한 경험이 될 테니까."

"심하다."

레온은 불쾌한 기분에 빠졌다. 그렇게까지 최고의 검사가 되고 싶은 마음은 없었다. 아니, 이제 그는 검사가 아니라는 생각이었다. 그때, 팔짱을 낀 채 묵묵히 앉아 있던 키리모아가 입을 열었다.

"죽일 때에는 몇 번을 곱씹어서 생각해 보길. 생명을 해한다는 것은 그만큼의 방황이 생길 수도 있다는 것을 명심해야 해."

처음으로 입을 연 키리모아에게 수요는 감탄을 했다.

"벙어리인 줄 알았어."

"고마워, 키리모아."

레온은 곧 기분이 좋아졌다. 그의 말은 분명 검사로서 갖춰야 할 마음가짐을 짚어준 것이었다. 그리고 자신의 생각과 일치하는 것이기도 했다.

"한데 콘버드에는 무슨 일로 가는 거야? 축제를 구경하러?"

수요와 자리를 바꿔 마차 뒤로 올라서며 알이 물었다.

"아니, 아니. 우린 시합에 참가하러 가는 거야."

"시합?"

"응. 콘버드에서 축제를 하는 것은 알고 있지? 그 축제 내용 중에 무술 대회가 있어. 우린 거기에 가는 거지."

"무술 대회?"

"우리가 어느 정도의 실력을 갖추고 있는지 궁금해서 말야. 한번 참가해 보려고. 이번 대회는 페나인 전국에 알려져 있어서 꽤 많은 무사들이 참가할 예정이거든."

레온은 키렌이 신신당부하던 얘기가 떠올랐다. 아마도 키렌은 이 무술 대회에 참가하길 바랐던 것이 분명했다.

"두 사람은 모두 뛰어난 실력을 갖추고 있잖아? 분명 우승도 가능할 거야."

"아니, 우승은 힘들 거야."

제프는 단호히 고개를 저었다.

"맥클리스 후작도 참가하거든."

"뭐? 그는 마스터잖아?"

"그렇지. 하지만 마스터라도 실전 경험이 없으면 소용없잖아?"

레온이 찔끔하며 고개를 끄덕였다.

실제로 그는 크루세이더에게 패한 전적이 있었다. 칸트 숲에서 제프와 키리모아의 협공과 인질 작전에 당하기도 했고, 위클리프 북쪽의 언덕길에서 마법사와 정령사의 지원을 받은 이름 모를 검사에게 당하기도 했다. 둘 다 충분히 이길 수 있었음에도 경험 부족이 원인이 되어 당했던 전투였다.

"그럼 맥클리스는 무술 대회를 통해 경험을 쌓을 속셈이겠군?"

한참 말을 몰던 수요가 빈정대듯 물었다.

"그런 셈이지."

그렇게 대답한 제프는 키리모아를 가리켰다.

"대회에 나가는 건 키리모아야. 난 궁술 대회에 참가할 생각이거든."

"어째서? 둘 다 굉장한 실력인데?"

"대전표가 좋지 않으면 우리끼리 싸울 일도 생기잖아. 우린 산에서 늘 붙으니까 서로에 대해 잘 알고 있거든. 키리모아와 난 백중세니까 그가 상위권에 들어가면 곧 내가 들어가는 것과 같지."

"헤에… 그렇구나."

"한데 로딘은 왜 참가하지 않았지?"

"그는 이미 자신의 실력을 잘 알고 있으니까. 물론 경험도 충분하고. 이런 대회에 참가할 필요는 없겠지."

제프의 말을 듣고 있던 레온은 고개를 갸웃했다.

"그런데 두 사람은 어디서 검을 배웠지?"

"우린 대장에게서."

"로딘은?"

"……."

제프의 말문이 막혔다. 순간 키리모아도 고개를 들어 레온을 쏘아봤다.

"그건 비밀이야."

"왜? 내가 보기에 로딘은 레스터의 검술을 구사하던걸? 대체 누구에게서 배운 거지?"

"난 검은 잘 모르지만."

문득 알이 의문점을 제시했다.

"레온도 그렇고, 로딘도 그렇고. 가벼운 검을 선호하는 것 같아. 그런 건 검술과 무관하진 않겠지? 한데 두 사람은 쌍검을 들거나 거검을 사용하는 게 이상해. 정말 한 사람에게서 배운 검술이야?"

"후훗, 그건 당연해. 난 몸이 작고 재빠르며 손재주가 뛰어나서 쌍검에 걸맞고 키리모아는 힘이 좋으니까 거검을 사용해도 문제가 없기 때문이야."

알의 질문과 제프의 대답을 들으며 레온은 뭔가 이상함을 느꼈다.

레스터 검술은 확실히 가벼운 검을 선호했다. 아니, 그보다는 베기를 주로 사용하는 검술이 많기에 중검보다는 장검을, 그것도 날카롭고 가벼운 세이버나 레이피어 같은 것을 사용했다. 그런 레스터 검술에 반하는 인물이 한 명 있었다. 그는 분명, 중검인 바스타드 소드를 기본으로 롱 소드를 곁들여 사용하는 쌍검법을 독자적으로 개발해 낸 인물이었다.

바로 키렌이었다.

'설마 키렌 형이 캐러디안 숲과 연관된 사람일까? 하지만 레스터 검술에 더하여 중검과 쌍검을 사용하는 사람은 키렌 형뿐이잖아.'

우연이라고 생각하기엔 공교롭게도 너무 많은 것이 일치했다. 레온은 캐러디안의 로딘과 연관된 사람이 키렌이라고 확신했다.

사냐와 헤어졌지만 제프와 키리모아가 늘어난 덕에 일행은 흥겹게 콘버드 성으로 갈 수 있었다. 며칠 새에 다섯은 오랜 친구처럼 친해지기까지 했다. 말수가 적은 키리모아와 많은 대화를 나누진 못했지만 처음에 거구에서 느껴지던 위화감은 사라지고 없었다.

그렇게 하여 일행은 콘버드 성에 들어섰다.

콘버드 성은 오랜 역사와 아리온 대신전을 포함하기 때문인지 매우 컸다. 대개의 성이 요새의 성격을 띤 채 마을과 성이 분리된 것에 비해 콘버드 성은 내성이 있었고 그 바깥에 마을이 동서남북으로 둘러싸고 있었다. 그리고 그 바깥에 외성(外城)이 있을 정도로 규모가 큰 성이었다.

"굉장해! 듣던 것보다 더 굉장해!"

성문을 지나 마을에 들어서며 수요가 소리쳤다. 그는 연신 감탄사를 발했다.

"페로즈 성도 이렇게까지 규모가 크진 않아. 과연 콘버드 성은 굉장하구나."

"뭐, 여기서 수도를 본 사람은 너뿐이니까 비교할 수 있는 거겠지."

알 역시 콘버드의 규모엔 감탄하지 않을 수 없었다.

"레스터에도 이런 규모의 성은 없을 거야. 레스터에서 가장 오랜 역사와 전통을 가진 성이라면 포란 성인데, 포란도 이 정도로 대규모는 아냐. 신흥인 레스터 성은 더 더욱 그렇고. 안 그래, 레온?"

"맞아. 이렇게 큰 성은 본 적이 없어."

"어쩌면 페나인에서 최고로 큰 성이겠는걸?"

"아마 맞을 거야. 페나인에서 콘버드 성보다 오랜 역사를 자랑하는 성은 없으니까."

수요가 아는 체를 하더니 곧 '아' 하고 뭔가 생각났는지 말을 정정했다.

"하나 더 있구나. 윈저 성도 오랜 역사를 지니고 있어. 그렇지만 윈저 성의 규모가 크다는 얘긴 들어본 적이 없으니까, 아마 콘버드가 최고일 거야."

"페로즈보다 오래된 거야?"

궁금한 듯 알이 물었다.

그로선 왕이 있는 성보다 오래된 성이 있다는 것에 쉽게 이해가 가지 않았다. 사실 그는 페나인의 역사에 대해선 거의 모르고 있었다. 레온이 그를 위해 설명을 했다.

"페로즈 성은 지어진 지 이백 년을 조금 넘겼어. 그전엔 카프 성이 있었지만 카네비스 산을 중심으로 한 육대 공국을 통합한 후에 왕가의 권위를 위해 페로즈 성을 새로 지었지."

"육대 공국?"

수요가 나섰다.

"뭐, 모두 옛날의 국가야. 현 대영지를 중심으로 육대 공국이 있었는데 통합 과정에서 없어지거나 자손이 없어서 사라지거나 했지. 그때부터 지금까지 남아 있는 공국은 딱 두 곳뿐이야."

"그게, 윈저와 콘버드?"

"응. 그래서 그 두 영주는 공작이 아닌 대공으로 불리잖아."

"그건 몰랐어. 난 굉장히 큰 업적을 쌓아서 대공으로 불리는 줄 알았거든."

"페나인 왕국이 세워질 때 윈저 가와 콘버드 가의 도움이 컸다고 해. 그때부터 그 두 가문의 계승자는 대공의 자리를 이어받았던 거야."

수요는 목소리를 낮췄다.

"실제로 그때 쌓은 공적 이외엔 없지만 말야."

그리고 수요는 낄낄대며 웃었다.

"자아, 어쨌든 콘버드 성엔 왔고… 이제 뭘 할 거야? 치즈도 반밖에 없는 것 같은데?"

콘버드 성의 위용에 취해 어리둥절하던 제프도 드디어 입을 열었다.

"음, 우린 목적이 있으니까 상관없어. 일단 시장 쪽으로 돌아보다가 괜찮은 물건이 있으면 구매해야지."

"이 지역에선 팔지 못할 텐데?"

"콘버드 성에서 볼 일이 끝나면 우린 위클리프로 갈 거니까 그때 팔면 돼. 그곳에서 팔리는 물건은 수요가 확인해 주겠지."

알은 수요의 어깨를 쳤다.

"이봐, 팔릴 만한 물건을 잘 생각해 둬. 대충 느끼겠지만, 싸게 사서 비싸게 판다는 걸 잊으면 안 돼. 물론 오랜 여행을 해야 한다는 것도 감안하고."

"오오, 이제 내 능력을 인정해 주는 거야?"

기쁜지 수요가 환하게 웃었다. 그러나 알은 그런 얼굴에 찬물을 끼

없는 말을 서슴지 않았다.

"아니, 네가 위클리프 태생이란 거에 기대하는 거야."

알은 제프를 돌아봤다.

"그럼 너희들은 어디로……?"

"우린 시합장에 가서 등록을 해야지."

알은 레온의 어깨를 툭 쳤다.

"너도 따라가서 등록하고 와."

"…싫은데."

"네 형도 권유했던 거잖아?"

"그렇지만……."

레온의 말을 끊으며 키리모아가 말했다.

"사람이 많다. 우선 쉴 곳을 찾는 게 급선무야."

그의 말뜻은 축제로 인해 사람이 많이 몰려 있으니 여관을 먼저 잡는 게 좋을 것 같다는 거였다. 그 말에 알도 고개를 끄덕였다. 콘버드 성을 중심으로 마을이 동서남북으로 뻗어 있기 때문에 돌아다녀야 할 시장도 꽤 넓은 편이었다. 게다가 콘버드 성은 콘버드 령의 중심지였다. 이곳의 시세만 잘 훑어서 간다 해도 콘버드에 온 목적은 충분히 달성하는 셈이었다. 물론 그 일이 하루이틀 만에 끝날 일은 아니었다. 제프와 키리모아가 참가하려는 무술 시합도 마찬가지로 며칠 만에 끝날 일이 아니었다. 길바닥에서 잠을 잘 생각이 아니라면 쉴 곳을 미리 마련하는 것은 당연한 절차였다.

알은 마차를 몰아 여관을 찾기 시작했다.

성문을 지나 내성(內城)으로 가는 도로는 매우 넓었다. 일행이 들어간 동문 이외에도 서, 남, 북문의 대로도 내성으로 들어갈 수 있도록 넓고 크며, 탄탄하게 지어져 있었다.

그 대로 좌우에 작은 소로가 있어 도시는 그물처럼 얽어져 있었다. 일행 모두 초행길이기에 알은 우선 대로를 지나가며 소로에 있는 여관들을 찾아야겠다고 생각했다. 그런 이유로 대로를 막 들어설 때였다.

마침 성문으로 들어가는 흰색의 사두 마차가 무서운 속도로 달려왔다. 물론 알을 포함해서 일행 모두 봤지만, 마을을 지나는 길에서 낼 수 있는 속도가 아니기에 곧 앞으로 고개를 돌렸다. 저러다 곧 속도를 늦추겠지, 하고 생각했는데 웬걸, 사두 마차는 사람들은 아랑곳하지 않고 매섭게 달려오더니 금세 알의 마차 뒤에 붙었다. 곧 마부가 고함을 쳤다.

"비켜라, 마차가 지나가는 게 보이지 않느냐?"

좀 어이가 없었지만 알은 꾹 참기로 했다. 보아하니 마차가 매우 귀한 것 같았고 흰색임에도 때 하나 타지 않은 것이 늘상 손질을 하는 것 같았다. 마차에 정성을 쏟는 바보는 귀족뿐이란 것쯤은 잘 알고 있었다. 그리고 귀족이라면 굳이 상대해서 좋을 일이 하나도 없겠다 싶어 그는 얼른 옆으로 비켜나려고 했다.

"이랴, 이랴. 어서 비키지 못할까?"

"아쉬우면 돌아가면 될 것 아냐? 왜 뒤꽁무니에 붙어서 시비를 거는 거냐?"

약이 올랐는지 수요가 냉큼 마부를 놀렸다.

"아니면 그런 재주는 없나 보지?"

"뭐, 뭐라고?"

"그만 하게."

마침 마부 옆에 앉아 있던 잘생긴 장년의 사내가 급히 말렸다. 그리고 수요를 바라보며 천천히 입을 열었다.

"급한 일이 있어 그러니 먼저 비켜주게."

"우리도 매우 급한 사람들이오. 비켜 가든지 아니면 따라오든지 맘대로 하시오."

"아니, 이 녀석이? 이분이 누구신 줄 알고 감히 주둥아리를 나불대는 거냐?"

"알 게 뭐야. 보아하니 제법 옷을 잘 빼 입은 게 어느 부잣집 시종 같구먼!"

수요의 입담에 모두들 배를 잡고 웃었다.

어느새 사내의 얼굴을 벌겋게 달아올랐고 마부도 어쩔 줄 몰라 입을 쩍 벌리고만 있었다. 어쩐지 일이 잘못되어 가고 있다고 느낀 사람은 알 혼자였다. 그는 얼른 목소리를 낮춰 수요에게 주의를 주었다.

하나 그는 모른 척하며 여전히 사내를 향해 입을 놀렸다.

"아니면 콘버드 제일의 검사이신 맥클리스 경이라도 된다더냐?"

"훗. 날 잘 알고 있군."

"헉!"

순식간에 웃음이 그쳤다.

자신을 맥클리스 콘버드 후작이라고 자신있게 밝혔으니 수요를 포함해 모두들 입을 쩍 벌린 채 놀라고만 있었다. 제일 먼저 정신을 차린 사람은 일을 저지른 수요였다.

"거짓말 마시오. 귀족이라면 마차 안에 탑승할 일이지 무엇 하러 마부석에 앉아 있단 말이오?"

제법 귀족 사회에 대해 잘 알고 있는 수요의 반박이었다. 하나 맥클리스는 실소를 머금은 채 위에서 내려다보고 있을 뿐이었다. 얼른 마부가 윽박질렀다.

"마차 안에는 콘버드 대공의 영애이자 후작 나리의 여동생이 계시단 말이다."

"게다가 난 밀폐된 공간에 있는 것보단 밖을 더 좋아하네."

맥클리스가 덧붙이듯 설명했다.

침착하게 마차를 몰던 알은 아무래도 일이 틀어졌다고 생각했다. 수요가 괜히 나서서 시비를 붙이는 바람에 콘버드에서 최고 실권을 가진 자를 건드린 셈이었다. 아무래도 그가 일을 마무리할 수는 없을 것 같기에 그는 고삐를 레온에게 넘기고 뒤를 돌아봤다.

그의 눈에 비친 맥클리스는 금발을 어깨까지 늘어뜨렸고 소매 끝에 레이스가 달린 흰 셔츠를 입어 한껏 멋을 낸 청년이었다. 듣기에 서른을 넘겼다고 들었는데 의외로 그의 모습은 이십대 중반을 조금 지난 것 같은 외모였다.

'외모가 화려하니 분명 추켜세우는 것을 좋아하는 타입이겠지.'

그렇게 짐작한 알은 곧 비굴한 미소를 지으며 맥클리스에게 입을 열었다.

"콘버드 제일의 기사이신 후작 나리를 뵙게 되어 영광입니다요. 저희 일행이 미처 후작 나리를 알아보지 못하고 결례를 저질렀군요. 곧 마차를 치울 테니 잠시만 기다려 주십시오."

맥클리스는 실소를 머금은 채 고개만 까딱했다. 그 태도가 매우 건방져 보였지만 알은 꾹 눌러 참으며 서둘러 마차를 길옆으로 몰았다. 막 마차 옆을 지나던 맥클리스는 키리모아의 무릎에 올려져 있는 거검을 슬쩍 쳐다봤다.

"그건 검인가, 도끼인가?"

"검입니다."

"아, 그런가? 난 또 도끼인 줄 알았네. 보아하니 자네도 무술 시합에 참가할 모양인가 보지? 그런 무거운 것으로 얼마나 성과가 있겠냐마는 열심히 해보게."

"말씀 감사합니다."

맥클리스의 비웃음에도 키리모아는 별 반응 없이 담담히 대꾸했다. 맥클리스는 그가 별로 반응을 보이지 않자 이번엔 제프를 비웃었다.

"자넨 쌍검인가? 하나나 제대로 쓸 수 있는지 모르겠군."

"이봐요! 이래 봬도 이 두 사람은 크루세이더란 말입니다. 귀족이란 분이 같은 검의 길을 가는 자에게 그리 야박하실 필요는 없잖아요?"

마차를 몰던 레온이 날카롭게 대꾸했다.

"호오, 이 두 사람이 크루세이더라고? 난 웬 거지인가 했네."

누가 봐도 분명 맥클리스가 모욕을 주는 언사였다.

그 말에 레온은 발끈해서 그를 노려봤다. 정작 두 사람은 침착한 표정이었지만 듣고 있던 레온은 도저히 참을 수 없었던 것이다. 그의 반응을 보며 알은 아무도 모르게 '휴우' 하며 한숨을 쉬었다.

레온은 어린 심성에 정이 많았지만 간혹 다혈질적인 모습을 보이곤 했다. 그것도 자신의 문제보다는 남의 일에 발끈하는 경우가 많았는데 이때엔 앞뒤 재보는 것도 없이 일단 검을 뽑고 나서는 버릇이 있었다. 그리고 이럴 때에는 누가 말린다고 해서 들을 레온도 아니었다.

알은 사태를 더욱 크게 벌여선 안 되겠다고 생각했다. 어쨌든 이곳은 콘버드였고 상대는 콘버드 후작이었다. 그를 화나게 해서 좋을 일은 하나도 없는 것이다. 얼른 알은 레온의 어깨를 움켜잡으며 맥클리스에게 말했다.

"경께서도 마스터이시니 검기라든가 간격이라든가 잔상 같은 것을 아시겠군요?"

의외의 질문인지라 맥클리스도, 레온과 수요도 놀라 그를 쳐다봤다.

기실 이 며칠 동안 알은 많은 기사와 검사를 만났다. 마스터도 레온을 포함해 키렌, 로딘을 봤으며 크루세이더는 친위대 소속의 일류 기사에서 적으로 만났던 복면 검사, 그리고 지금은 제프와 키리모아가 있었다. 비록 알이 검을 수련하는 사람은 아니었어도 그들이 대화하는 것을 전혀 듣지 않은 것은 아니었다. 기사를 포함해 그렇게 많은 검사들이 모였다가 갔는데 그들이 얌전히 일상적인 대화만 했겠는가. 특히 키렌을 통해 페나인 최고의 검사의 자질을 지녔다는 레온을 대한 젊은 기사들은 여러 가지 궁금증을 묻곤 했기에 대화에 끼어본 적은 없어도 그들의 대화에서 검에 대한 것들을 상당히 많이 들었다. 지금 알은 웬만한 사람들보다는 많이 알고 있었으며 웬만한 검사와도 대화가 가능한 수준의 지식을 갖고 있었다.

그렇기에 그는 대뜸 맥클리스에게 마스터에 대해 질문한 것이다.

"물론 알고 있지. 자네도 검사인가?"

"그렇진 않습니다. 한데 경께서는 이제 막 마스터가 되셨다니 어느 정도 수준인가요? 검기의 길이는 얼마나 되나요? 얼마나 오랫동안 검기를 유지할 수 있나요?"

알은 헛기침을 하며 목을 가다듬었다.

"혹시 잔상은 하실 수 있나요?"

마지막 질문에 맥클리스의 얼굴이 붉게 달아올랐다. 잔상이라 함은 한계를 넘은 스피드로 몸을 움직일 때 나타나는 현상이었다. 그것은 쌓아둔 마나가 온몸 구석구석에 충분히 있어야 가능한 것이었기에 마스터라고 해도 그 수준에 이른 자는 몇 되지 않았다. 페나인 전체를 통 털어도 다섯 명이 될까 말까 한 수준이었다.

　맥클리스는 상대가 은근히 자신을 비하하고 있음을 눈치 챘다. 그는 분노한 기색을 감추며 애써 미소를 지었다.

　"자넨 검의 길을 가는 자도 아니면서 꽤 많이 알고 있군. 하나, 입을 잘못 놀려 쥐도 새도 모르게 죽어간 자도 많다는 것은 모르는 모양이지?"

　"충고 감사합니다. 이번 무술 시합에서 경께서 좋은 결과를 얻길 기도합지요."

　"흥. 그런 건 자네가 기도하지 않아도 뻔한 결과일세."

　맥클리스는 슬쩍 불쾌한 시선을 제프와 키리모아에게 던졌다.

　"쓰레기들이 크루세이더 입네 하지만 곧 밝혀지겠지."

　맥클리스는 말을 마치자 마부에게 턱짓을 했다. 그러자 마차는 쏜 살같이 곁을 지나 성 쪽으로 내달렸다.

　마침 마차의 창을 열고 밖을 살피던 소녀와 눈이 마주친 알은 빙긋 미소를 던져 주었다. 소녀는 수줍게 웃으며 고개를 까딱하고 안으로 사라졌다. 마차가 앞으로 내달리며 먼지를 뿜는 동안 알은 레온의 어깨를 툭툭 쳤다.

　"자, 이 정도면 은근히 약 올린 셈이니까 너도 그만 기분 풀어."

　"후훗. 과연 알이야. 상대가 화낼 수 없게 만들면서 약을 올리다니 말야. 이거 너하곤 말싸움하지 말아야겠어."

"시끄러워, 수요! 이게 모두 너 때문이란 걸 몰라?"

"미안, 미안. 누가 알았겠어? 콘버드 후작일 거라고 짐작이나 했겠냐고."

수요는 조금 뉘우쳤는지 미안한 표정을 지었다.

그때 레온이 말고삐를 잡아채어 마차를 멈추었다. 갑자기 급정거를 하는 통에 마차 위에 있던 사람들이 기우뚱했다. 레온은 미안하다는 말도 없이 알과 제프를 번갈아 쳐다봤다. 그의 얼굴엔 단호한 결심이 서려 있었다.

"이번 무술 대회에 맥클리스도 나온다고 했었지? 알, 나도 대회에 참가하겠어."

그는 굳은 표정으로 말했다.

"아무리 생각해도 그의 태도가 맘에 안 들어."

"귀족들이 평민을 무시하는 건 자주 있는 일이야."

알은 씁쓸히 웃었다.

"제프와 키리모아는 아무렇지 않잖아? 그런 일로 대회에 참가한다는 건 별로 달갑지 않은 일이야."

"아니지. 어쩌면 그런 식으로 계기가 있는 것도 괜찮을 것 같아."

제프가 끼어들었다.

"게다가 이 대회에 마스터는 맥클리스 후작 한 명뿐이거든."

키리모아는 의미심장한 미소를 지었다.

"아마 맥클리스 후작은 그동안 한 번도 마스터와 대련해 본 적이 없었겠지. 굉장히 좋은 경험을 하게 될 거야."

주점은 시끄럽다. 주점은 항상 시끄럽다. 특히 콘버드의 주점들은 어느 시기나 시끄럽고 활기차다. 사시사철 신전을 찾아 순례를 오는 대륙 각지의 신도들 때문에 콘버드 성은 언제나 사람이 넘치곤 했다.

지금 같은 시기, 아리온 신전의 대예배라던가, 축복의 기도를 올리는 때, 그리고 페나인 제일의 무술 대회가 열리는 지금은 거의 절정에 다다르는 수준이었다. 여관은 몇 배의 가격으로 치솟고 심지어는 민가에서도 민박을 열어 돈을 챙기고 있었다.

약 한 달 간의 일정으로 치러지고 있는 콘버드 축제는 이제 막바지로 치닫고 있었으며 그 절정을 수놓는 것은 바로 무술 대회였다.

"3일 후에 시작한단 말이지?"

북적거리는 주점의 구석 테이블에서 빵 한 조각을 집어 들며 알이 물었다.

"응."

대답한 이는 레온이었다.

"자신은 있어?"

"해봐야 알지."

"그 전날 내 궁술 대회가 있다는 것도 알아줬으면 해."

"캐러디안 출신이잖아? 로딘 밑에 녀석들은 활을 잘 쏘니 걱정없겠지."

목소리를 죽여 알이 말했다. 레온도 한마디 덧붙였다.

"맞아. 타스틴 사제에게 맞지 않기 위해서라도 열심히 수련했겠지."

그리고 그는 입을 가리며 킥킥거렸다.

제프가 체, 하고 혀를 차는 동안 레온은 알을 돌아보며 궁금한 표정을 지었다.

"갔던 건 어떻게 됐어?"

"틀렸어. 사람이 너무 많이 몰리는 바람에 보통 시세보다 몇 배는 올랐거든. 게다가 상인들은 도무지 원래 가격을 말하려 하질 않아. 하긴, 그런 걸 말했다간 사람들이 바가지를 씌운다고 항의할 테니 이해는 하지만 말야."

알은 먹고 있던 빵 조각을 한심한 눈빛으로 쳐다봤다.

"이게 빵이지만 말야… 우린 지금 고기 값을 치르고 먹는 거야. 이게 말이 되냐구?"

"어쩔 수 없지. 사람이 이렇게 많으니 식량도 남아나지 않을 테니까."

투덜거리며 입을 연 이는 바로 수요였다.

그들은 여관을 잡자 곧바로 밖으로 나가 각자의 일을 하러 갔다. 레온과 제프, 키리모아는 아리온 신전으로 달려가 무술 대회에 참가하기 위한 등록을 마쳤고 알과 수요는 시장을 돌며 대충 시세를 알아보고 왔다.

"3일 후부터라… 아참, 제프는 모레부터 궁술 대회가 있다고 했지? 어쨌든 하루 정도는 여유가 있겠네."

알의 말에 다들 무슨 일인가 하고 쳐다봤다. 알은 씨익 웃으며 모두를 둘러봤다.

"마차에 아직 반 정도 치즈가 남았단 말야. 뭐, 원래 시세를 알 수는 없겠지만, 여튼 지금은 호경기잖아. 아마 굉장히 비싸게 팔 수 있을 거야."

"에에? 그걸 우리더러 팔아오란 거야?"

제프가 이맛살을 구겼다.

"마차에 올라탔었잖아? 밥값은 해줘야 하지 않겠어?"

"태워줄 때는 선심 쓰듯 하더니만… 이제 와서 그런 얘기를 하다니, 너무하네. 게다가 우린 장사 따위 모른단 말야."

"아아, 걱정하지 마."

알은 능글맞게 웃었다.

"장사는 나와 레온이 할 거니까. 마침 주점 앞에 빈 마차가 한 대 있기에 잠시 빌리기로 했어. 흥정은 우리가 할 테니 너희들은 그저 짐 옮기는 것만 도와주면 돼."

레온은 무술 대회에 참가하러 갔던 때보다 더 호기심을 보였다.

"그럼 따로따로 장사를 하는 거야?"

"그래."

그가 호기심을 보이자 알은 웃었다.

"나보다 적게 받아오면 알아서 해."

"좋아. 노력해 봐야지."

혼자 신이 난 레온이었다.

'대회 전날 노동이라니, 죽었다' 하고 엄살을 피우는 제프와 축제 구경을 못해 심통이 난 수요, 그리고 언제나 감정없는 얼굴의 키리모아를 앞에 두고 목적은 달성할 수 없지만 그래도 가져온 치즈를 비싸게 팔 수 있다며 기뻐하는 알과 레온이었다.

어처구니없을 정도로 죽이 잘 맞는 동업자였다.

다음날 장사는 반나절 만에 끝나 버렸다. 워낙 식량이 딸리는 터였기에 여관을 나서 '치즈 들여놓으세요' 라는 말이 끝나기 무섭게 사람들이 줄을 섰다. 식료품점뿐이 아니라 식당, 주점, 심지어는 일반 가정집에서도 치즈를 사러 나왔다. 그렇기에 마차 두 대는 여관에서 멀리 가지도 못한 채 금세 장사를 끝내고 돌아왔다.

"내가 10디나르 더 많아."

한참 돈 계산을 한 후에 알이 의기양양하게 외쳤다. 약간 뾰로통해진 레온이 한마디 던졌다.

"네가 한 상자 더 많았잖아."

"음, 그것도 그렇군."

알은 다소 놀란 듯 고개를 저었다.

"뭐야, 그럼 치즈 한 상자에 10디나르 정도 된단 얘기잖아? 엄청난 가격이다."

"헤에……!"

10다나르로 할 수 있는 일에 대해 잠시 생각해 보던 레온도 조금 억양을 높이며 감탄사를 발했다.

"포란의 치즈를 몽땅 가져올 수 있었다면 좋았을 텐데. 그럼 굉장히 많이 벌었을 거야."

"그렇겠지."

수긍하면서도 알은 고개를 저었다.

"하지만 우린 콘버드에서 축제를 하는 줄 몰랐잖아. 정보 부족이었어."

"그렇겠지. 콘버드 성에서 전국의 무사들을 모아온 것처럼 선전을 하긴 했지만 기실 그렇지도 못하거든."

"무슨 뜻이야?"

알은 제프를 빤히 쳐다봤다. 대신 대답한 것은 수요였다.

"축제를 여는 건 두 가지 이유야. 이 기회에 아리온 대신전을 널리 알려서 국교화(國敎化)하자는 것이고 두 번째는 맥클리스 경의 실전 상대를 물색하는 것이지. 그러니 애초부터 귀족들을 중심으로 홍보를 했단 말야. 일반 백성이 쉽게 접할 수 있는 일은 아니지."

"에? 전단지에 있는 내용을 보니까 실력있는 무사를 뽑아서 경비대(警備隊)에서 우대해 주겠다고 하던데?"

"어수룩하긴… 말뿐이지."

제프는 키득대고 웃었다.

그를 쳐다보며 의아한 표정으로 알은 되물었다.

"근데 너희들은 어떻게 알고 참가한 거야? 산적들은 백성들보다 더 알기 어려운 사실이었을 텐데?"

"대장이 귀족 중에 누구와 친분이 있거든. 얼마 전에 전서구(傳書鳩)

가 왔었어."

라고 말한 제프는 킬킬거리며 웃었다.

"농담이고, 사실 길목을 지키는 우리한테는 여러 가지 소문이 들려오거든. 그래서 알게 됐지."

알과 수요는 수긍했지만 레온은 전서구를 보낸 귀족이 분명 키렌이라고 짐작했다. 어쩌면 키렌은 로딘에게 참가 의사를 물었던 것인지도 모른다. 그러나 로딘은 부하들을 대신 보냈을 것이라고 생각했다.

다음날 아침 일찍부터 레온들은 아리온 신전으로 향했다. 아리온 신전에는 신관 전사들의 수련 장소가 있었고 그곳에서 이번 무술 대회가 개최된다. 무술 대회는 총 세 가지가 치러지는데 궁술 대회, 검술 대회, 마상 대회가 그 세 가지였다. 오픈 대회라고 할 수 있는 궁술 대회에는 제프가 참가했으며 검술 대회엔 레온과 키리모아가 참가 신청을 한 상태였다. 마상 대회는 말이 없는 관계로 참가하지 않았다.

여기서 짚고 넘어갈 점은 레온이 투숙하고 있는 여관의 마구간에는 레스터 최고의 명마라고 일컬어지던 레온의 흑마가 일반 잡말들과 어울려 노닥거리고 있다는 점이었다. 레스터의 명마는 곧 페나인의 명마라는 점을 생각해 본다면 아마도 페나인에서도 다섯 손가락 안에 들어갈 명마인 이 흑마는 주인을 잘못 만난 덕에 이젠 잡말 수준으로 떨어져 있었다.

시세를 알아볼 목적에 왔지만 축제 기간과 겹치는 바람에 물가가 치솟아 원래 시세를 알 수 없었던 탓에 할 일이 없어진 알은 덩달아 제프를 따라 대회에 나갔다.

"응원하러 왔으니까 우승하라구. 알간?"

"응원하는 숫자로 우승하는 거라면……."

제프는 한쪽 방향을 가리켰다.

"저들이 우승하겠다."

그가 가리킨 방향엔 하얀 사제복을 입은 신관들이 질서 정연하게 앉아 있었다. 그들 앞으로 세 명의 궁사가 앉아 있었는데 차양이 달리지 않은 철 투구와 가슴만 살짝 덮는 미늘 갑옷을 입고 있었다. 그들은 사뭇 진지한 얼굴로 자신들이 사용할 활과 화살을 점검하고 있는 중이었다.

"신관의 응원이라… 성기사겠군."

그들을 살피며 수요가 중얼거렸다.

"그럼 크루세이더 급은 되겠지?"

레온의 질문에 제프는 얼굴을 찡그렸다.

"말하지 않아도 아니까 굳이 확인시키지 마."

"어째서 크루세이더가 궁술 대회에 나오는 거야? 대개는 검술 대회 쪽으로 가야 하지 않아?"

"검술 대회와 마상 대회엔 맥클리스 경이 참가하니까. 같은 식구끼리 붙을 이유는 없다 이거겠지."

"대단한 자신감이군. 참가한다고 해도 결승까지 갈 수 있는 것도 아닌데."

그들을 향해 알은 비아냥거렸다.

"맥클리스 경의 우승은 기정사실이니까."

제프는 자신도 가죽 갑옷과 투구를 챙겨 입으며 중얼거렸다.

"콘버드의 궁술은 윈저에 비하면 형편없겠지만 그래도 크루세이더니까 제법 막강하다고 할 수 있겠지."

제프를 도와 키리모아가 끈을 동여맸다.

갑옷을 다 챙겨 입자 그는 장궁을 꺼내 활 줄을 매겼다. W 자의 활 대는 줄을 걸자 팽팽하게 생명을 담으며 완만하게 휘어졌다. 그것을 끝내자 몇 번 시위를 매겨본 제프는 다시 꼼꼼하게 화살을 점검했다.

그동안 별로 할 일이 없는 일행은 주변에 앉아 궁술 대회에 참가하는 사람들을 살펴보고 있었다. 제프의 경쟁 상대가 누구일까 관심을 가지며 주변을 훑어보던 중 수요가 깜짝 놀라며 손가락질을 했다.

"저길 봐. 윈저의 깃발이야."

그 말에 화살을 만지던 제프도 깜짝 놀라 그쪽 방향을 쳐다봤다.

하얀 깃발에 황금 사자가 그려진 윈저의 깃발이 펄럭이고 있었고 그 앞에 몇 명의 수행원과 함께 대회에 참가한 듯한 기사의 모습이 보였다. 중년에 단아한 모습으로 침착해 보였다.

"잘 쏠 것 같지는 않은데?"

"그렇지는 않을 거야. 그래도 윈저의 깃발을 걸고 온 거잖아. 만만치 않을 거야."

수요는 힐끗 신관들이 있는 자리를 쳐다본 후 고개를 끄덕였다.

"저 봐, 저들도 저 기사를 의식하고 있잖아? 아마 자신들의 경쟁 상대라고 생각하고 있는 게 분명해."

콘버드에 사는 사람 몇이 그들 뒤에서 말하는 소리가 들렸다.

"어째, 집안 싸움이 되겠지?"

"그렇겠어. 라미드 경이 이긴다는 건 확실할 테니까."

"그럼, 콘버드 제일의 궁사잖아. 이번 대회를 위해서 수도에서 불러들였다며?"

"그렇다더라. 수도에서도 다섯 손가락 안에 드는 궁사였으니 우승은 당연하겠지. 나머지 둘이 얼마나 견제할지 두고 봐야 할 일이야."

"라미드 경도 긴장한 것 같은데? 아무래도 후배에게 질 수는 없을 테니 긴장이 되나 봐."

두 사람은 곧 왁자하게 웃었다.

그 말을 귀기울여 듣던 제프의 얼굴이 다소 어두워졌다.

"라미드 경이라면……."

수요가 난처한지 머리를 긁적였다.

"콘버드가 나은 제일의 궁사야. 견줄 만한 자는 윈저의 렌베토 백작뿐일 거야."

제프는 손가락으로 윈저의 기사를 가리켰다.

"저기에 있어."

"……."

잠시 말문이 막힌 일행은 윈저의 기사와 콘버드의 성기사를 번갈아 쳐다봤다. 확실히 성기사 중에 제일 오른쪽에 앉은 중년의 사내는 적개심을 활활 태우며 윈저의 기사를 쏘아보고 있었다.

"설마……?"

"사실이다. 저 둘은 앙숙 관계니까."

잠자코 있던 키리모아가 덧붙였다. 세 사람은 깜짝 놀라 제프와 키리모아를 돌아봤다.

"저들을 알아?"

그 질문에 제프는 미소를 지을 뿐이었다. 그가 대답할 기미가 없자 수요는 곧 그의 어깨를 두드리며 위로했다.

"어쩐지 우승은 힘들겠어. 저 둘이 결승에서 붙을 테니까. 어쨌든 최선을 다해봐."

그의 위로 반 격려 반 섞인 말에 제프는 여유있게 웃었다.

"아직 포기하진 않았는데? 게다가 저들이 진정 페나인 제일의 궁사라곤 할 수 없어."

"뭐?"

그때 시합 운영을 담당하는 기사가 앞으로 나와 참가자를 모으기 시작했다. 그의 신호를 기다렸던 시합장의 숱한 궁사들이 앞으로 나왔다. 그들과 섞여 앞으로 나가며 제프는 대답했다.

"페나인 제일의 궁사들은 카네비스 산의 위대한 엘프 족이야."

뜻밖의 말을 던지고 제프는 앞으로 나가 버렸다.

"엘프라니?"

"들은 적 있어."

수요가 기억을 떠올리며 고개를 끄덕였다.

"원래 엘프들은 바람의 정령을 부릴 수 있기 때문에 화살이 멀리 날아가거든. 한데 위대한 엘프 족은 정령을 소환하지 않고도 화살을 잘 쏜다는 얘기를 언젠가 들었던 것 같아."

"아는 것도 많아, 수요는."

알은 키리모아를 돌아봤다.

"한데, 그 위대한 엘프 족과 제프가 무슨 상관이라도 있는 거야?"

키리모아는 묵직하게 고개를 끄덕였다.

"일 년에 두 번, 칸트 숲에서 궁술 시합이 벌어진다. 위대한 엘프 족과 유쾌한 사람들 간에."

짤막한 대답이었지만 세 사람은 충분히 놀랐다.

"누가, 누가 이겼지?"

"위대한 엘프 족이 우리보다 훨씬 더 잘 쏜다. 그러나 우승은 언제나 대장과……."

키리모아는 슬쩍 대회장을 바라봤다.

"제프!"

세 사람은 동시에 소리쳤다. 키리모아는 엷은 미소를 지으며 고개를 끄덕였다.

대회에 참가한 인원은 백여 명이 넘었다. 사람이 많은 탓에 예선을 거치게 되었는데 예선전은 특별한 방식으로 이루어졌다.

백여 미터 밖에 밀짚으로 만든 커다란 벽을 세운 후에 궁사들은 그곳으로 다섯 대의 화살을 쏠 수 있었다. 거리에 미치지 못하면 실격, 다섯 대 중에 세 대의 화살이 밀짚에 꽂히거나 넘겨야만 본선에 진출하는 것이었다. 우선 목표물을 맞추는 능력보다는 장거리를 쏠 수 있는지 없는지가 관건이었다. 활은 자신의 것을 사용해도 상관없지만 화살은 대회장에서 주는 번호표가 달린 것을 사용해야 했다. 나중에 밀짚을 풀어 화살을 확인해야 했기 때문이다.

정확하게 목표를 맞출 필요는 없었지만 거리가 먼 탓에 대부분의 보통 궁사들은 떨어지게 되어 있었다. 최소한 나이트 이상의 힘과 체력이 있어야 가능한 거리였다.

차례를 기다리며 화살을 쏘아대는 궁사들은 곧 실격이 되어 분통을 터뜨리거나 낙심하여 물러서는 경우가 많았다. 그중에는 라미드 경이나 렌베토 경처럼 여유만만하게 합격하거나 겨우 세 발이 들어가 합격하는 사람들도 간간이 섞여 있었다.

제프는 특히 라미드와 렌베토 차례를 눈여겨봤다. 라미드는 콘버드 출신의 다른 궁사들과 함께 쐈는데 다섯 발 모두 밀짚을 넘겨 신관들의 엄청난 환호를 받았다. 반대로 렌베토는 다섯 발 모두 밀짚에 떨어뜨려 사거리는 라미드가 이긴 셈이었다.

아직 차례를 기다리는 제프 뒤에서 라미드는 여봐란 듯이 소리쳤다.

"렌베토 경. 그렇게 짧아서야 적을 죽일 수 있겠소?"

그러나 렌베토는 피식 웃을 뿐 아무 대꾸도 없었다.

제프는 지루해서 힘든 참에 잘됐다 싶어 이야기에 끼어들었다.

"하지만 렌베토 경은 다섯 발 모두 한군데에 쐈으니 정확성에선 이긴 셈이지요."

"뭐라고?"

라미드가 발끈하며 제프를 노려봤다. 제프는 전혀 개의치 않는지 다시 소리쳤다.

"나중에 화살이 꽂힌 곳을 확인해 보시지요. 일정한 간격으로 밀짚에 꽂혀 있을 겁니다."

라미드는 불쾌했는지 위아래로 제프를 훑어보더니 휙 하고 가버렸다. 가만히 있던 렌베토가 제프의 어깨를 두드리며 입을 열었다.

"자네 눈이 좋군. 궁사라면 당연히 눈이 좋아야지. 한데, 라미드 경에게 그렇게 무례하게 굴어서 좋을 건 없네."

렌베토는 얼굴을 바싹대고 말했다.

"여긴 콘버드라는 것을 잊지 말게."

"명심합지요."

대답과 달리 여전히 긴장을 하지 않는 제프였다. 렌베토는 웃으며 자리를 떴다.

제프의 차례에 그는 연달아 활시위를 당겨 화살을 쏘았다. 마침 라미드와 렌베토가 그를 눈여겨보고 있었는데 두 사람은 동시에 깜짝 놀랐다. 연달아 쏜 것치고는 다섯 발 모두 밀짚 가운데에 꽂힌 것이다.

'호오, 재미있는 친구로군.'

렌베토가 그렇게 중얼댄 것에 반해 라미드는 부하에게 급히 밀짚을 조사해 보라고 일렀다.

시합이 끝나고 밀짚을 조사한 후에 본선에 진출하는 궁사가 가려지기 시작했다. 라미드를 포함한 콘버드의 궁사 두 명과 윈저의 렌베토, 그리고 스고우에서 참가한 무명의 제프를 포함해 십여 명이 본선에 뽑혔다.

한편 라미드는 부하가 조사한 내용에 귀 기울이고 있는 중이었다. 정말 제프의 말대로 렌베토의 화살은 다섯 발 모두 한곳에 꽂혀 있었다는 보고였다. 씁쓸한 듯 입을 다시는 라미드에게 부하는 덧붙이는 것을 잊지 않았다.

"그리고 한곳에 화살이 꽂힌 자가 한 명 더 있었습니다."

"뭐?"

"참가 번호 94번이 쏜 화살이 한곳에 꽂혀 있었습니다."

"참가 번호 94번? 그게 누구지?"

라미드의 반문에 누구도 대답하지 않았다. 사실은 아무도 모르고 있었던 것이다. 대개의 본선 진출자는 서로 안면이 있었지만 제프는 한 번도 대회에 참가한 적이 없었으니 아는 사람이 없었던 탓이다.

궁사 중에 한 명이 조심스럽게 입을 열었다.

"아까 경에게 렌베토 경의 화살은 한곳에 꽂혔다고 얘기한 청년이 아닌가 싶습니다. 초록색 웃옷에 가죽 갑옷을 입고 있던 사내 말입니다."

여전히 라미드가 기억을 못하는 것 같자 궁사는 재차 설명을 했다.

"속사로 다섯 발을 연달아 쏘던 녀석 말입니다."

"아!"

무릎을 탁 치며 라미드가 알겠다는 신호를 보냈다. 그리고 그는 심각하게 중얼거렸다.

"이거 만만치 않은 녀석이겠는걸."

본선은 곧바로 시작되었다. 20미터 밖에 과녁을 세운 후에 열 명의 본선 진출자가 순서대로 열 개의 화살을 쏘아 점수가 가장 낮은 자부터 잘라내는 방식이었다. 번호 순서대로 늘어섰는데 맨 왼쪽에 순서가 가장 빠른 라미드가 중앙에 렌베토가 있었다. 그리고 제프는 순서가 가장 뒤로 맨 오른쪽에 위치했다.

한 번의 실수로도 떨어질 수 있기에 궁사들은 모두 긴장해 있었다. 이런 경우엔 처음에 쏘는 자가 유리한 법이었다. 긴장된 시간이 적을수록 실수도 적은 법이니까. 그런 이유로 안방이라는 이점을 가진 콘버드의 세 궁사가 먼저 화살을 쏠 수 있었다.

라미드를 포함한 콘버드의 궁사들은 손쉽게 열 발을 정중앙에 꽂았다. 차례차례 쏘았지만 다들 크게 실수하는 사람은 없었다. 여덟 번째 궁사가 한 발을 9점에 쏘았다는 것 이외엔 모두 10점을 관통했다. 아직은 거리가 가까운 탓에 두드러지게 실력이 뛰어난 궁사는 보이지 않았다.

40미터로 거리가 늘어났을 때는 여덟 명으로 인원이 줄었다. 60미터가 되었을 때 콘버드의 궁사 한 명을 포함해 네 명이 무더기로 떨어졌다. 70미터에 도전할 수 있는 자는 제프를 포함하여 네 명뿐이었다. 물론 그중엔 라미드와 렌베토도 남아 있었다.

잠시 화살을 고르는 동안 렌베토가 제프에게 말을 걸었다.

"생각보다 실력이 있는 친구로군. 여기까지 남은 것으로 미루어 크루세이더는 될 듯한데?"

"뭐, 그러니까 남아 있는 거겠죠?"

"후후, 젊은 친구에게 질 수는 없는 노릇인지라, 이쪽도 체면이란 게 있어서 말야."

"렌베토 경과 겨룰 수 있었다는 것만으로도 충분히 만족합니다."

화살 통에 열 발의 화살을 챙긴 후 그는 뚜껑을 덮었다. 그와 함께 렌베토도 준비를 맞추고 발사 지점으로 자리를 옮겼다. 이미 준비를 마친 라미드는 부하와 함께 잡담을 나누다가 렌베토를 의식했는지 입을 다물고 그를 노려봤다. 이윽고 그는 신경질적으로 말했다.

"대체 이 대회에 참가한 이유가 뭡니까?"

"근래 들어 이번 대회만큼 큰 대회가 없기 때문입니다."

"단지 그 이유뿐입니까?"

"글쎄요. 이렇게 큰 대회에서 라미드 경이 우승한 후에 '페나인 제일의 궁사'라는 호칭이 따라붙는 것이 싫었던 건지도 모르지요."

"흥! 결국 그런 속셈이었군요? 그래, 페나인 제일의 궁사 자리를 내주는 게 못마땅했다 이거였군요. 하지만 쉽지는 않을 겁니다."

렌베토는 어깨를 으쓱하고는 발사 선에 나란히 서 있던 제프를 가리켰다.

"그러게 말입니다. 아무래도 이 젊은 친구가 저의 우승을 방해할 가장 위험한 상대인 것 같아서 말입니다."

"경! 그, 그런 모욕을! 저 따위는 안중에도 없다는 말입니까?"

라미드는 매우 불쾌했는지 얼굴 가득 붉게 타오르고 있었다. 라미드의 신경을 건드리는 말이 재미있었는지 제프는 큰 소리로 웃었다. 라미드는 그것조차 맘에 들지 않는지 무섭게 쏘아봤다.

심판관이 가운데 서자 궁사들은 곧 입을 다물고 그를 쳐다봤다. 그는 다음 시합에 대한 진행 방법에 대해 설명하기 시작했다.

마지막 결승은 또 새로운 방식이 적용되었다. 70미터 이상 거리를 늘이는 것은 정확성이 떨어지기 때문에 남은 네 사람은 각각 한 발씩 순서대로 화살을 쏘아 가장 높은 점수를 쏘는 자가 우승하는 방식이었다. 만약 최고 점수를 낸 자가 둘 이상일 때는 판가름 날 때까지 계속해서 쏘는 방식이었다. 얼핏 생각하기엔 순식간에 승부가 날 것 같지만, 지금처럼 실력이 엇비슷하다면 그것도 수월치는 않았다.

제일 처음 한 발을 쏜 사람은 라미드였다. 그는 9점을 쏘았다. 거리가 멀었기 때문에 그것도 굉장한 것이었다. 다음 궁사도 9점을 쏘았다. 일단 자신의 부하가 안정권에 접어들자 라미드는 자신만만하게 렌베토와 제프를 돌아봤다.

"어떻습니까? 이 정도면 진정 막강한 상대가 누구인지 아시겠지요?"

렌베토는 정신을 집중하여 쏘았다. 그 역시 9점을 맞추었다.

"글쎄요. 이제 겨우 한 발이라는 걸 알고 말씀하시는 것인지."

그는 뒤로 물러서며 대답을 했다. 그 다음으로 제프가 나서며 입을 열었다.

"이거 참, 모두들 쟁쟁한 실력이군요."

그는 말과 함께 활시위를 재었다가 재빨리 놓았다. 그의 화살도

9점을 꿰뚫었다. 그를 지켜보던 렌베토가 헛기침을 하며 주의를 주었다.

"시위를 재며 말을 하는 것은 집중에 방해가 되네."

"말씀 감사합니다, 렌베토 경."

제프는 대답과 함께 곧 바로 과녁을 겨냥하며 시위를 당겼다.

"하지만 전투 상황도 아닌데 유쾌하게 쏘는 것도 나쁘진 않은 것 같은데요?"

말과 함께 그의 화살이 과녁을 꿰뚫었다.

순간 사방에서 탄성이 터졌다. 그중엔 알과 레온의 고함도 섞여 있었다.

"10점이오!"

심판관이 확인하는 목소리가 장내를 울렸다. 70미터에서 처음으로 10점이 터진 것이다.

"굉장하군. 이거 이번에 10점을 맞추지 못하면 큰일이겠는걸. 축하하네."

두 번째부터 역순이었기에 제프의 뒤를 이어 렌베토가 나섰다. 그는 신중하게 겨냥을 하더니 시위를 놓았다. 화살이 꽂히는 것과 동시에 제프는 박수를 쳤다. 그의 화살도 10점을 뚫었다.

세 번째로 나선 콘버드의 궁사는 아깝게 9점을 쏘았다. 이로서 콘버드에서 남은 궁사는 라미드 하나였다. 그 역시 10점을 뚫고 살아 남았다.

"이제 세 사람만 남았군요."

제프의 말과 함께 렌베토는 고개를 끄덕였다. 반면에 라미드는 제프를 힐끔 쳐다보며 벌레 씹은 표정을 지었다. 그로선 렌베토 이외엔 적이 없으리라 생각했던 탓에 제프와 같은 의외의 복병이 당황스러웠다.

순식간에 여덟 발의 화살을 쏘았다. 그때까지 세 사람은 9점과 10점을 교대로 맞추며 페나인 제일의 궁사들답게 겨뤘다. 아홉 발째 흐르는 땀을 닦으며 라미드가 앞으로 나섰다. 그가 막 시위를 당겨 놓으려는 순간 땀방울이 눈에 들어가 따끔했다.

"윽."

시위를 놓는 것과 동시에 라미드는 아차 했다. 한순간의 실수였지만 다행히 그의 화살은 8점에 꽂혔다. 그러나 라미드는 졌다는 것을 확신했다. 단 1점에 불과하지만 자신 옆에는 몇 년째 다투며 서로의 실력을 뻔히 알고 있는 렌베토가 있었다. 그가 이렇게 좋은 기회를 놓칠 리가 없었다.

콘버드의 신관들이 있던 곳에서 웅성대는 소리가 났다. 그들도 그런 사실을 알고 있었다. 이번 렌베토의 화살이 어디에 꽂히느냐에 따라 라미드의 우승은, 아니, 콘버드의 우승은 물 건너가는 셈이었다.

슉!

그의 화살이 꽂히고 사방에서 탄성과 한숨이 터져 나왔다. 렌베토의 화살은 9점에 꽂혔다. 렌베토는 빙긋 웃으며 라미드를 돌아봤다.

"이거 어쩐지 경의 우승을 막은 꼴 같아 미안하군요."

"하지만 그럴 목적으로 이번 대회에 참가하셨겠죠. 목적을 이뤄 기쁘시겠습니다."

라미드는 들고 있던 장궁을 두 손으로 와지끈 부숴 버렸다. 그는 이마에 굵은 핏줄을 솟구친 채 분을 참아내느라 이를 앙다물었다. 그런 그를 태연하게 바라보며 렌베토는 웃고 있었다. 그의 말대로 자신이 대회에 참가한 목적은 달성한 것이기에 내심 흡족해 있었던 것이다. 안타까운 것은 이곳이 콘버드이기에 소리내어 기쁨을 표현할 수 없다는 것이었다.

그들 다음으로 제프가 앞으로 나섰다.

"아, 이렇게 하여 우승이 갈리는군요."

제프의 말에 두 사람은 그를 쳐다봤다.

"어쩐지 이번엔 10점을 쏠 것 같거든요."

제프는 하늘을 잠시 쳐다본 후에 천천히 활시위를 당겼다. 그의 태도가 지금까지와는 달리 신중해 보였기에 렌베토는 긴장했다. 제프는 당겼던 활시위를 재빨리 놓으며 미소를 지었다.

그의 화살은 허공을 가르며 쐐액 하는 소리와 함께 과녁에 꽂혔다. 얼마나 힘차게 당겼다가 놓았는지 과녁에 꽂힌 화살은 꼬리만 살짝 보이고 있었다. 잠시 장내가 웅성거리기 시작했다.

심판관이 달려가 화살을 확인하는 동안 렌베토는 신음하듯 중얼댔다.

"정중앙. 70미터나 떨어진 거리인데 정중앙이라니. 이거 나도 졌구면."

그의 말을 확인시키듯 심판관이 떨리는 목소리로 '정중앙' 하고 외쳤다. 뒤이어 '10점'이라고 외치는 소리는 환호성에 묻혀 들리지 않았다. 이로써 궁술 대회의 우승자는 제프로 결정난 것이다.

그가 돌아서자 렌베토는 그에게 악수를 내밀며 웃었다.

"자네, 굉장한 실력이군."

그는 목소리를 죽여 물었다.

"사실은 지금 보인 실력이 진짜겠지?"

렌베토는 다시 그의 어깨를 두드렸다.

"지금 모시고 있는 영주가 없다면 내 밑으로 오지 않겠나? 자네의 능력을 높이 사겠네. 이래 봬도 윈저에 작은 영지도 있고, 수도에서도 근위대에 소속되어 있다네. 생각 있으면 말하게나."

"말씀은 감사합니다, 렌베토 경."

제프의 미소를 보고 렌베토는 거절의 뜻임을 짐작하고 아깝다고 생각했다. 그의 재주라면 충분히 근위대에서도 통할 수 있으리라 여겼던 것이다. 무슨 사정이 있어 자신의 제안을 거절하는 것이라 짐작하고 그는 고개를 끄덕이며 더 말하진 않았다.

"혹시 윈저나 수도에 올 일이 있으면 한 번 들르게나. 언제든 환영하겠네."

말을 마친 렌베토는 자신의 자리로 돌아갔다.

시상식이 끝나고 금화 10디나르와 고급 포도주, 그리고 잘 익힌 소의 넓적다리를 받은 제프는 당당하게 일행에게 돌아갔다.

"오옷! 고기닷!"

며칠째 빵 쪼가리만 씹어온 일행은 제프보다 제프가 들고 온 상품을 더 반겼다. 돌아가는 마차 위에서 순식간에 고기와 술을 먹어치운 일행은 배가 부르자 그때까지 구석에 앉아 침울한 표정을 짓고 있는 제프를 쳐다봤다.

"왜 그래?"

"우승이야! 우승이라고! 페나인 제일의 궁사란 칭호를 받은 셈이란 말야. 한데 그런 나보다 고기를 더 반길 수 있는 거야?"

그제야 그가 왜 침울해하는지 깨달은 일행은 잠자코 서로를 쳐다봤다. 그들이 잠자코 있자 제프는 더욱 큰 소리로 떠들었다.

"게다가! 이건 내가 받은 상품이란 말야! 어떻게, 어떻게 나보고 먹어보란 소리도 없이 몽땅 먹어치울 수 있는 거야!"

역시, 명성보다 당장의 배고픔에 가슴 아파하는 제.프. 였다.

검술 시합은 이틀에 걸쳐 예선과 본선을 실시했다. 일단 마스터이며 대회의 주최자인 맥클리스는 이미 본선에 이름을 올린 상태이기에 예선엔 모습을 비치지 않았다. 구경 온 대부분의 사람들은 맥클리스의 활약을 보고자 온 것이기에 대회는 철저하게 맥클리스를 중심으로 진행되었다. 예선을 통해 인원을 줄이는 것도 본 대회에 맥클리스를 부각시키기 위해 줄이는 것뿐이었다. 물론, 거기엔 실력이 쟁쟁한 사람들을 뽑아 맥클리스의 실전 상대로 이용해 먹고자 하는 것도 한몫했다.

이유야 어떻든 검술 대회엔 레온과 키리모아가 참가한 상태였고 다행히 두 사람은 서로 마주치지 않게 대전표가 나왔다. 그리고 각자의 실력을 발휘하며 순식간에 본선 진출을 결정해 버리고 말았다.

예선에서 가장 주목받은 검사는 단연코 키리모아였다. 그의 거검은 보는 것만으로도 사람을 질리게 만들었다. 그런 묵직하고 거대한 검을 자유자재로 휘두르는 키리모아에게 웬만한 검사는 물론, 같은 크루세이더조차 혀를 내두르며 탄성을 발하곤 했다.

그리고 그런 얘기는 순식간에 맥클리스의 귀에 들어갔다. 그는 키리모아가 며칠 전 만났던 건방진 일행 중의 한 명이라는 것과 이미 그중에 한 명이 궁술 대회에서 우승했다는 사실을 알고 있었다. 그는 조심스럽게 심복을 불러 본선 대진표를 조작하라고 지시했다.

그는 키리모아를, 아니, 그들 일행을 결코 용서할 수 없었다. 무명의 제프가 궁술 대회를 망친 것도 모자라 이번엔 키리모아가 주목을 받는 것이 못마땅했다. 그는 내일 첫 시합에서 그에게 패배를 안겨주겠다고, 굳게 다짐하고 있었다.

그의 생각이야 어떻든 날은 저물었고 아침은 밝았다. 그리고 그날은 콘버드, 나아가 페나인에 신선한 충격을 안겨주는 엄청난 사건이 기다리고 있었다.

24 겨승 진출자는 누구?

　대진표(對陣表)를 받아본 후에 레온들은 당황하여 서로 상의하기 시작했다.

　"맥클리스 경과 키리모아의 시합이 제일 먼저라니… 이건 뭔가 꿍꿍이가 있을 거야."

　"우연이 아닐까? 추첨 방식이라고 했잖아. 우연히 추첨이 그렇게 됐을 수도……."

　레온의 말에 답답하다는 듯 수요가 분통을 터뜨렸다.

　"예선을 거쳐 뽑힌 사람은 31명이야. 맥클리스까지 32명이나 되는데 그 많은 사람들 중에 맥클리스의 첫 번째 상대가 키리모아라는 것은 우연이라고 설명하기엔 부족하다고."

　그는 단정하듯 말했다.

　"맥클리스가 중간에 수를 썼을 거야."

"왜?"

"분명 우리를 고깝게 본 거겠지. 전에 마차를 막고 길을 비켜주지 않았을 때부터 우릴 기억했을 거야."

알은 제프를 쳐다보며 말을 이었다.

"게다가 제프가 궁술 대회에서 우승한 것도 기분 나빴을 테고. 그 앙갚음을 하겠다는 거겠지."

"그래도 이렇게까지 할까? 어차피 싸워 나가다 보면 언젠가 만날 수 있을 텐데?"

"그건 아니지. 어제 시합을 살펴봐서 알겠지만 대충 크루세이더 급만 이십여 명은 되는 것 같았어. 렌베토 경도 참가한 것 같고. 키리모아가 승승장구하며 올라간다는 보장은 없어."

제프의 말이었다. 수요도 고개를 끄덕였다.

"그래서 우선 깔아뭉개고 보겠다는 심보였군."

"응? 그럼 난? 난 결승이나 가야 그를 만날 수 있는데?"

레온이 손가락으로 대진표를 가리켰다. 그의 말대로 레온과 맥클리스는 정반대에 위치해 있었다.

"음, 혹시 레온의 실력을 알아채고……?"

"하하하, 그건 아닐 거야, 제프. 어쩌면……."

알은 웃음을 참지 못하며 레온의 어깨를 툭툭 쳤다.

"처음부터 넌 안중에도 없었는지도 몰라."

무시당했다는 말에 기분 나빠진 레온은 입술을 내밀며 뾰로통해졌다.

"그럴 만해. 어제만 해도 레온은 상대를 손쉽게 이겼잖아. 화려하지도 않았으니 다들 운이 좋아서 이겼을 거라고 생각하는 거야."

수요는 주변을 가리키며 속삭였다.

"잘 봐. 이 중에 덩치가 너보다 작은 사람이 있냐? 너보다 가벼운 무기를 쓰는 사람이 있어? 솔직히 말하면 넌 이들 중에 가장 약한 상대로 지목되어 있을 거야. 본선에 올라온 것도 운이 좋아서였을 거라고 생각할걸."

"치, 좋아, 좋아. 그래, 난 그 정도라고. 그러니까 적당히 하다가 내려올 거야."

심통을 부리며 레온은 투덜댔다.

그런 그의 모습에 일행은 모두 폭소를 자아냈다. 우선은 키리모아의 상대가 너무 막강해 걱정이 되었지만 그들은 곧 웃음을 지으며 경기장으로 향했다.

대진표를 살피는 사람들은 여기저기서 모여 수군대고 있었다. 마스터인 맥클리스의 우승은 당연하다는 의견이었지만 결승 상대가 과연 누가 될 것인지에 대해 의견이 분분한 까닭이었다. 우선 맥클리스와 같은 조에 있는 자들은 모두 제외되었다. 반대 편 조에 소속된 자들 중에 크루세이더 급은 대여섯 되었지만 모두 쟁쟁한 실력이었기에 딱 누구라고 짚어낼 수는 없었다. 그래도 그중 가장 많은 표를 받은 이는 역시나 렌베토 백작이었다.

시합이 시작되고 드디어 맥클리스가 모습을 드러냈다. 잘생긴 외모에 더해 한껏 멋을 부려 일시에 여자들의 시선을 한 몸에 사로잡았다. 연미복을 연상시키는 레이스가 달린 소매와 번쩍이는 조끼는 전투와는 너무나도 무관해 보였다. 허리 끝에 느슨하게 매어져 있는 롱 소드의 검자루와 검집은 온갖 보석으로 치장되어 있어 울긋불긋하게 번쩍이고 있었다. 그는 우아하며 거만하게, 날렵하면서 느끼한 표정을 지어대며 시합장 한편에 서서 뭇 관중을 향해 가볍게 인사했다. 그에게 있어 이번 시합은 여흥거리에 불과하다는 것을 나타내고 있었다.

모든 사람이 환호와 함께 맥클리스를 찬양하는 소리가 울렸다. 그리고 이 결투의 상대를 불쌍한 눈빛으로 쳐다봤다.

그 반대 편에 서 있는 자는 몸에 맞는 갑옷이 없어 짐승의 가죽을 연이어 만든 가죽 옷을 걸친 거구의 사내였다. 그의 등 뒤엔 그의 키와 비슷한 검이 검집에도 들어가지 못한 채 매어져 있었고 소매가 없는 웃옷에 바지 역시 반바지보다는 길고 보통 바지보다는 짧아 어딘가 모르게 멍청해 보이는 모습이었다. 아무 생각 없는 듯한 무표정한 얼굴로 그는 천천히 시합장 한 끝에 서서 시작 신호를 기다리고 있었다.

"호오, 저 친구도 자네 일행이었던 것으로 기억하는데?"

어느새 다가왔는지 렌베토가 제프에게 말을 걸었다.

"아, 렌베토 경!"

제프가 깜짝 놀라 그에게 자리를 양보했다. 그는 손을 저어 사양하며 시합장을 쳐다봤다.

"어제 보니 꽤 좋은 실력을 가졌던데, 오늘은 상대가 좋지 않군."

"관심 가져 주서서 감사합니다."

제프는 어색하게 웃으며 시합장을 바라봤다.

"이기긴 힘들겠지?"

한편에선 알이 레온을 향해 물었다. 레온은 고개를 갸웃거리며 목소리를 죽여 입을 열었다.

"글쎄다. 일단 로딘과 대련을 해봤을 테니까 마스터가 처음은 아닐 거라는 점이 어쩌면 크게 도움이 될지도 몰라."

"그렇진 않아. 맥클리스 역시 마스터와 대련을 한 경험은 없을지 몰라도 최소한 콘버드에 크루세이더는 널려 있으니까. 그에겐 크루세이더와 대련한 경험이 풍부할 테니 키리모아가 불리한 건 마찬가지야."

"수요 말이 맞는 것도 같고……."

레온이 말끝을 흐리는 순간 시합이 시작되는 고둥 소리가 힘차게 울렸다. 맥클리스는 여유있게 검을 뽑아 들고 중앙으로 걸어갔다. 그의 입가에 미소마저 어린것이 분명 상대를 얕보고 있음이 틀림없었다. 반면에 키리모아는 등 뒤에 있는 거검의 자루를 움켜쥐고 뽑았다.

위잉!

하는 소리가 장내에 울리며 한 손으로 검을 휘둘러 곧장 맥클리스를 겨눴다. 한참 거리가 있음에도 거검의 길이가 2미터는 되는 탓에 검끝은 마치 맥클리스의 목덜미에 닿을 듯 가까웠다.

"오오!"

사방에서 키리모아의 기세에 감탄과 환호가 이어졌다.

그러나 맥클리스는 여전히 여유를 잃지 않고 살짝 검끝을 피해 옆으로 비켜섰다. 그 순간의 허점을 놓치지 않겠다는 듯 키리모아는 양손으로 검을 움켜잡으며 사정없이 상대를 향해 휘둘렀다.

곧 그 묵직하고 거대한 거검은 허공을 가르며 검은 형체만 남기고 사방에 흩뿌려졌다.

콘버드의 신관들을 포함한 응원단들이 기겁을 하며 숨을 멈추는 사이 맥클리스는 찔러 들어오거나 사방에서 가해지는 타격을 피해 몸을 놀렸다. 맥클리스 자신이 마스터라고 해도 검기가 주입되지 않은 검을 상대의 거검과 맞부딪친다면 산산이 깨질 것이란 것쯤은 알고 있었다. 그만큼 키리모아의 힘과 거검의 육중함은 무시할 수 없었다.

그렇다 해도 이 폭풍 같은 검법은 곧 끝나리라고 맥클리스는 예상했다. 아무리 천하장사에 크루세이더라고 해도 저런 검을 계속해서 휘두를 수 있다는 건 불가능하리라 짐작한 것이다. 그는 흉흉한 기세이긴 해도 자신의 눈에 빤히 보이는 키리모아의 검을 아슬아슬하게 피하기만 했다. 그러다 보면 상대가 지칠 것이고 그 순간에 그의 몸에 깊은 상처를 남기리라 결심한 후였다.

"굉장하군. 역시 크루세이더였나?"

지켜보던 렌베토가 감탄하며 말했다.

"저 정도의 실력을 지닌 자가 무명이었다니, 놀랍군."

"빠르고 정확하긴 하지만, 전부 파악되고 있어."

걱정스럽게 지켜보던 레온도 한마디 했다. 그러나 정작 가장 많이 걱정해야 할 제프는 싱긋 웃을 뿐이었다.

"아마 맥클리스 경은 키리모아가 진이 빠지길 기대하고 있는 모양인데 어림없을 겁니다. 저리 보여도 저 검을 한 시간 넘게 휘두를 수 있는 녀석입니다."

"한 시간이나?"

그 말에 렌베토가 크게 놀랐다. 저런 거검을! 하며 뒤이어 탄성을 발하는 동안 레온은 여전히 고개를 저었다.

"그때까지 기다릴 수 있는 실력을 가진 것 같은데요, 맥클리스 경은. 게다가 기다리지 않아도 충분히 결판을 지을 수 있을 겁니다. 아!"

그의 말이 끝나기 무섭게 맥클리스가 검을 뻗어 키리모아의 거검을 맞부딪쳤다. 사납게 휘둘러대는 키리모아에게 여유를 두고 제압하려

했던 맥클리스는 슬쩍 쳐다본 관중들의 반응에 기분을 잡쳐 원래의 계획을 대폭 수정하기로 결심한 것이다.

처음에 불쌍한 듯 키리모아를 바라보던 관중들은 그가 보기만 해도 질려 버릴 것 같은 거검을 너무나도 자연스럽게 휘두르는 모습에 깊이 매료되었던 것이다. 어느새 그를 응원하는 자들도 있었다. 그것이 너.무.나.도 불쾌한 맥클리스였다.

그는 검에 마나를 주입하여 곧장 그의 검을 정면으로 맞받아 쳤다. 그리고 그 한순간이 이 결투의 끝이었다. 그 두껍고 긴 거검은 맥클리스가 단 한 번 휘두른 검에 절반으로 동강이 나버렸다.

"아?!"

제프가 깜짝 놀라 소리를 질렀다. 로딘조차 쉽게 건드리지 않는 키리모아의 검을 한순간에 절단냈다는 게 믿어지지 않았던 것이다. 그 순간 앞에 앉아 있던 레온의 몸이 앞을 향해 번개처럼 튀어나갔다.

"그만 해요!"

그가 막 소리치는 순간 키리모아의 비명이 처절하게 장내를 울렸다. 그리고 어느새 그의 왼쪽 어깨에서 피가 분수처럼 뿜어져 나왔다. 어느 누구도 맥클리스의 빠른 공격을 알아채지 못했다. 그걸 제대로 본 이는 장내에서 레온이 유일했다. 그는 맥클리스가 거검을 절단내는 것과 동시에 검기를 뻗어 키리모아의 어깨를 꿰뚫는 것까지도 알아챘다. 게다가 더욱 잔학하게도 맥클리스는 어깨뼈와 근육 밑에 흐르는 핏줄마저 끊어 다시는 팔을 못 쓰게 만들려 했다.

"아!"

사방에서 비명이 새 나오는 순간 맥클리스는 재차 검을 들어 키리모아의 오른쪽 어깨를 노리고 있었다.

"다시는 검을 들 생각을 못하게 해주겠다."

그의 외침과 함께 그는 검을 내려쳤다. 아니, 내려치려고 했다. 다만 어느새 장내에 올라온 레온이 손을 뻗어 그의 손을 막았던 탓에 내려치지 못했던 것이다.

"뭐냐!"

고함을 치는 것과 동시에 맥클리스는 자신의 몸이 붕 떠오르는 것을 느꼈다. 마치 엄청난 벽에 부딪친 것 같은 감각이 몸을 감싸더니 어느새 두 발이 허공에 떠올라 있었다. 그는 곧 몸을 추슬러 착지를 했지만 그 힘은 금세 사라지지 않고 몇 번이나 그를 뒷걸음질치게 만들었다.

생소한 감각에 당황하며 맥클리스는 자신을 밀친 자를 바라봤다. 이제 갓 스물이나 되었을까, 긴 금발을 휘날리며 키리모아의 앞을 막아선 자는 놀랍게도 소년이었다.

그의 물빛 눈동자는 어느새 진한 파란색으로 물들어 맥클리스를 바라보고 있었다.

"어서 키리모아를 구해야 해."

뒤늦게 사태를 깨달은 수요가 앞으로 나섰다. 그의 고함에 정신을 차린 제프와 렌베토 경이 서둘러 시합장으로 뛰어 올라갔다. 알과 수요도 뒤이어 그들을 따랐다. 쓰러진 키리모아의 곁에서 지혈을 하며 제프와 렌베토는 그를 업고 밑으로 내려왔다. 뒤늦게 달려간 수요도 중간에서 만나 그들을 도와 키리모아의 다리를 붙들었다. 워낙에 거구인지라 크루세이더 급의 검사 두 명이 달라붙어도 옮기는 것이 수월치 않았다.

알은 서둘러 레온의 앞을 막아서며 그를 잡아끌었다.

"죽이려고 했어. 키리모아를! 용서할 수 없어."

"알아, 하지만 지금은 네 차례가 아니야. 참아!"

알의 재촉에 겨우 참으며 레온은 그를 따라 밑으로 내려갔다.

급작스러운 사태에 다소 술렁대긴 했지만 곧 이어 심판관이 맥클리스의 승리를 외치자 곧 환호성이 울렸다. 기묘하고 색다른 감각에 당황하긴 했지만 맥클리스는 마스터의 여유를 보이며 환호에 답을 보냈다.

그 와중에 시합장 한쪽에 모여 앉은 일행은 심각한 표정을 지었다. 어느새 렌베토의 일행 중에 속해 있던 마법사가 달려와 그에게 치유 주문을 걸고 있었다.

"어떤가? 상태가 심각한가?"

자신의 일도 아닌데 렌베토는 조바심을 내며 마법사를 다그치고 있었다. 한참 치유 주문을 외운 마법사는 흐르는 땀을 닦아내며 입을 열었다.

"다행히 건장한 사람이라 생명에 지장은 없을 것 같습니다."

"그런 소리를 듣자는 게 아냐!"

렌베토는 마법사의 멱살을 움켜잡으며 고함쳤다.

"그가 팔을 쓸 수 있겠나? 검을 잡을 수 있겠냔 말일세!"

"캑캑!!"

마법사는 렌베토가 억세게 틀어잡은 탓에 가는 목소리로 겨우 대답을 했다.

"아무 문제 없습니다. 다만 한 달 정도 요양을 해야 할 겁니다."

"그런가! 다행일세."

만족스런 대답이었는지 렌베토는 그제야 그의 멱살을 풀었다. 마스터의 일격에 놀랐는지 아직 기절한 상태인 키리모아를 둘러싸고 모두들 침울한 표정을 짓고 있었다. 렌베토와 마법사의 얘기를 들었기에 크게 안도를 하긴 했지만 맥클리스의 앙갚음에 모두들 가슴속에 격한 분노가 쌓였다.

제일 먼저 충격에서 깨어난 제프가 애써 분위기를 바꾸려고 노력했다.

"그래도 이만해서 다행이야. 그렇죠, 렌베토 경?"

"그렇네. 맥클리스 경이 왜 이렇게까지 했는지는 모르겠네만, 그래도 마스터의 검을 받고도 이만하길 다행일세."

한참 묵묵히 앉아 있던 레온은 이번 시합을 위해 새로 장만한 철검을 조용히 허리에서 풀었다. 그리고 알에게 손을 내밀었다. 알의 등 뒤엔 검은 헝겊으로 싸맨 '카논의 세이버' 가 잠들어 있었다. 레온의 뜻을 알아챈 알은 그를 빤히 쳐다봤다.

"어쩔 생각이야?"

"용서할 수 없어."

"그래서?"

"진짜 무서운 게 어떤 건지 가르쳐 주겠어."

"죽이기라도 하겠다는 거야?"

날카롭게 추궁하는 알의 말투에 레온은 다소 찔끔했다. 그들의 대화를 듣고 있던 렌베토가 의아한 표정을 지었지만 잠자코 있었다.

"죽인다고 하진 않았어."

"그럼?"

"혼내주겠단 거야."

"그리고?"

"……."

알은 매고 있던 검을 풀어 레온의 손에 쥐어줬다.

"네가 화내는 이유는 잘 알고 있어. 하지만 화를 참지 못해 앞뒤를 분간하지 못하는 건 어리석은 짓이야. 홧김에 자신의 실력을 다 보이지 못하는 것도 물론 어리석은 일이고."

알은 레온의 손을, 정확히는 검을 쥐고 있는 그의 손을 놓지 않았다.

"맥클리스 경의 입장에서는 우리가 고까울 수밖에 없는 거야. 우린 우리대로 그에게 잘못했어. 그리고 그는 그것을 우리에게 보복한 것이고. 똑같이 보복하겠다는 감정만으로 움직인다면, 넌 어리석은 거야."

잠자코 듣고 있던 레온의 귀에 그의 이름을 호명하는 심판관의 소리가 들렸다. 그는 검을 감싸고 있는 가죽을 벗겼다. 여섯 개의 보석이 박힌 연녹색의 검자루와 검은 검집이 모습을 드러냈다. 그는 그것을 움켜쥐고 알을 쏘아봤다.

"충고 고마워. 어쨌든 하늘 위에 하늘이 있음을!"

그는 단호하게 말했다.

"보여주겠어."

그리고 벌떡 몸을 일으킨 레온은 서둘러 시합장을 향했다.

"으음, 뭔 소리인지 해석해 줄 수 있겠나?"

한참을 듣고 있던 렌베토가 곁에 있는 제프에게 신음하듯 물었다. 그러자 제프는 어깨를 으쓱할 뿐 대답하지 않았다. 아니, 정확하게 그로서도 레온의 능력을 짐작할 수 없었기에 대답할 수 없었다. 로딘에게, 아니, 로딘과 친했던 레온의 형에게 몇 번에 걸쳐 듣기는 했지만 직접적으로는 한 번도 보지 못했기에 뭐라고 설명할 수 없었던 것이다.

"저도 자세히는 몰라서……."

렌베토는 알을 바라봤다. 알은 그의 시선을 외면한 채 키리모아를 살폈다.

"붕대라도 감아둬야 하는 게 아닐까요?"

"그것도 좋겠지. 붕대가 어디 있더라?"

렌베토는 주변을 두리번거렸다. 그때 붕대를 쥔 손 하나가 불쑥 나타났다.

"여기 있어."

"에엑, 시합은?"

붕대를 건네며 말한 자가 레온이라는 사실에 렌베토는 기겁을 했다. 그러나 일행은 당연하다는 듯 그의 손에 있는 붕대를 받아 키리모아의 어깨를 감싸기 시작했다.

"이겼어요."

어느새 기분이 풀어졌는지 환하게 웃으며 레온은 대꾸했다.

그의 미소에 렌베토는 얼이 빠져 멍청히 그를 쳐다봤다. 예선은 그렇다 해도 본선부터는 막강한 실력자가 즐비할 터였다. 그런 그들과 시합하면서 얼마 시간을 끌지도 않은 채 이기고 왔다는 것에 렌베토는 어안이 벙벙했다.

키리모아를 편한 곳에 눕히기 위해 일행은 자리를 옮겼다. 렌베토는 아직 시합을 치르지 않았기에 남아야 했다. 그런 그에게 제프가 조심스럽게 입을 열었다.

"다음엔 레온의 시합을 눈여겨보십시오. 아마 이곳에서 가장 강한 자는 다른 누구도 아닌 레온일 테니까요."

"뭐?"

렌베토가 돌아보니 제프는 어느새 일행을 따라 인파 속에 묻힌 후였다. 다소 혼란스러운 표정으로 렌베토는 고개를 저었다. 맥클리스도 아닌, 레온이 가장 강한 자일 것이라니. 정말 뜬금없는 말이었다. 하지만, 하지만 제프는 허튼소리를 할 만한 자가 아닐 것이라고 렌베토는 짐작했다. 잘 웃고 농담도 좋아하는 사내임은 틀림없지만 분명 검에 있어선 나름대로 진지한 자였다. 그런 제프가 한 말이었다. 대체 어디까지 믿어야 할지 혼란스러운 렌베토였다.

16명이 남은 시합에서 렌베토는 레온 일행을 찾을 수 없었다. 자신도 막강한 상대를 맞아 싸운 덕에 다소의 경상을 입어 막사에 있는 동안 레온의 시합이 있었다. 치료를 하는 도중이었기에 제프의 충고에도 불구하고 그는 레온의 다음 시합을 볼 수 없었다. 레온은 시합이 끝나자 쏜살같이 어딘가 가버렸고 시합장 주변에 그들의 모습은 없었다.

렌베토가 그들을 다시 보게 된 것은 8명이 남은 준준결승에서였다. 제프의 말에 반신반의하면서도 아직까지 레온이 남아 있는 것을 확인할 수 있었다. 어느새 시합장 주변의 관중들도 가냘픈 체구와 달리 숱한 경쟁자들을 물리치고 올라온 레온에게 관심이 쏠리고 있었다.

이번 시합에서도 이긴다면 다음 시합, 네 명만이 남는 다음 시합에서는 틀림없이 렌베토와 붙을 것이 확실했다. 렌베토는 다소 긴장을 하며 레온의 시합을 관전했다.

그의 상대는 칼버딘에서 온 기사였다. 수도에 있지는 않았지만 칼버딘에서도 이름 높은 크루세이더임을 렌베토는 알아봤다. 그는 다소 걱정스러운 표정으로 레온을 바라봤다. 이번 상대는 분명 지금껏 레온이 만난 상대 중에 가장 강한 자임이 틀림없었다.

그의 곁에 있던 자들도 큰 소리로 말했다.

"이번엔 저 소년도 운이 다했군. 저분은 칼버딘의 기사야. 내가 알기론 크루세이더 급이라고 들었어."

"하지만 이전 시합에서도 스고우에서 온 크루세이더 기사를 물리쳤잖아? 어쩌면 저 소년도 크루세이더일지도 몰라."

그 말에 렌베토는 깜짝 놀라 대진표를 살폈다. 확실히 옆에서 말하는 자들의 말이 맞았다. 아니, 그뿐이 아니었다. 레온의 상대는 대개가 어딘가의 크루세이더 급의 기사들이었다. 그런 자들을 물리치고 올라온 것이다. 레온이란 소년은.

'대, 대체 뭐야. 스무 살 이전에 크루세이더? 이, 이게 있을 수 있는 말인가?'

렌베토는 두 눈을 크게 뜨며 레온을 살폈다.

상대인 칼버딘의 기사는 영지 내에서 최고라고 평할 수는 없었지만 분명 일류의 기사였다. 페나인 왕국이 동, 서, 남쪽의 방향이 바다와 접해 있는 데 반해 북쪽은 대륙과 연결되어 있었다. 카네비스 산을 중심으로 윈저와 정반대 방향에 위치한 대영지가 바로 칼버딘 령이었다. 대륙에서 이어지는 산맥의 영향과 카네비스 산에 속해 있는 칸트 숲, 그리고 스고우에서 뻗어 나온 험준한 산의 영향으로 칼버딘 령은 바다 건너 위치한 모스 섬의 리저드 령에 이어 두 번째로 작은 영지였다.

하지만 국경에 위치한 까닭에 군사적 요충지를 지키기 위해 칼버딘의 기사들은 제아무리 유능해도 수도로 불려가기보다 영지에 남았다. 그뿐만 아니라 돌격 기병단 4개 사단이 상주하고 있으며 유사시엔 영주인 칼버딘 후작의 재량에 따라 통솔될 수도 있었다. 즉, 기사의 수와 군사적 능력은 왕지인 위클리프에 이어 두 번째라 할 만한 곳이었다. 그런 곳에서 일류에 속하는 기사라면 쉽게 볼 수 있는 자는 아니란 얘기였다.

게다가 들리는 소문에 의하면 콘버드 가문과 칼버딘 가문 사이에 모종의 혼인 얘기가 진척 중이라고 했다. 사실의 신빙성을 높이기 위해서인지 칼버딘에서 축제에 참가한 기사들은 마스터가 제외됐으며 일류에 속하면서도 직위가 낮은 자들을 보내왔다. 즉, 어딘가 맥클리스의 체면을 살리기 위한 냄새가 짙게 배어 있었다.

'윈저 대공의 말씀이 옳은 건가!'

새삼 자신의 주군인 윈저 대공의 통찰력에 감탄하면서 렌베토는 어딘가 씁쓸함을 감출 수 없었다.

그런 그의 귀에 시합을 알리는 고둥 소리가 들렸다. 그가 고개를 들어 레온을 바라봤다. 그리고 그의 자세를 보고 기묘한 느낌에 사로잡혔다.

허리를 반쯤 숙이며 온몸을 반쯤 뒤틀었고 왼손은 검집을 오른손은 검 자루를 잡아 언제든지 뽑을 수 있는 자세. 희한한 자세였음에도 불구하고 렌베토의 눈에는 낯설지 않았다. 그리고 그 자세로 대련을 하던 사람이 그의 뇌리에 떠올랐다. 그는 바로 자신의 상관이었다.

'버나드 후작!! 버나드 후작과 같은 자세가 아닌가? 그렇다면, 그렇

다면 그는 레스터의 기사, 아니, 검사로구나!'

그의 나이를 감안해 아직 기사 수여식을 치르지 못했을 것이라 짐작한 렌베토는 곧 검사로 정정하긴 했지만 새삼 놀란 표정으로 그를 바라봤다. 그 자세는 분명 자신의 상관인 버나드 후작과 같았다. 물론 레스터의 검사들이 쓰는 검술이 아닌 레스터 가문만의 것임을 깨달았다면 금세 레온의 정체를 파악했겠지만 렌베토는 거기까지 생각이 미치진 못했다.

다만 레스터 영지의 기사들이 수는 적은 편이지만 막강한 실력을 지녔다는 것을 감안한다면, 분명 레온이 여기까지 올라온 것은 결코 운이라고 할 수만은 없었다.

그리고 그런 예상을 확인시키듯 시합은 시작과 동시에 결판이 나고 말았다. 검을 뽑아 든 칼버딘의 기사가 기합과 함께 달려드는 순간 레온은 원을 그리듯 왼쪽으로 몸을 움직이며 상대의 지척으로 파고들었다. 그리고 검을 뽑았다고 생각되는 순간 그의 은빛 검은 기사의 목덜미에 차갑게 붙어 있었다.

"져, 졌소."

칼버딘의 기사가 검을 떨구는 것과 동시에 시합은 싱겁게 끝났다. 이번에도 시합이 싱겁게 끝난 탓인지 몇몇의 관중들은 상대 기사를 야유하기도 했다. 하지만 렌베토는 레온의 움직임을 지켜보다가 등줄기가 서늘해짐을 느꼈다. 분명 그는 아주 빠른 움직임을 보인 것은 아니었다. 이제 막 크루세이더의 경지에 들어섰다면 충분히 보일 수 있는 몸놀림이었다. 하나 그의 쾌검은 쉽게 봐 넘길 수 있는 경지가 아니었다. 한순간의 허점을 파고들듯 빠르고, 정확하게, 그리고 무서울 정도로 매섭게 목덜미에 갖다 붙였다. '갖다 붙였다'라는 점이 중요했다. 맘만 먹는다면 얼마든지 베어버릴 수 있다는 얘기였으니까. 상대 기사도 그 사실을 절실하게 깨닫고 있었기에 순순히 패배를 인정한 것이리라.

다음 상대가 레온임을 확인한 렌베토는 천천히 시합장을 벗어났다.

시합장에 들어선 다음에야 상대가 누구인지 알았는지 레온은 다소 당황한 기색이었다. 반면에 렌베토는 연장자로서의 여유와 너그러움으로 레온에게 미소를 지으며 말했다.

"서로 봐주지 말고 실력을 선보이기로 하세. 괜찮겠지?"

"네, 경의 말씀대로."

레온은 천천히 자세를 잡았다.

그 모습을 지켜보며 렌베토는 착잡함과 기묘함을 동시에 느꼈다. 직접 상대해 보니 정말 그의 자세는 버나드와 한 치도 벗어나지 않았다. 상대의 공격을 기다리는 듯한, 그러나 수비적이지 않은 그 자세의 기묘함에 막상 검을 뽑아 든 렌베토는 적잖이 당황하지 않을 수 없었다.

만약 좀 전의 시합을 보지 않았다면 그 자세가 허술하다고 판단, 일 검에 무찌르기 위해서 자신도 달려들었을 것이 틀림없었다. 하나 렌베토는 신중한 기사였다. 성격처럼 검술도 기다릴 줄 아는 미덕을 갖춘 진정한 실력자였다. 그는 검을 겨눈 채 천천히 그와의 간격을 좁혀 나갔다. 절대 선수를 가하지 않으면서도 상대보다 먼저 거리를 좁혀 나가는, 이것이 렌베토가 생각해 낸 전법이었다. 문제는 거리가 좁아지면 분명 어떤 움직임을 보일 것이라 짐작했던 레온은 예상과는 달리 전혀 꼼짝도 하지 않고 있다는 점이었다. 오히려 거리가 좁아지면서 초조감이 든 것은 렌베토였다.

'시합을 포기한 것일까?'

그렇게 생각하던 렌베토는 일순 레온의 눈빛을 마주한 순간 그 생각을 고이 접어 날렸다. 아쉽게도 레온의 눈빛은 빛나고 있었다. 평소의 투명해 보이던 물빛에서 짙은 파란색을 사정없이 뿌려대며 렌베토를 쏘아보고 있었다. 그것이 전투 의지를 표현한 것이라고 렌베토는 느꼈다. 그리고 자신이 거리를 좁힌 것이 엄청난 잘못이라고 깨닫고 있었다. 어찌 된 게 거리가 좁혀지면 좁혀질수록 레온의 눈빛은 더욱 빛났으며 자신의 움직임이 커질 수 없는 것에 반해 상대는 언제라도 큰 움직임을 보일 수 있을 것 같았다.

'이, 이 내가 소년 검사에게 겁을 먹었단 말인가?'

애써 부인하려 했지만 렌베토의 등 뒤로 흐르는 식은땀은 새삼 그것을 깨닫게 하고 있었다. 그 생각을 떨쳐 버리기 위해 렌베토는 심호흡과 함께 검을 뻗었다.

순간 레온의 검이 뽑히는 것이 렌베토의 시선에 들어왔다. 은빛 검은 뽑아진 순간 자신의 시야에서 사라졌다. 아니, 자신이 뻗은 검의 그림자에 숨어버렸다. 그리고 다시 나타났을 때는 어느새 오른쪽에서 목덜미를 노리고 뻗어오고 있었다.

레온도 검과 함께 오른쪽에서 나타났다.

'놀랍다!'

렌베토는 당하는 순간까지 감탄을 했다. 옆에서 보기에도 등줄기를 서늘하게 했던 이 검법을 직접 당해보니 정신을 차릴 수가 없었다.

챙!

막았다. 그 일 검을 막았다는 것에 누구보다 놀란 것은 렌베토 자신이었다. 정확하게 자신의 목덜미를 찔러 들어오던 검을, 어느새 거둬 들인 검으로 막아낸 것이다. 일격을 가하기보다 상대의 반응을 살필 생각에 온 힘을 다하지 않은 덕에 검을 거두는 것이 용이했던 까닭이 다. 아니, 좀 전에 시합을 봐둔 것이 도움이 되었다. 하마터면 자신도 다른 크루세이더들처럼 한순간에 당할 뻔했던 순간이었다.

등 뒤로 식은땀이 흐르는 것을 느끼며 그는 검을 뻗어 상대를 밀쳤 다. 아니, 밀치려고 했다. 놀랍게도 레온은 꿋꿋이 자신의 힘을 버텨 내고 있었다.

"아, 역시 네 번 이상은 안 통하네."

그 와중에 혀를 빼물며 레온은 장난스레 웃었다.

"역시 렘베토 경은 보통 크루세이더와 다르군요. 그래도 제 일 검 을 막아낸 분은 경이 유일해요."

레온은 덧붙이는 말을 잊지 않았다.

"오늘 시합에서는 말이지요."

"대체, 헉, 헉. 어떤 수련을 한 거냐? 어째서 밀리지 않는 거지?"

재차 몇 번이고 레온을 밀치려던 렘베토는 숨을 헐떡였다. 반면에 레온은 평온한 얼굴이었다. 새삼 자신 앞에 있는 소년에게 겁을 먹은 렘베토였다.

"아, 거리를 두고 싶었던 거로군요?"

레온은 검을 자신 쪽으로 뉘이며 속삭이듯 대답했다.

"이렇게 검을 뉘이듯 하면 상대의 힘을 흘려 버릴 수 있어요. 이러 면 상대가 압도적으로 강한 힘이라도 쉽게 밀리지 않아요."

"하지만, 넌 그렇게 하지 않아도 밀리지 않았잖나?"

"그거야 당연하죠."

레온은 검을 뻗어 렌베토를 밀쳤다.

"제가 더 강하니까 굳이 그런 검법을 펼칠 필요가 없으니까요."

"크윽!"

렌베토의 몸이 일순 허공에 떴다가 바닥에 떨어졌다. 그는 얼른 몸을 일으키다가 얼어붙듯 멈췄다. 레온의 검이 자신의 목덜미 깊숙이 붙어 있었던 것이다.

"져, 졌다."

렌베토가 패배를 시인하자 구경하던 관중들 사이에서 엄청난 소란이 일기 시작했다. 분명 이번 검술 시합에 참가한 사람들 중에 맥클리스를 제외한다면 같은 크루세이더 중에 근위대에 소속되어 있는 렌베토의 실력이 최상이라고 할 수 있었다. 한데 그가 겨우 소년으로 보이는 검사와 검을 마주하고 힘에서 밀려 나가떨어졌으니 놀랄 만한 일이었다.

무명의 소년 검사가 칼버딘의 기사와 근위대의 기사를 물리쳤다!!

이 소문은 삽시간에 사방으로 퍼졌다. 특히 근위대의 기사가 보통의 기사가 아니라 중책을 담당한 자라는 점이 소문을 더욱 부채질했다. 적어도 근위대의 서열은 능력에 의해서 직위가 매겨지는 곳이었다. 근위대장인 버나드 후작을 페나인 최고의 기사라고 추앙하는 이유가 그러했다. 그렇기에 근위대의 중책을 맡고 있던 렌베토의 패배는 충격과 동시에 그를 이긴 소년 검사 레온에게 이목을 집중시키기에 충분했다.

그와 같이 관중들이 술렁대는 와중에 자신의 막사로 돌아온 렌베토는 착잡한 마음으로 앉아 있었다. 그때 제프가 찾아왔다.

"첫 시합에서 다치셨다고 하던데요?"

"그렇게 큰 상처도 아니었네. 그리고 이미 치유한 상태였고… 결코 상처 때문에 진 건 아닐세."

"이거 좀 미안해지는군요. 우승은 아니더라도 준우승은 예상하시고 왔을 텐데."

그의 위로에 렌베토는 씁쓸히 웃었다.

"그렇군. 페나인 제일의 궁사 자리는 자네에게 뺏기고 검사로서는 준우승도 못했으니 이거 말이 아닌걸. 아무래도 나도 한물 간 모양이군."

제프는 정말 미안했는지 어쩔 줄 몰라했다.

"하지만 상대가 더 강했으니 할 수 없었죠. 레온은 강한 사람입니다."

그의 단정 짓는 말에 렌베토는 빤히 그를 쳐다봤다. 단순히 추켜주는 정도가 아니라 신앙에 가까울 정도의 믿음이 담긴 말이었다. 그는 짐짓 떠보듯 물었다.

"그래도 맥클리스 경에겐 안 될걸? 그는 마스터이니 고전을 면치 못할 거야."

"글쎄요……."

제프는 의미심장한 미소를 지었다.

"어쩌면 맥클리스 경이 고전할지도 모르는 일이지요."

잠시 턱을 쓰다듬던 제프는 자리에서 일어서며 지나가는 투로 슬쩍 말했다.

"어쩌면 순식간에 승부가 날지도 모르지요. 지금까지처럼!"

그가 나가고 잠시 생각에 잠겨 있던 렌베토는 서둘러 일어섰다. 정말 그의 말대로 순식간에 승부가 나버린다면 막사 안에 있는 것이 아까울 터였다. 마스터인 맥클리스가 순식간에 질 것이란 생각은 들지 않았지만, 반대로 마스터인 맥클리스가 단번에 이길 수도 있었다.

그는 즉시 결승을 관전하기 위해 시합장으로 발길을 돌렸다.

25 레온, 콘버드에서 이름을 날리다

　여전히 화려한 복장과 화사한 미소를 뿌려대며 맥클리스가 시합장으로 올라왔다. 그의 등장에 사람들은 여지없이 환호를 보내왔고 기다렸다는 듯 손을 들어 답례하는 여유를 보이는 맥클리스였다. 그는 오늘 시합에서 네 명의 크루세이더를 물리치고 올라왔다. 첫 상대였던 키리모아에게는 사정을 두지 않아 중상을 입혔지만, 그 이외엔 신전의 가르침대로 관대함을 보였다. 그는 누구보다 빠르게 상대를 제압해 왔고 그 자신은 상처는커녕 옷에 티끌 하나 없는, 완전무결한 승리를 이루었다. 이제 결승을 완벽하게 치른 후에 콘버드의 마스터로서 전국에 이름을 날리는 것만이 남았다.

　그의 상대로 결승에 오른 레온이 위로 올라오자 모두들 놀란 시선으로 지켜봤다. 이제 스물이 됐을까 싶은 곱상한 외모의 가냘픈 모습에 다들 놀란 것이다. 하지만 지금껏 그의 시합을 본 사람들은 결코 그가 운이 좋아 올라온 것이 아님을 알고 있었다. 방금 전의 렌베토를 포함하여 그 역시 네 명의 크루세이더를 물리쳤고 그 빠르기와 실력이 결코 맥클리스의 것에 뒤지지 않았던 것이다.

맥클리스는 그를 쳐다보고 얼굴을 약간 찡그렸다. 그는 금발을 쓸어 올리며 레온을 향해 말했다.

"여기까지 올라오다니, 생각보다 실력이 있는 친구였군."

"당신의 친구라고 생각한 적은 없는데요."

반면에 레온은 차갑게 대꾸했다.

곧 맥클리스의 얼굴에서 미소가 사라졌다. 무서운 눈초리로 쏘아보며 맥클리스는 외쳤다.

"조심하는 게 좋을 거다. 진짜로 벨 테니까!"

"실력을 최대한 보이는 게 좋을 겁니다."

고둥 소리가 울리는 것과 동시에 맥클리스가 검을 뽑았다. 레온은 예의 그 자세로 돌아가 맥클리스를 노려봤다. 검을 늘어뜨리며 맥클리스는 웃었다.

"가진 재주는 그것뿐인가? 움츠린 채 수비만 하는 것이 네 재주냐고 물었다."

"이게 수비로만 보이나요?"

레온은 말과 함께 처음으로 먼저 움직였다.

"아아앗!"

관중들의 외침과 더불어 레온이 위로 뛰어올랐다. 높이 치켜든 양손에 카논의 세이버가 은빛의 투명함을 드러내고 있었다.

"크루세이더다!"

관중 중에 누군가가 외쳤다. 확실히 그의 도약은 엄청났다.

맥클리스가 시야에서 그를 놓쳤을 정도로 높이 솟구쳤다. 그림자를 쫓아 하늘을 쳐다봤을 때 레온의 손에서 검이 빛나는 것을 확인한 후에 그는 경악과 더불어 옆으로 비켜섰다.

콰쾅!

굉음과 함께 맥클리스가 서 있던 자리가 깊게 파였다. 파편이 사방으로 튀며 흙먼지가 자욱하게 끼었다. 지켜보던 관중들은 어떻게 된 일인지 알아차리지 못한 채 시합장을 쳐다봤다.

어느새 곁에 왔는지 렌베토는 알과 제프 곁에 서 있다가 신음을 했다.

"마스터!"

그를 돌아보는 제프의 표정도 굳어 있었다.

"굉장하죠?"

"마스터라니! 저 소년이 정말 마스터란 말인가?"

모여 있는 관중들이 여기저기서 웅성대기 시작했다. 방금 일격이 어떻게 이루어졌는지 평범한 검사는 몰라도 크루세이더라면 알 수 있었다. 이것이 한순간에 검기를 방출하여 땅을 가른 것이란 것을, 마스터의 일격이란 것을 그들은 알고 있었다. 그리고 그것을 한 사람이 지금 시합장 한끝에 서서 흙먼지를 쏘아보는 젊은 청년임을.

흙먼지가 가라앉으며 나타난 맥클리스의 모습은 초라하게 변해 있었다. 레온의 일격을 피하긴 했어도 튀어 오르는 흙과 자갈의 파편까지 피하진 못한 것이다. 게다가 그의 옷은 갑옷이 아니라 얇은 비단이었다. 시합이 끝난 후, 자신의 우승 축하 파티에까지 입고 갈 생각에 화려한 의상을 택했던 맥클리스였다. 자신은 몰라도 의복이 그런 공격을 막아내기란 처음부터 불가능했다. 그의 상의는 흙먼지에 하얗던

옷이 군데군데 누렇게 변색되었고 한쪽은 너덜너덜하게 해어져 있었다.

맥클리스는 처음의 당황했던 기색을 가라앉힌 후 자신의 몰골에 격하게 분노했다. 그는 이글거리는 눈빛으로 레온을 쏘아봤다.

"마스터였나?"

대답 대신 검을 거둔 레온은 본래의 자세를 취하며 맥클리스를 노려봤다.

"훗!"

맥클리스는 걸레처럼 너덜해진 상의를 쭉 잡아 찢었다. 상의 밑으로 그의 우람한 근육이 나타났다. 잘생긴 얼굴 밑에 드러난 몸은 놀랍게도 매우 다부졌다. 그는 검을 곧추세우더니 사납게 달려들었다.

그가 쥐고 있는 검은 청색 오라가 덮여 있었다. 그는 레온을 향해 검을 내려쳤다. 그러나 순식간에 레온은 검을 뽑아 그의 옆으로 비켜서며 목덜미를 향해 검을 찔렀다.

"아앗!"

비명과 함께 레온은 뒤로 물러섰다. 번개보다 빨리 맥클리스는 내리찍던 검을 거두지도 않고 반전하여 레온의 허리를 베어 들어온 것이다. 그의 목에 검을 들이밀었다간 자신의 허리가 동강날 판인지라 레온은 얼른 물러났지만, 일순 그의 등줄기에 식은땀이 흘렀다.

그의 눈앞에 있는 맥클리스는 전혀 사정을 두고 있지 않았다. 아니, 어쩌면 자신을 죽이려는 것인지도 모른다고, 레온은 생각했다. 그리고 거기에 생각이 미치자 그의 몸은 급속도로 위축되었다.

연이어 검을 휘둘러 오는 맥클리스의 검을 막아내는 것만으로도 버거울 정도였다.

'이자는 강해, 형!'

어느새 레온은 세 걸음이나 물러섰고 추격하듯 앞에는 눈을 부라리며 맥클리스가 쫓고 있었다. 그리고 그는 곁에 있지도 않은 형, 카슨을 찾고 있었다.

페나인이 낳은 불세출의 천재 검사, 카슨 레스터. 수도에 가기까지 레온의 검술 선생이었으며 간혹 대련을 해주러 성으로 찾아왔던 형. 급박한 순간에 왜 형의 얼굴이 떠올랐는지 레온은 알지 못했다.

일곱 번째로 검을 맞부딪쳤을 때 그 충격이 손끝에서 어깨에 이르기까지 뻐근할 정도로 저려왔다.

"넌 최고의 기사가 될 수 있어. 검사로서 갖춰야 할 능력이 뭔지 알아? 눈이야. 상대의 검법을 꿰뚫는 능력. 넌 그것을 가지고 있어. 아니, 타고났다고 해야겠지."

기억 속에서 언젠가 카슨이 들려준 말이 생각났다.

아홉 번째 공격을 막아내며 레온은 어렴풋이 형의 말이 옳았다고 생각했다. 사납게 몰아치는 맥클리스의 검이, 그 궤적이, 그 그림자와 다음 공격이 레온의 눈에 그려지듯 보여지고 있었다. 그리고 마치 기계처럼 레온의 검은 무의식 중에 상대의 검을 한발 먼저 막고 있었다.

맥클리스는 맥클리스 나름대로 답답하고 미칠 지경이었다. '수비'라고 놀렸던 것을 후회하고 있는 중이었다. 몇 번에 걸쳐 어떤 방향이든, 찔러도 베어도 레온은 꿈쩍도 하지 않았다. 오히려 자신이 공격할 방향에 먼저 검을 갖다 놓고 준비하고 있었다. 마치 거대한 절벽을 향해 검을 휘두르는 느낌이었다. 차라리 벽이라면 사방으로 튀는 파편을 보며 통쾌함이라도 있을 터였다.

"난 기사가 될 수 없을 것 같아, 형. 기사들은 다들 체구가 보통이 아니잖아? 하지만 난 매우 왜소한걸."

"검사에게 있어 체구는 별로 중요하지 않아."

검을 손에 잡은 후에 처음으로 레온이 회의를 느꼈던 때에 카슨은 그렇게 말했다. 어린 동생의 손을 잡아주며 카슨은 상냥하게 말했다.

"경지에 이르면 근육에 의존해 검을 쓰지는 않아. 크루세이더든, 마스터든 말야. 그때에 가면 근력(筋力) 따위는 중요하지 않거든. 사람의 몸에는 누구나 마나를 품고 있지만 검사는 수련을 통해 그 마나의 양을 늘이는 거야. 진정한 경지에 이른 자들은 그 마나의 양이 남들보다 몇 배에 달하지. 근력보다는, 마나. 이것을 잊지 마."

"하지만 보통 기사들은 근육질이잖아."

"그들도 경지에 다다르고 싶은 사람들이니까 수련을 하겠지? 수련을 하다 보면 근육질이 되는 건 당연해. 그건 노력이지, 부러움의 대상은 아냐. 누구라도 그 정도 노력을 하면 이룰 수 있으니까. 잊지 마. 근력이란 건 말야, 그저 검을 들고 휘두를 수 있을 정도면 충분하다는 것을."

"형 말을 믿을 수 없어. 그럼 왜소한 사람은 수련을 많이 못했다는 얘기이고, 노력이 부족하다는 얘기잖아? 그런데 어떻게 크루세이더나 마스터가 될 수 있다는 거야?"

"될 수 있어. 레스터의 검법은 근육을 키우는 수련이 아니니까. 약속할게. 근육 덩어리가 되지 않고도 크루세이더가 될 수 있다는 것을 네게 보여줄게."

　그리고 정말 카슨 형은 불과 몇 년이 채 안 되어 크루세이더가 되었다. 지금도 그렇지만 그때에도 카슨은 보통의 청년보다 약간 몸이 좋을 뿐이었다. 레온보다 왜소한 편도 아니었지만 기사들과 비교하면 특출나게 근육이 발달한 것도 아니었다. 그는 약속을 지킨 것이다.
　"헉헉."
　폭풍 같던 맥클리스의 공격이 멈췄다. 그는 물러서서 검을 든 채 숨을 헐떡였다. 그가 숨을 고르는 것을 보며 레온은 조금씩 안정을 찾아갔다.
　처음의 일격이 빗나간 것은 당연했다. 자신은 상대의 목을 '벤다'는 일념보다 상대의 목에 '댄다'는 감각으로 찔렀다. 적어도 마스터라면 그런 차이를 모를 리 없을 것이다. 자신의 목이 안전하다고 판단했기에 맥클리스는 과감하게 자신의 허리를 베어온 것이 분명했다. 순간의 차이였지만 자신의 실수를 맥클리스는 간파했고, 다음 일격에 겁을 먹었던 것이다.
　그리고 지금 우람하게 드러난 그의 육체가 다소 위협적이긴 했지만 기억 속에서 형이 말했던 것은 사실이었다. 근력 따위보다 얼마나 많은 마나를 쌓았는가, 하는 점이 가장 중요하다는 것을.
　"핫!"
　짧은 기합과 함께 맥클리스를 향해 검을 휘둘렀다. 그저 반응을 살피기 위해 휘두른 것에 불과했지만 검을 피하며 맥클리스는 물러섰다. 이제는 확실해졌다. 승부에 있어(그것이 마스터 간일지라도) 가장 중요한 것은 마나이지, 근력이 아니었다. 가볍게 휘두른 검에도 레온의 마나와 맥클리스의 마나의 차이는 여실히 드러났다. 그가 물러설수록 레온은 한층 자신을 가졌다.

그 자신감은 그의 검으로 옮겨져 점차 은빛 투명함이 더해졌다. 레온의 검기가 더욱 강해지고 있다는 뜻이었다.

맥클리스는 좀 전의 공격을 레온이 막아냈다는 것에 적잖이 당황하고 있었다. 그렇지만 그는 자신이 질 것이라고는 생각하지 않았다. 눈앞의 상대가 나이도 어리면서 마스터의 경지에 들어섰음에도 그는 쉽게 패배를 인정할 수 없었다. 그의 자존심이 그것을 허락하지 않았다. 그는 심호흡을 한 후에 검을 더욱 세게 움켜쥐었다. 검에서 뿜어지는 푸른 오라는 더욱 진해졌다.

관중들의 눈에는 보이지 않는다. 검에서 뿜어지는 마나의 기운을 관중들은 느낄 수 없다. 크루세이더 정도 되면 숙련도에 따라 어렴풋이 보일 수도 있다. 그렇기에 지금 레온과 맥클리스가 서로 검을 겨눈 채 마나를 끌어 모아 뿜어내는 것을 관중들은 전혀 느낄 수 없었다. 그저 눈싸움으로 보이거나, 상대의 허점을 찾으려고 애쓰는 정도로 보일 뿐이었다.

수많은 관중들 중에 두 사람이 마나를 겨루고 있다는 것을 느낄 수 있는 사람은 유일하게 렌베토뿐이었다. 그것도 어렴풋이 느낄 뿐이지 정확하게 마나에 의해서 생겨나는 빛깔이라던가 크기는 알 수 없었다. 그러나 그 몸서리쳐지는 느낌에 렌베토는 자신도 모르게 침을 꿀꺽 삼켰다.

레온은 맥클리스가 뿜어내는 이질적인 마나의 기운에 호기심을 느꼈다. 그는 지금까지 가문의 마스터 이외엔 상대해 본 적이 없었다. 그리고 모두들 검에서 뿜어내는 마나의 기운은 투명한 은빛이었다.

예외라면 작년에 자신과 비슷한 시기에 마스터가 되었던 키렌 형뿐이었다. 그는 유일하게 짙은 검은빛을 뿜어낸다고 형들은 전했다. 아버지인 윌리엄은 그것을 매우 싫어했지만 키렌은 자신의 검기를 맘에 들어했었다. 그렇지만 키렌 형이 마스터가 된 후에 대련을 가져 본 적은 없었다. 가문 이외의 마스터는 맥클리스가 최초인 셈이었다.

아, 가문 이외에 붙어봤던 마스터는 로딘도 있었지만, 그는 철저하게 가문의 검법을 구사했기에 검기를 본 적은 없지만 투명한 은빛이 분명할 것이라 짐작했었다.

'정말 마스터마다 자신의 검기가 있는 것일까?'

호기심은 궁금함으로 이어져 레온은 맥클리스의 푸른빛을 유심히 살폈다.

"마스터의 검기엔 각자의 색이 있어. 음, 색이라고 하면 헷갈릴지도 모르겠지만, 그렇게 이해해 둬. 좀 더 정확하게 설명하자면 검에서 뿜어지는 광채 같은 거야. 눈에는 보이지 않지만 마스터 간에는 그 광채를 볼 수 있거든. 그건 수련의 방법에 따라 차이나는 것이지 결코 마나의 양에 의해 나타나는 색은 아냐."

"형은 무슨 색이야?"

레온이 크루세이더가 되었을 때 카슨이 성에 왔었다. 그는 그 당시 최연소 마스터가 되어 왕국에서 한창 유명해지던 때였다.

"우리 가문은 모두 투명한 은빛을 띠고 있어. 수련 방법이 모두 같기 때문이야. 너도 마스터가 된다면 그 색을 띠게 될 거야."

카슨은 멋쩍게 웃으면서도 친절하게 설명해 줬다.

"버나드 형이랑 하이렌 형도 은빛이야?"
"그래."
"그럼 진해질수록 좋은 거야?"

그렇게 물었을 때 카슨은 곤란한 질문이라며 머리를 긁적였다. 그러나 호기심 많은 동생의 질문을 외면하지는 않고 아는 대로 대답했다.

"글쎄다. 수도에서 대련을 했던 마스터들의 경우엔 대개 진해질수록 강해졌어. 하지만 우리 가문은 투명해질수록 강해져."

그리고 카슨은 잠시 머리를 굴리더니 혼잣말처럼 중얼거렸다.

"그렇다면 정말 극한의 마나를 뿜어낸다면 완전히 투명해져서 마스터에게도 광채가 보이지 않게 되는 것일까?"

그때 레온은 잠자코 있었다. 그 질문에 대답할 만큼의 지식도 경험도 없었기 때문이다. 대신 그는 다른 질문을 했었다.

"마스터의 검기는 쇠도 잘라낼 수 있잖아? 그럼 마스터 간이라고 해도 마나의 양이 차이가 나면 상대의 검을 잘라낼 수 있는 거야?"

"아니. 그렇진 않아. 글쎄 압도적으로 차이가 난다면 모르겠지만 대개의 경우엔 약간의 마나만 검에 주입해 놓으면 상대의 검기를 막아낼 수 있어. 그렇지 않다면 이 세상의 마스터들은 모두 마나 고갈에 의해 죽을걸?"

그렇게 대답한 카슨은 자신의 말이 웃겼는지 한참을 웃었다. 그러나 진지하게 마스터끼리의 싸움에 있어서 필요한 부분을 덧붙이는 것을 잊지 않았다.

"마스터라는 경지는 찰나의 순간을 아는 자들이야. 한순간의 방심이나 허점을 놓치는 자가 아니란 말야. 만약 마스터를 상대하고 있다면 절대 방심해선 안 돼. 언제나 최선의 수를 사용해야 한다는 마음가짐이어야 하지."

레온의 검이 약간 수평으로 기울었다. 그리고 조금 후에 다시 수평으로 기울이기를 반복하여 잠시 후에는 완전히 눕혀서 몸에 붙였다. 언제라도 베기를 할 수 있는 자세였다. 분명 맥클리스도 그것을 알 것이다. 그 역시 검을 세워 언제라도 막을 수 있도록 준비하고 있었다.
'짙푸른 청색. 짙어질수록 마나가 많은 거라고 카슨 형은 그랬어.'
레온은 중얼거리며 점점 더 마나의 양을 늘렸다. 그의 검은 점차 투명해졌다.
'맥클리스의 간격을 모르니 쉽게 접근하기가… 여기서 검기를 뻗어볼까? 아니야, 그랬다가 쉽게 피해 버리면 반격당하기 쉽잖아. 분명 내 간격 안에 있는 건 사실이지만, 나 역시 맥클리스의 간격 안에 있을 수도 있고 말야.'
이리저리 머리를 굴리며 공격할 방법을 강구하는 레온이었다. 그러나 마스터와의 승부가 처음이라는 점이 쉽게 공격할 수 없었다.

'일단 베어보고 여차하면 뒤로 물러서자.'

결심한 듯 레온의 눈이 빛났다.

그는 아무런 조짐도 보이지 않다가 번개처럼 그를 향해 뛰어들었다. 그리고 반원을 그리듯 검을 휘둘렀다. 은빛의 검기가 부챗살처럼 펼쳐지며 맥클리스의 가슴을 향해 빠르게 뻗었다.

"타아앗!"

맥클리스는 기합과 함께 둥근 궤적을 그리는 레온의 검을 향해 자신의 검을 뻗었다. 일단 그의 검을 막으면 힘에선 자신이 우위일 것이라고 생각했다. 좀 전에도 레온은 몇 번이고 자신의 공격에 밀려 물러서지 않았던가. 일단 막은 후에 힘으로 밀치며 허점을 만들어낸다면 승부는 곧 결판날 것이라고 그는 생각했다. 그리고 그것이 매우 어리석은 생각임을 깨닫는 데는 그리 오래 걸리지 않았다.

챙!

검과 검, 철과 철이 맞부딪치며 나는 소리가 아니었다.

맥클리스의 검은 놀랍게도 레온의 검을 전혀 막지 못했다. 일말의 망설임도 없이, 그래도 제법 명검이라고 알려진 맥클리스의 검은 레온의 검이 닿는 순간 안녕을 고하며 예쁘게 잘려졌다. 그리고 그 찰나의 순간에 그의 눈에 비친 은빛 검기는 눈부시게 빛났다.

'강하다. 그리고, 아름답다……'

물러설 사이도 없이 그의 눈은 질끈 감겨졌다.

"기사가 가져야 할 가장 큰 덕목이 뭐라고 생각하니?"

언젠가 카슨이 물었을 때였다.

"음, 마나!"

"그것도 좋겠지. 경지에 이르게 되면 높은 직위를 보장받을 수 있으니까. 그리고 유명해지기도 하고 말야. 하지만 그건 기사가 꼭 가져야 할 것은 아냐. 나이트 급에 불과해도 얼마든지 뛰어난 기사는 있으니까."

"그럼, 명성?"

"명성이라? 유명세라는 건 따라오는 것이지 억지로 만들어내는 것은 아냐. 덕목이라고 할 수도 없지."

"모르겠어. 형은 너무 어렵게 말해."

심통을 부리는 레온의 모습에 그는 껄껄 웃었다.

"정말 중요한 건 말야, '지켜야 할 것'이 있느냐, 없느냐 하는 점이야."

"지켜야 할 것?"

"그래."

카슨은 그때의 레온에겐 이해할 수 없는 표정을 지으며 웃었다. 마치 억지로 웃는 것 같은 모습이었다.

"지켜야 할 것이 있는 기사는 강해져. 그렇지 못한 기사는, 강해 보일 수는 있지만 진정으로 강하지는 못하지."

"……."

레온은 잠자코 있었다. 그의 말을 이해할 수 없다기보다 그의 표정을 이해할 수 없었다. 형의 눈치를 살피며 레온은 조심스럽게 물었다.

"여자를 지키는 거랑 같은 거야?"
"하하하하, 여자라? 그것도 괜찮겠지. 하지만 지킨다는 것은 꼭 사람을 가리키는 건 아냐. 때론 자존심일 수도 있고, 명성일 수도 있고, 사람일 수도, 땅일 수도 있지. 무엇이 되었든 지켜야 할 것이 있는 기사는."

카슨은 읊조리듯 말했다.

"아름다운 법이야."
"그럼 빨리 강해지려면 무언가 지킬 것을 찾는 게 좋겠네?"

그 말에 카슨은 한참을 웃었다.
그리고 레온의 어깨를 다독여 주며 격려했다.

"넌 충분히 지킬 것들이 많아. 사실은 그 점이 더 걱정이지만."
"왜?"
"하이렌 형도 그렇지만, 너도 어머니를 닮아서 정이 많거든. 정이 많으면 지킬 것도 많아지게 마련이야. 어쩌면 그것 때문에 힘들어지게 되겠지만……."

말끝을 흐리는 카슨이었다.

"왜?"

"다정한 사람은 상대를 배려하려고 하고 이해하려고 노력하거든. 그러다 보면 자신을 잃고 방황하는 수도 있어. 상대의 아픔을 자신의 아픔처럼 느끼기 때문이야. 그 아픔이 깊을수록 방황도 길어지게 되고 결국엔 마음을 닫아거는 수도 있거든."

"…하이렌 형이 그래?"

"아니. 형은 지금 지켜주고 싶은 사람이 있으니까 괜찮아."

"그게 누군데?"

"후훗, 있어. 레첸 마을에서 가장 아름다운 사람이야."

"여자구나?"

밝게 웃는 레온에게 그는 말없이 미소 지을 뿐이었다.

'죽는다!!'

상대의 검이 잘려지는 순간 레온의 뇌리에 새겨진 말이었다. 너무나도 자연스럽게 베어진 검에 레온 자신조차 놀랐다. 마치 보통 기사와 대련할 때 베던 검과 같은 느낌이었다. 다만 다른 점이라면 충분히 막을 것이란 생각에 혼신의 힘을 쏟았던 탓에 멈출 수 없다는 점이었다.

"이 검은 마스터의 검기로 벨 수 없는 검이다."

키렌 형의 말이 레온의 뇌리를 스쳐 지나갔다. 그리고 형의 말이 무슨 뜻이었는지 정확하게 알아챘다. 왜 형이 자신의 롱 소드를 희생해

가면서 자신의 눈앞에서 몸소 선을 보였는지도 알 수 있었다. 마스터의 검기로도 벨 수 없는 검, 바꿔 말하면 자체만으로도 마스터의 검기를 가를 수 있는 검이란 뜻이었다. 그런 검에, 그런 검에 자신은 혼신의 힘을 다해 마나를 집중했다. 이 검을 막을 수 있는 자가 페나인에서 그 누가 있겠는가!

키렌은 그것을 가르쳐 준 것이다. 함부로 검을 휘두르지 말라는, 깊은 뜻이 담겨 있었음을……

레온의 시야에 은빛 검날이 광채를 발하며 둥글게 퍼져 나갔다. 그 궤적 안에 맥클리스의 가슴이 들어와 있다. 그리고 그는 미처 피할 생각조차 못한 채 눈을 질끈 감고 있었다. 그의 태도는 이미 죽음을 각오한 듯했다.

'안 돼!'

레온은 속으로 부르짖었다.

죽일 생각은 없었다. 물론 키리모아를 저렇게 중상을 입힌 것을, 그리고 죽이려고 했던 것을 잊은 것은 아니다. 그러나 검을 맞대고 부딪치는 가운데 그 역시 싫어할 수는 없다고 레온은 생각했다.

정이 많다고 하이렌 형을 걱정하던 카슨의 얼굴이 생각났다. 그리고 그가 왜 자신을 보면서 걱정 어린 표정을 지었는지도 깨달았다. 그리고 왜 자신이 기사가 되기를 거부해 왔는지 확연히 알 수 있었다. 자신은 체질적으로 보통 기사들과 달랐다. 그것은 눈에 보이는 근육 같은 것이 아니었다. 마음, 아니, 레온의 감성은 너무 여렸다. 쉽게 사람을 죽일 수 없을 정도로.

반면에 맥클리스는 상대를 죽이는 데 망설임이 없었고, 자신이 죽음에 직면해서도 추호의 망설임이 없었다. 어쩌면 너무나도 정직하게 검의 길을 가는 자이기에 그렇게 잔인할 수도, 이렇게 태연할 수도 있다는 생각이 들었다.

그것이 자신과 그의 차이였다. 그리고 그런 맥클리스를 자신의 손으로 죽여야 한다는 것에 검푸른 슬픔이 그의 마음을 짓눌렀다.

"안 돼!!"

막 그의 가슴에 레온의 검끝이 닿았다. 맥클리스의 왼팔 밑으로 검이 파고들었고 이제 그의 심장까지 채 얼마 남지 않았다. 그 짧고 짧은 시간이 레온에게는 무척이나 길게 느껴졌다. 느릿하고 완만하게 베어 들어가는 검끝이 얄밉게도 똑똑히 보여지고 있다. 그런데도 멈출 수 없다는 점에 괴로움이 치밀었다.

"안 돼!!"

한 번인지, 두 번인지 기억나지 않지만 레온은 절규하듯 소리쳤다.

그리고 그때 기적이 일어났다. 레온이 쥐고 있는 검 부분부터 묵직한 기운이 준동하더니 금세 격류처럼 휘몰아쳤다. 그리고 순식간에 검날을 타고 사방으로 뻗어 나갔다.

콰쾅!

레온의 몸이 무언가에 의해 튀어 올랐다. 엄청난 힘이었다. 그리고 그 엄청난 힘이 꼭 쥐고 있는 자신의 검에서 뿜어져 나왔다는 것을, 레온은 믿어 의심치 않았다. 그 반탄력에 허공을 가르고 떨어지면서 그는 반대 편으로 맥클리스의 몸이 떨어지고 있는 것이 보였다. 그의 몸에서 피 한 방울 튀지 않는 것으로 미루어 그를 베지는 않았다고 확신했다.

'다행이야!'

무슨 일이 어떻게 된 것인지는 몰랐지만 분명 자신은 맥클리스를 베지 않았다. 그렇다면 이런 엄청난 충격일지언정 맥클리스는 살아 있을 것이다. 그 역시 마스터이니까.

바닥에 떨어져서 대자로 뻗은 후에도 레온은 잠시간 그대로 누워 있었다. 자욱한 흙먼지가 끼어 있어서 주변은 보이지 않았다. 관중의 웅성거림도 들리지 않았다. 마치 안개 속에 쌓인 듯 뿌연 먼지가 그의 시야에 비춰졌다.

'다행이야.'

레온은 다시 한 번 안도의 한숨을 쉬었다.

그때 약간 카랑카랑한 목소리가 그의 귀에 들려왔다.

『상대를 살리기 위해 일해보기는 처음이군.』

뜻밖의 목소리에 레온은 고개를 들어 주변을 살폈다. 아직 흙먼지는 가라앉지 않은 상태였다. 누군가 다가오는 낌새도 없었고, 보이는 것도 없었다.

"누구……?"

『오호, 과연, 아직 내가 보이진 않는 건가? 맹약은 맹약이니까 어쩔 수 없는 거겠지. 그대의 간절한 소망에 응답해 오긴 왔다만 아직 그대는 날 맞을 준비가 된 것 같지 않군. 그래도 그 간절함이었다면 날 볼 수 있을지도 모른다고 생각했는데…….』

목소리는 사방에서 들려오는 듯했다. 아니, 자세히 귀 기울여 보니 이리저리 옮겨 다니며 말을 하고 있는 것 같았다. 그 목소리가 나오는 방향을 유심히 살피던 레온은 뭔가 붉은 기운이 주변을 맴돌고 있다는 것을 깨달았다.

"붉은… 색?"

『오오, 멋지군. 내 머리카락이 보이는가? 처음치고는 감도가 좋군. 좋아, 좋아. 이래야 도와준 보람이 있는 법이지.』

"맥클리스를 구한 건 당신인가요?"

『물론 나였지. 좀 힘든 일이었지만.』

상대는 누워 있는 레온을 빙글빙글 돌며 말을 걸었다.

『카논의 세이버는 자체로도 마스터의 검기를 자를 수 있는 검이다. 그런 검에다가 그렇게 마나를 집중하다니, 대체 어쩔 생각이었던 거지? 봐라, 이 풍경을!』

그리고 붉은 형체는 주변을 휙휙 날았다.

"미안하지만 지금은 보이지 않아요."

레온의 말에 상대는 투덜거렸다.

『그렇겠군. 그렇다고 걷어줄 수는 없어. 감히 이 몸에게 그런 일까지 시킬 생각은 하지 마.』

그는 다시 주위를 맴돌았다.

『내가 어떻게 그를 구했는지 궁금하겠지? 가르쳐 줄까, 소년?』

"가르쳐 줘요."

상대가 누구인가에 대한 궁금증보다 그가 어떻게 자신의 검을 막았는지가 더 궁금한 레온이었다. 그는 정중하게 부탁을 했고 그것이 상대의 마음에 들었는지 그는 낄낄하고 웃으며 다시 레온을 중심으로 뱅글뱅글 돌았다.

『간단해. 검에 차 있던 마나를 전부 사방으로 날려 버렸지. 얼마나 마나를 집중했던 건지……! 곧 깨닫게 되겠지만 그 폭발력이 엄청나더군.』

레온의 눈에 상대의 붉은색 머리카락이 점차 흐릿해졌다. 그가 사라진다고 생각되는 순간 상대의 목소리가 어렴풋이 들려왔다.

『이제 가야 할 시간이야. 이봐, 소년. 맹약을 이루게 된다면, 그때 다시 보자. 네 마나는 상당히 맘에 들었거든.』

다급한 마음에 레온은 몸을 일으키며 외쳤다.

"당신은 누구죠?"

『그건 말해 줄 수 없어. 맹약은 맹약이니까. 그러나 언젠가 알게 되겠지.』

그가 사라지는 순간 뿌연 먼지 사이로 알의 까만 머릿결이 보였다. 그가 서둘러 달려오며 외쳤다.

"레온이 여기에 있어."

"알……?"

그의 등장과 함께 곧 주위에 그리운 얼굴들이 나타났다. 수요와 제프, 렌베토 경의 얼굴이 하나둘씩 나타났다. 언제나처럼 렌베토의 손에는 마법사가 질질 끌려오고 있었다.

"어서 치유 주문을!!"

"네, 네!"

렌베토 경은 집어 던지듯 마법사를 레온 앞으로 밀었다. 근엄하고 침착한 풍모에 비해 얼토당토않게 급한 성격의 렌베토였다. 마법사는 경황 중에도 수정구를 꺼내 레온의 가슴에 대며 주문을 외우려고 했다.

"저는 괜찮아요."

레온이 수정구를 치우며 자리에서 일어나자 모두들 안도를 하며 그를 감싸 안았다.

"레온, 정말 괜찮아?"

"응, 난 괜찮아. 근데 어떻게 된 일이지?"

"그건 내가 묻고 싶은 말이군."

뿌연 먼지를 뚫고 들어온 사내 중에 맥클리스의 모습이 보였다. 신관 두 명에게 부축되어 나타난 그의 가슴엔 분명 검흔은 없었다.

약간 안도를 하며 레온은 물었다.

"혹시 어디 다친 곳이라도……?"

"외상은 없다. 어떻게 한 것인지는 모르겠지만 검이 가슴에 닿는 순간 굉장한 힘에 떠밀려 공중으로 튀어 올랐거든."

"아, 그럼 떨어질 때의 충격으로……?"

"나도 마스터다."

불쾌한 듯 맥클리스는 얼굴을 찡그렸다.

"검에 베이진 않았지만 검에서 일어난 기운에 당한 것뿐이야."

"…미, 미안해요."

"아니, 어떻게 한 것인지는 모르겠지만, 감사해야 할 사람은 바로 나야."

맥클리스는 잠시 망설이더니 단호하게 입을 열었다.

"살려줘서 고맙다. 어쨌든 훌륭한 검술이었다. 이만 가지."

마지막 말은 부축하고 있던 두 신관에게 한 말이었다. 그들은 맥클리스를 안고 곧 자리를 벗어났다.

"굉장한 검법이었다. 어떻게 한 거지?"

급히 물은 것은 렌베토였다.

'어떻게'라고 해도 레온은 뭐가 뭔지 전혀 몰랐다. 오히려 묻고 싶은 것은 그 자신이었다. 그는 천천히 몸을 일으켜 흙먼지 사이로 보이는 주변을 살폈다.

놀.랍.다.

그렇게밖에 표현할 수 없는 장면이 레온의 시야에 들어왔다.

자신이 누워 있던 뒷부분에 거대한 절벽이 생겨나 있었고 그 앞은 둥근 구덩이가 넓게 퍼져 있었다. 그 웅덩이는 결코 작지 않았다. 시합장 하나가 커다란 구덩이로 바뀌어 있었다. 마치 거대한 힘이 시합장 가운데에서 터진 듯한 풍광이었다. 그런 와중에도 관중들이 전혀 피해를 입지 않았던 것은 땅이 푹 꺼진 만큼 관중석 앞부분이 절벽처럼 솟구쳐 파편으로부터 보호했기 때문인 듯했다.

"굉장하군요!"

"그래, 정말 굉장했어. 엄청난 폭음과 함께 눈앞에 거대한 절벽에 생겨나더니 시합장이 터져 버렸거든."

대답을 하던 수요는 음, 하더니 레온을 쳐다봤다.

"어, 어이. 설마 전혀 기억을 못하는 건 아니겠지? 이렇게 만든 건 너란 말야."

"그 말대로야. 전혀 기억을 못해."

레온의 말이 끝나기 무섭게 모두들 실망한 표정이 역력했다. 수요나 제프는 레온이 마스터임을 알고 있었다. 수요는 알에게, 제프는 로딘에게, 레온이 페나인 제일의 마스터라고 들었다. 물론 렌베토 역시 제프에게 들었던 얘기가 있어 지금 레온이 한 일이 마스터의 극한에 다다랐을 때 나타난 검기가 아닐까 호기심을 보이며 달려온 것이다. 한데 정작 본인은 전혀 기억을 못하고 있다니 실망스럽지 않을 수 없었던 것이다.

"자, 자, 모두들 비켜요. 레온은 지금 좀 쉬어야 해요."

"아, 괜찮아, 알."

"무슨 소리야. 어서 여관으로 돌아가자. 넌 쉬어야 해."

완강한 알의 말에 레온들은 곧 군중을 뚫고 여관으로 향했다.

렌베토는 그에게 여러 가지 묻고 싶은 일이 많았지만 성의 귀빈이었던 탓에 저녁 만찬에 참가하기 위하여 남아야만 했다. 그는 사라지는 그들을 지켜보며 입을 다셨다.

"저들과 있는 게 만찬 따위보다 더 재미있는데 말야."

어느새 평소의 근엄하고 침착한 모습으로 돌아간 렌베토는 그들이 사라진 방향을 잠시 쳐다본 후에 곧 성으로 향했다.

26 콘버드 가문의 영애(令愛)

우승을 차지하지 못한 데다가 엉망진창으로 패한 덕분에 파티의 흥은 많이 깨어진 상태였다. 그래도, 맥클리스는 콘버드 최초의 마스터다. 그것만으로도 충분히 파티를 열 만한 가치가 있었기에(게다가 외부에서 온 축하사절(祝賀使節)을 접대해야 하는 점도 있기에) 파티는 예정대로 열렸다.

한껏 근사한 의상으로 차려 입은 렌베토는 윈저 대공을 대신하여 참여했기에 가슴에는 자신의 가문과 윈저의 가문을 표식으로 달고 있었다. 그는 파티에 들어서자 곧 다가온 시종에게서 한 잔의 포도주를 받아 들고 천천히 그 향을 음미하며 안으로 들어섰다.

의외로 파티는 한산했다.

"콘버드의 애송이 따위에겐 관심이 없다는 뜻일까, 패배한 자의 파티엔 참가할 의사가 없다는 뜻일까?"

낮게 중얼거리며 그는 좌중을 돌아봤다. 문득 한쪽에 서 있는 콧수염이 멋진 사내가 눈에 들어왔다. 정확하게는 그의 가슴에 달린 레스터 문장이 눈에 들어온 것이다.

"모르는 자……? 레스터도 콘버드를 얕잡아보는 것인가?"

그렇게 중얼대긴 했지만, 사실 윈저 대공도 마찬가지라고 생각했다. 대체 자신의 주군은 무슨 생각을 하고 있기에 자신을 보낸 것인지 이해할 수가 없었다. 자신은 윈저를 떠난 지 십 년도 더 된 상태였다. 물론 윈저 소속임은 확실했지만 근위대에서 일한 기간이 더 많다는 것도 사실이다.

'윈저 내에는 축하 사절을 보낼 만한 인재가 없다는 뜻인가?'

렌베토는 씁쓸한 미소를 지었다. 그렇지 않고서야 굳이 수도에 있는 자신을 특별히 지명해서 보낼 필요는 없었을 것이다.

그러나 곧 렌베토는 맥클리스를 발견하면서 얼굴이 굳어졌다. 그의 앞에 칼버딘의 문장이 그려진 장년의 모습이 보였기 때문이었다.

'대공의 말씀은 사실이었단 말인가……?'

"콘버드의 맥클리스 경이 마스터가 되었다더군."

"그렇게 들었습니다, 대공 전하."

중후한 음성에 대답한 이는 렌베토였다.

"맥클리스는 야심이 큰 자야."

"……!"

"하지만 야심에 비해 잘 속는 타입이지."

"……?"

"이번에 콘버드에 다녀온 상인들이 재미난 얘기를 하더군."

"어떤⋯⋯?"

"콘버드의 맥클리스 경이 자신의 여동생을 이용하여 정략결혼을 하려 한다더군."

"정략결혼? 하지만 콘버드 가문에서 그럴 필요가 있을까요? 이미 페나인 전체에서 가장 실권을 가진 콘버드에서? 서, 설마 대공과⋯⋯?"

"이 사람이 못하는 소리가 없군."

나지막하게 '후후' 하고 웃으며 대공은 말을 이었다.

"콘버드 가문이 실권을 장악하고는 있다 해도 그건 어디까지나 정치적일 뿐이야. 백 명에 가까운 크루세이더를 보유하고도 군사적인 입지는 레스터보다도 못하다. 단 한 명의 마스터도 보유하지 못했기 때문이지. 자아, 그럼 자네가 맥클리스라면 어떻게 하겠나?"

"아! 레스터와 정략결혼을 할 생각이겠군요. 그곳엔 아직 결혼하지 않은 아들이 둘이나 있으니까! 게다가 둘 모두 마스터. 그 두 가문이 힘을 합한다면 정말 두려울 게 없겠군요."

"후후후, 어리석긴. 자넨 대체 수도에서 뭘 하고 있는 건가? 맥클리스가 바보가 아니라면 절대 레스터와 연합하진 않을 걸세."

"예? 그건 또 어째서⋯⋯?"

"당연하지 않은가, 콘버드는 이제 마스터가 한 명이 생긴 거야. 하지만 레스터에는 벌써 아홉 명이나 있다. 그것도 가문에서만 다섯 명. 정략결혼이라고 해도 비교가 안 되지 않는가? 득보다 실이 많을 것이 뻔하지."

"그, 그렇군요. 그렇다면⋯⋯? 스고우나, 칼버딘? 하지만 그곳엔 결혼 적령기에 든 남자가 없는 것으로⋯⋯."

"하나 있지."

윈저 대공은 묵묵히 렌베토를 쳐다봤다.

"칼버딘 후작의 아들이 아직 미혼일세."

"으에? 그, 그분은 노총각……!"

"시끄럽네. 자네가 해야 할 일은 바로 이것이야. 소문의 진상을 확인하고."

윈저 대공은 슬쩍 렌베토에게 미소를 지었다.

"가능하다면 방해하게."

"그 , 그런……!"

렌베토는 그의 명령에 놀람을 금치 못했다.

"그렇게 해서 저희에게 얻어지는 것이 뭐란 말입니까? 자칫하면 두 가문으로부터 원한만 사게 될 텐데……?"

"그 두 가문이 힘을 합하면 왕권이 약화된다. 그것은 앞으로의 페나인에게 있어 가히 좋은 일은 아니지. 대영주의 힘은 합해져선 안돼. 서로 견제하면서 약해져야만 한다. 그래야 왕권이 강화되고, 그것이 페나인이 나아가야 할 길이지."

윈저는 묘한 눈초리로 허공을 향했다.

"자네는 내가 왜 윈저에서 벗어나지 않는지 아직도 이해하지 못하는 건가?"

'이해 못합니다. 왕권이 약화되는 것과 윈저 대공께서 영지 내에 은거하다시피 하는 것은 전연 별개의 문제입니다. 대공 정도 되시는 분이라면 충분히 재상을 맡아야 하는 겁니다.'

낮게 중얼거리며 렌베토는 천천히 맥클리스와 칼버딘의 청년을 향해 걸음을 옮겼다.

"근위대의 렌베토 경이시지요? 만나뵙게 되어 영광입니다."

어느새 다가왔는지 레스터의 콧수염이 그에게 손을 내밀었다. 얼결에 그의 악수를 받으며 렌베토는 그를 쳐다봤다. 가까이서 보니 정말 엄청나게 잘 다듬은 콧수염이었다.

"누구신지……?"

상대는 다소 김이 빠진 표정으로 대꾸했다.

"레스터에만 있으니 잘 모르실 겁니다. 프란츠 백작이라고 합니다."

"아……!"

렌베토는 얼른 기억 속에 자료를 검토하기 시작했다.

"혹시 십여 년 전에 레스터의 군무(軍務)를 담당하셨던?"

"그렇습니다."

프란츠는 곧 어깨를 으쓱했다. 수도에서도 제법 유명한 기사가 자신을 알아봐 주는 것에 기분이 좋아진 것이다. 그리고 자신의 자랑이자, 레스터의 자랑을 곧 입에 담았다.

"지금은 버나드 후작이 레스터의 군무를 담당하고 있습니다. 아차, 하긴 지금은 근위대의 일이 더 우선이겠지만 말입니다."

"하하하, 버나드 후작은 제 상관이기도 합니다. 종종 얘기를 듣곤 했지요."

그렇게 대꾸하며 렌베토는 이마의 땀을 닦아냈다.

아무리 기억을 더듬어도 버나드가 했던 말 중에 '멋진 콧수염' 이외엔 없었다는 것을 떠올린 것이다. 더 물어보면 큰일이라고 생각하고 있는데 프란츠는 의외의 것을 물어왔다.

"시합을 봤습니다만, 소년 검사에게 패했던데, 실력이 어떻던가요?"

"에……?"

그의 환한 미소에 렌베토는 일순 기분을 잡쳤다. 상대가 자신을 약 올리기 위해서 접근한 것이라고 판단한 까닭이었다. 하지만 내색하지 않은 채 그는 톡 쏘듯 대답했다.

"굉장했습니다. 저 따위는 상대도 못하겠더군요."

"그렇죠? 과연 그럴 겁니다."

대답 속에 '과연'이란 말이 있다는 것에 주목한 렌베토였다. 분명 프란츠는 레온에 대해서 알고 있다는 말투였기 때문이다. 그는 잠시 그를 쳐다봤다. 자세히 보니 자신을 약 올리기 위해서라기보다는 뭔가 자랑하지 않고서는 못 배기겠다는 표정이었다. 그는 내심 그의 속을 떠보기로 결심했다.

"굉장히 빠르고 정확했습니다. 어떻게 당했는지도 모르겠더군요."

프란츠의 입이 귀에 걸리기 시작했다.

"게다가 엄청난 힘이었습니다. 제가 밀치는 걸 간단히 막아내고 오히려 절 밀치더군요!"

프란츠의 어깨가 으쓱으쓱 추켜지고 있었다.

그 정도의 반응으로도 충분했다. 프란츠는 레온을 알고 있다고 확신할 수 있었다. 렌베토는 레온의 정체가 궁금했기에 곧바로 물었다.

"레스터 출신이라던데, 아는 검사입니까?"

"아니오!"

너무나도 단호한 말투에 오히려 렌베토가 벙찐 얼굴로 그를 쳐다봤다. 곧 프란츠는 정색을 하고는 콧수염을 만지작거렸다. 그것은 절대 말할 수 없다는 단호한 표정이었다.

'그렇게 얼굴에 빤히 보이는 표정을 지으면… 궁금해서 미치지 않 겠소?

하마터면 그렇게 반문할 뻔했지만 프란츠가 먼저 입을 여는 덕에 렌베토는 예의를 벗어난 행동을 취하지 않을 수 있었다.

"레스터 출신이라던가요? 허허, 우리에게 그런 인재가 있었다니… 허허, 좋군요. 상인만 아니었다면 더 더욱 좋았을 텐데 말입니다!"

그 말을 끝으로 프란츠는 예를 취하며 자신의 자리로 돌아갔다. 그 런 그를 빤히 쳐다보며 렌베토는 속으로 중얼거렸다.

'모른다니……? 말이 되지 않는군. 그럼 어떻게 시합만 보고 그가 상인이란 것을 알았단 말인가?!'

레온과 프란츠의 관계가 궁금하긴 했지만 자신에겐 아주 중대한 사 무가 있었다. 바로 콘버드 가문과 칼버딘 가문의 정략결혼(政略結婚) 에 대한 진실을 파헤치고 그것을 막아야만 했던 것이다. 그는 고개를 돌려 맥클리스를 향했다.

"정말 안타까운 승부였습니다."

입을 연 이는 주브노 칼버딘. 칼버딘 가문의 다음 세대를 책임질 남 자였다. 현재 자신의 아버지와 함께 칼버딘 영내에서 국경을 담당하 고 있으며 실질적으로 군권을 장악하고 있는 야심에 찬 장년의 사내 였다. 불행하게도 그는 깔끔하게 차려입은 외모에 비해 훨씬 더 많은 나이를 소유하고 있다는 점이다. 그럼에도 그는 아직 미.혼.이었다.

"아쉽지만 승부란 어쩔 수 없는 것이니까요."

대답한 이는 맥클리스 경이었다.

비록 자신보다 작위는 낮지만 칼버딘의 군권을 장악하고 있는 주브노에 대해 은근한 존경을 아끼지 않았다. 그도 그럴 것이 주브노는 자신보다 3살이나 위였으며 자신과 같은 나이에 마스터가 된 이였다. 현 페나인에서 버나드 후작의 군사력에 견줄 만한 마스터는 이 주브노가 유일하다는 평가였다. 물론 버나드의 근위대를 상대한다는 것은 불가능해도 그의 군사력, 칼버딘 자체 군사력에 콘버드와 스고우에서 차출한 돌격 기병단 4개 사단은 가히 위력적이었다. 비록 국방을 지키기 위해서만 사용된다고 해도 말이다.

"그래도 그런 복병이… 게다가 소년이… 마스터라니 말입니다. 아쉽겠습니다."

은근한 어조에 맥클리스는 가볍게 고개를 끄덕였다.

"저도 예상치 못했던 일입니다. 게다가 살려주기까지 했으니 그 보답을 어찌 갚을지……."

그는 문득 생각난 듯 손바닥을 쳤다.

"아, 그 친구를 파티에 부르는 건데! 부상 중이라 미처 생각을 못했군요. 지금에 와서 코론 시를 뒤지는 건 무리겠군요."

"…억울하지도 않단 말입니까?"

"뭐가 말입니까?"

"졌지 않습니까?"

"그게 뭐가 억울하지요? 검의 승부란 늘 그렇기 마련 아닌가요?"

두 사람은 잠시 서로를 바라봤다.

져서 억울하겠다는 주브노의 표정에 비해 맥클리스의 표정은 태연자약했다. 그의 표정이 결코 꾸민 것이 아니란 생각에 주브노는 묘한 미소를 지었다. 그리고 서둘러 화제를 바꾸었다.

"올해 34세입니다. 이런 저에게 동생을… 흐흐흐흐."

그의 웃음을 듣고 맥클리스는 곧 깨달았는지 고개를 끄덕였다.

"모쪼록 잘 부탁드릴 뿐입니다."

"기리안 대공께서도 이미 허락하신 일입니까?"

확실히 끝맺음을 맺을 생각에 주브노가 문득 물었다. 그러자 맥클리스는 약간 난처한 표정을 지었다. 그러나 곧 쾌활하게 웃었다.

"아직 허락을 받지는 못했습니다. 하지만 콘버드 내의 모든 일은 제가 일임하고 있으니 걱정 없습니다. 어쨌든 아버지께서는 수도에 계시니 말입니다."

"그건 좀 문제가 있군요. 하지만 대공께서도 경의 결정을 이해하실 겁니다."

"물론입니다."

그리고 둘은 손을 맞잡고 하하하하, 하고 웃었다. 그런 두 사람을 가까이서 지켜보던 렌베토는 고개를 저었다.

'이건 마치 서로 머리를 굴리는 두 마리 늑대와 같은 꼴이지 않은가! 그나저나 이미 두 사람은 의기투합한 모양인데, 이럼 막을 수 있는 방도가…….'

그때였다.

저택 내실로 향하는 거대한 문이 열리며 한 미녀가 등장을 했다. 곧 시종이 미녀의 입실을 소리 높여 외쳤다.

"마리오네 콘버드 영애께서 입장하셨습니다."

소리와 함께 문을 바라본 렌베토는 헉, 하고 숨을 멈출 만큼 놀랐다.

가슴까지 닿는 까만 머릿결, 창백하게 보일 정도의 순백의 살결, 가느다란 눈썹, 크지도 작지도 않으면서 어찌 보면 슬프게 보이는 눈동자, 알맞게 솟아난 코, 그리고 한 올의 감정도 들어 있지 않은 채 앙다물고 있는 입술, 가지런히 드레스 앞으로 모아 쥔 양손에 이르기까지 소녀의 모습은 마치 인형을 빚어놓은 것 같은 외모였다.

그러나 렌베토가 숨을 멈출 만큼 놀란 이유는 결코 그녀의 외모가 미인의 기준으로 봤을 때 '최고, 최상, 엄청난' 이란 수식어가 붙을 정도이기 때문은 아니었다. 분명 미인이긴 했지만 어딘가 부족한 듯한… 마치, 숙성되지 않은 치즈처럼!

그. 렇. 다.

그녀는 아직 스무 살도 안 된 어린 소녀였다.

불현듯 맥클리스를 바라보며 렌베토는 속으로 비명을 질렀다.

'그, 그대는……! 이런 어린 동생을 정략결혼으로 희생시킬 셈이란 말이오? 대체 저 주브노 백작의 나이를 알고 있기나 한단 말이오? 이건 도무지… 도무지 부부로 보이긴커녕 부녀로 보이지 않으면 다행이지 않소!!'

"마리오네 콘버드라고 하옵니다."

양손으로 드레스를 추키며 마리오네는 주브노에게 인사를 했다. 그녀의 외모에 매우, 매우매우매우 흡족한 주브노는 입가에 경망한 미소를 띠며 그녀에게 인사를 건넸다.

"오, 그렇게 예를 차릴 필요는 없습니다, 레이디."

"잘 부탁드립니다."

너무나도 예의 바른 자태였다.

그녀는 미래의 남편, 아니, 조만간 남편이 될 사내에게 정중하게 인사를 했고 주브노 또한 예의 바르게 허리를 숙여 답례를 했다. 곁에서 지켜보던 렌베토는 이미 일이 자신의 손이 닿지 않는 곳까지 이르렀음을 느꼈다. 그는 어깨를 으쓱하며 중얼거렸다.

'이래서 이런 자리엔 오고 싶지 않았어.'

문득 그는 마리오네를 쳐다봤다.

아무 감정도 실리지 않은, 심지어 눈동자조차도 흔들림없이 침착해 보였다. 어찌 보면 그것은 관조적인 태도 같기도 했다.

'이미 각오한 것인가……!'

그런 그녀를 보던 렌베토는 씁쓸하게 웃었다.

파티는 조금씩 무르익어 갔고 자정 무렵에 마리오네가 물러난 후에도 한참을 더 지속됐다.

그렇게 콘버드 성이 파티에 흥청망청하고 있을 때 마리오네의 침실에선 묘한 분위기가 흐르고 있었다.

지금 막 드레스에서 잠옷으로 갈아입은 마리오네는 시녀들을 내보내고 조용히 화장대 앞에 앉아 있었다. 오랜만에 온 자신의 방은 여전히 아기자기하고 화려했으며 먼지 하나 없을 정도로 청결했다. 잠시 방 안을 둘러보던 마리오네는 낮게 중얼거렸다.

"5년 만이네… 그래도 하나도 변하지 않았어."

그녀의 표정에 처음으로 미소가 퍼졌다. 그러나 그것은 결코 기분 좋은 뜻을 품고 있지는 않았다. 씁쓸한, 괴로운, 허탈한 미소였다.

"34세라니. 아저씨잖아! 내 나이의 두 배란 말야. 대체 오빠는 생각이 있는 거야? 어떻게, 어떻게 자신의 여동생을 그런 늙은이에게 보낼 생각을 하냔 말야. 우리 가문이 뭐가 부족해서 그런……!"

그녀는 말을 끊고 천천히 거울을 바라봤다. 그리고 거울 속의 자신을 향해 속삭이듯 중얼거렸다.

"넌 신녀(神女)가 아니었어. 하지만 교육이란 이름 하에 무녀원(巫女院)에서 5년을 공부해야만 했지. 아버지가 시켰기 때문에… 그래, 그건 그렇게 나쁘진 않았어. 어쨌든 제법 신성마법(神聖魔法)도 익힐 수 있었고 교육도 많이 배울 수 있었으니까. 그래, 생각해 보면 지금껏 내 맘대로 했던 일은 하나도 없었어. 아버지께서 시키는 대로, 오빠가 시키는 대로 해왔을 뿐이야. 나는, 그래 나는 인형이 아냐. 인형 따위가 아니란 말야. 내겐 나만의 삶이 있어."

마리오네는 잠시 거울 속의 자신을 향해 손을 내밀었다. 그리고 자신을 매만지듯 거울을 매만졌다. 정확하게는 그녀의 치렁치렁하게 흘러내린 머릿결을.

"이젠 결심을 해야만 해. 이대로 가만히 있다가는 정말 저 늙은이와 결혼해야 할지도 모른단 말야. 알겠니, 마리오네? 이젠 네 삶을 찾기 위해 결심을 해야 할 때야."

점차 그녀의 눈빛이 진해졌다. 그리고 결심한 듯 자신의 머리를 두 손에 모아 쥐었다. 뒤쪽으로 가득 그러모은 후에 잠시 거울 속의 자신과 눈을 마주친 마리오네는 무릎 위에 놓여 있던 가위를 집어 들었다.

싹둑!

소리와 함께 그녀의 윤기 흐르는 까만 머릿결이 잘려져 나갔다.

"레온, 레온."

가볍게 흔드는 것에 레온은 부스스 눈을 떴다. 들려오는 음성은 친근한 알이었기에 긴장은 하진 않았지만 시간이 너무 이르다는 것이 이상했다. 아직 동도 터 오지 않은 이른 새벽이었다. 레온은 눈을 비비며 알을 쳐다봤다.

"무슨 일이야, 알?"

"마을 움직임이 심상치 않아. 위병들이 잔뜩 깔려 있어."

"뭐?"

곧 레온이 이불을 걷어차며 침대에서 일어났다. 어느새 저쪽에서도 수요와 제프가 몸을 일으키는 것이 보였다.

"위병들이 움직인다니?"

수요가 놀라 물었다.

"새벽부터 호각 소리가 들리더니 지금은 거의 벌집을 쑤셔놓은 것 같을 정도야."

"그렇다는 건……?"

"아마도……!"

수요와 제프가 놀라 눈을 치켜떴다.

"무슨 일인데?"

레온이 물었다.

그의 반응에 세 사람은 곧 얼굴을 일그러뜨렸다. 재빨리 짐을 챙기는 수요를 대신하여 알이 대답을 했다.

"우리를 잡으려는 거지."

"왜?"

"모르겠어? 엄밀히 따지면 우린 콘버드의 축제, 정확히는 무술 대회를 망친 장본인들이잖아."

"에……? 나랑 제프랑 우승한 것 때문에?"

"그래, 콘버드로서는 자존심 상할 일이잖아. 그러니 우리를 잡기 위해 위병들이 나선 셈이지."

"그럴 리 없어."

레온은 강하게 부정했다.

적어도 한번 검을 섞으면서 맥클리스란 사람에 대해 알 수 있었다. 적어도 그가 자신들을 잡기 위해 새벽에 병사를 풀었다고는 믿어지지 않았다. 하지만 그런 그의 믿음에 대해 알과 수요, 제프는 동조하지 않았다. 서둘러 짐을 챙기고 마차를 꺼냈으며 말을 묶고 부상한 키리모아를 옮겼다. 그리고 어느새 이들에 동요되어 레온도 한몫을 담당하고 있었다.

마차를 모는 수요의 뒤에서 겨우 한숨을 쉬며 알은 모포를 펼쳐 마차 위를 가렸다. 정확하게는 누워 있는 키리모아를 가린 것이다. 그리고 그 한옆으로 알과 제프, 레온이 나란히 앉았다. 알은 대로에 들어서며 멀리 성문 쪽에 병사가 적은 편이란 것에 안심을 하며 입을 열었다.

"그래도 성문이 열린 후라 다행이야."

그의 눈동자는 빨갛게 변해 있었다.

"한숨도 못 잔 거야?"

"당연하지. 그렇지 않았다면 저들의 움직임을 어떻게 알았겠어?"

"처음부터 믿지 않았던 거로군, 알?"

"그래, 수요. 마차나 제대로 몰아. 모두들 고개 숙이고!"

알의 지시에 따라 그들은 얼른 마차 안으로 고개를 숙였다. 마침 위병들이 그들을 지나치고 있었다. 모포 밑에 쌍검을 감추고 언제라도 뽑을 태세를 하던 제프가 한숨을 쉬었다. 다행히 그들은 아무런 제지도 하지 않았다.

대로를 따라 급히 달려가는 동안 점차 위병들의 모습도 사방에서 나타나기 시작했다. 분위기가 묘하게 좋지 않다고 느낀 알은 서둘러 마부석으로 자리를 옮겼다.

"고삐 줘. 내가 몰겠어. 너무 급히 몰다간 들킬지도 모르니까."

그러나 수요는 피식 웃으며 대꾸했다.

"뒤로 가서 숨어 있어. 네 녀석은 생김새가 너무 이국적이라 쉽게 들킨단 말야. 여긴 내게 맡기라고!"

"그래도 괜찮겠어?"

알의 의심쩍은 말투에 수요는 뾰족이 튀어나온 이를 드러내며 웃었다.

"날 믿어, 알!"

"좋아."

알은 다시 마차 뒤로 자리를 옮겼다. 그리고 얼른 모포 속에 몸을 숨겼다. 수요는 조금씩 속도를 늦추며 평범한 마차인 양 자연스럽게 대로를 달렸다.

그리고 그 순간 마차 위로 누군가 뛰어 올라왔다.

"누구냐!!"

올라온 자는 두건을 머리 깊이 눌러쓴 신관이었다. 혹시라도 신관 전사이거나 크루세이더일까 겁을 낸 제프가 그의 손목을 낚아채며 마차 바닥에 눕혔다. 그리고 재빨리 손목을 꺾어 그를 꼼짝 못하게 짓눌렀다.

"아야! 아, 아파요!"

들려온 음성에 마차에 앉아 있던 세 사람은 깜짝 놀랐다. 서둘러 알이 두건을 벗겨보니 신관이라고 여겼던 이는 무녀였다. 그녀는 금방이라도 울음이 터질 듯한 눈망울로 고통을 호소했다. 서둘러 제프가 손목을 놔주며 그녀를 일으켜 세웠다.

그녀는 까만 단발머리를 얼른 두건 밑으로 밀어 넣으며 자세를 잡았다.

"방향을 보니 성을 나가는 것 같아서 탔어요. 부탁이에요. 성 밖까지 태워주시겠어요?"

잠시 눈빛을 마주하던 세 사람 중에 알이 선뜻 입을 열었다.

"이봐요, 아가씨. 우린 갈 길이 급한 사람이오. 장난칠 시간도 없고 당신을 태워줄 여력도 없소. 어서 내려요."

"저도 급해요, 제발 부탁드려요!"

그녀는 가려진 소매 밑으로 두 손을 모아 사정을 했다. 그녀의 얼굴이 보이진 않았지만 너무나도 애절한 목소리에 알은 재차 매정하게 뿌리칠 수 없었다. 그런 기색을 느꼈는지 레온이 한마디 했다.

"어때, 괜찮잖아? 성 밖까지만이라는데……."

그가 도와주려는 기색을 비치자 그녀는 얼른 고개를 끄덕이며 레온을 바라봤다. 그리고 짧게 비명을 질렀다.

"아! 당신은……!"

"……."

"이번에 무술 대회에서 우승한 레온이란 분?"

그리고 곧 마차를 둘러보던 그녀는 뒤이어 제프와 키리모아도 확인을 했다.

"아, 당신은 궁술 대회에서 우승한 제프란 분이죠?"

마차에 타고 있던 다섯 사람은, 정확하게 키리모아는 병중이니 뺀다 해도, 네 사람은 놀라 긴장을 했다. 의외로 그들의 얼굴은 코론 시전체에 알려져 있는 셈이었다. 이런 지나가는 무녀까지도 자신들을 알아본다는 것이 그 증거였다. 그리고 그들을 대신해 알이 소리쳤다.

"우리를 알아보잖아!"

알이 깜짝 놀라는 동안 그들을 수상히 여겼는지 위병 하나가 그들에게 다가왔다.

"어이, 거기 잠깐 멈춰봐."

"수요, 달려!!"

알의 고함에 한껏 긴장을 하던 수요는 재빨리 고삐를 털며 채찍질을 가했다. 마차는 곧장 성문에 늘어서 있던 병사들을 가르며 성을 빠져나갔다.

순식간의 일이라 병사들은 미처 막을 생각도 못했다. 그들이 지나간 후에 한참이 지나서 호각 소리며 아우성 소리가 들려왔다. 그동안 레온이 타고 있는 마차는 굉장한 속도로 평야를 가로지르며 달렸다.

〈3권으로 이어집니다〉

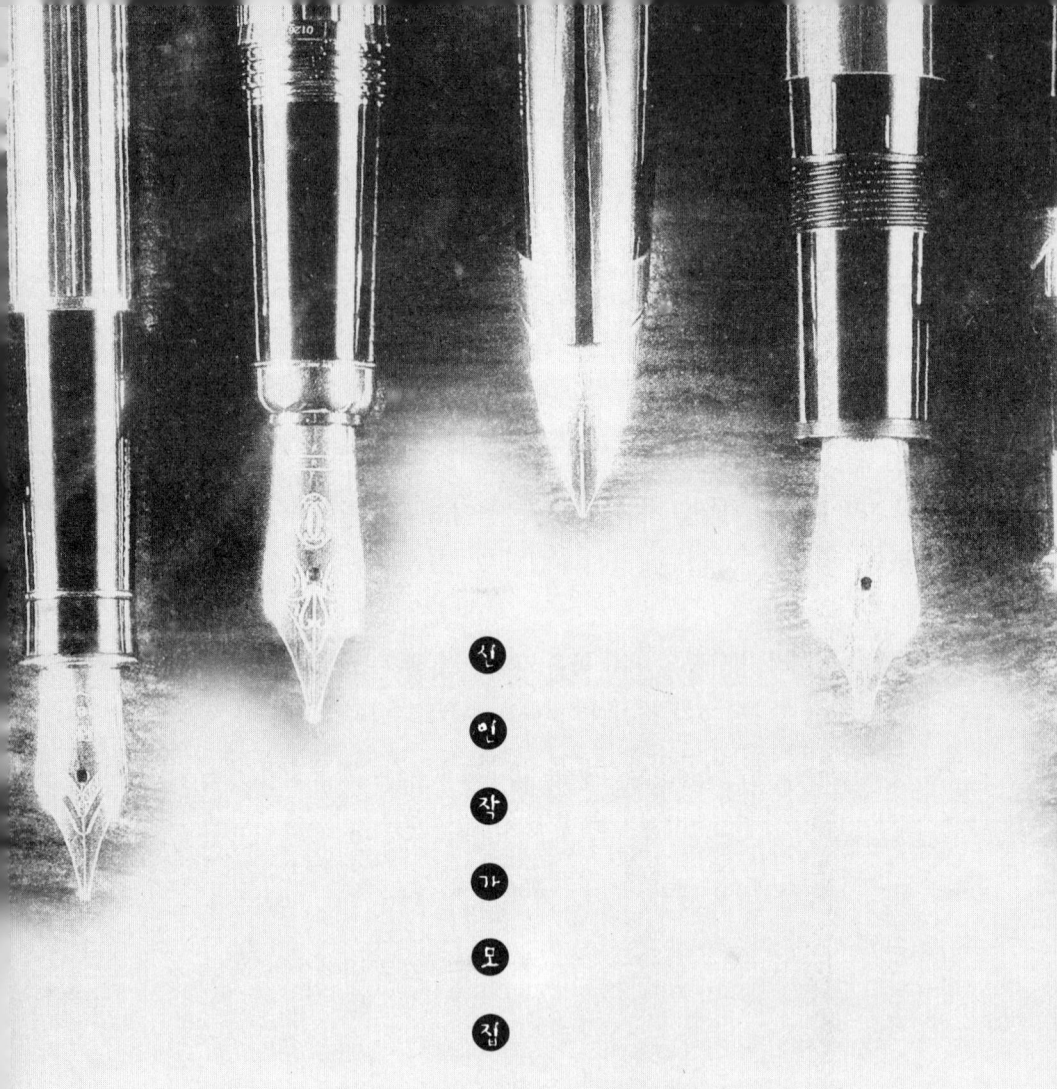

신인작가모집

시작이 반이라고 했습니다.
작가의 길에 대한 보이지 않는 벽을 과감히 깨뜨리십시오!
청어람은 작가 지망생 여러분들의
멋진 방향타가 되어드리겠습니다.

저희 도서출판 청어람에서는
소설 신인 작가분들을 모집합니다.
판타지와 무협을 사랑하시는 분들의 많은 참여를 바랍니다.
소정의 원고(A4용지 150매)를 메일이나 우편으로 보내주시면
검토 후 출판 여부를 알려드리겠습니다.

주소·경기도 부천시 원미구 심곡1동 350-1 남성B/D 3F 우편번호420-011
TEL:032-656-4452 ·**FAX**:032-656-4453
http://www.chungeoram.com
e-mail:chungeoram@chungeoram.com